U0143809

"MONOGATARI TO NIHONJIN NO KOKORO" KOREKUSHON
VI: TEIHON, MUKASHIBANASHI TO NIHONJIN NO KOKORO
by Hayao Kawai, edited by Toshio Kawai

with commentary by Shunsuke Tsurumi
Originally published in 2017 by Iwanami Shoten, Publishers, Tokyo

This simplified Chinese edition published 2024
by SDX Joint Publishing Co. Ltd, Beijing
by arrangement with Iwanami Shoten, Publishers, Tokyo

物语与日本人的心灵

民间传说与日本人的心灵

TEIHON, MUKASHIBANASHI TO NIHONJIN NO KOKORO

[日] 河合隼雄 著
河合俊雄 编
范作申 译

图书在版编目（CIP）数据

民间传说与日本人的心灵 /（日）河合隼雄著；（日）河合俊雄编；范作申译. —北京：生活 · 读书 · 新知三联书店，2024.1
ISBN 978-7-108-07745-5

Ⅰ.①民… Ⅱ.①河… ②河… ③范… Ⅲ.①民间故事－文学研究－日本②民族心理－研究－日本
Ⅳ.① I313.077 ② C955.313

中国国家版本馆 CIP 数据核字 (2023) 第 226342 号

特邀编辑 张艳华
责任编辑 张 龙
装帧设计 刘 洋
责任校对 常高峰
责任印制 宋 家
出版发行 生活·讀書·新知 三联书店
（北京市东城区美术馆东街 22 号 100010）
网 址 www.sdxjpc.com
图 字 01-2019-3831
经 销 新华书店
印 刷 河北松源印刷有限公司
版 次 2024 年 1 月北京第 1 版
2024 年 1 月北京第 1 次印刷
开 本 635 毫米 × 965 毫米 1/16 印张 17.75
字 数 214 千字
印 数 0,001－3,000 册
定 价 58.00 元
（印装查询：01064002715；邮购查询：01084010542）

目　录

第一章

禁忌房子

民间故事究竟要告诉我们些什么？许多人认为民间故事是非现实的，荒唐无稽的，没有什么价值的。但是最近出现的“民间故事热”却改变了这种局面。不少人开始关注民间故事，这也使得我们不但可以，而且有必要从各种不同的角度去研究民间故事，例如从民俗学、文学、宗教等不同的领域开展相关的研究、探讨。笔者从深层心理学的角度出发，试图从日本的民间故事中探寻日本人的心灵之所在。最近日本人开始关注民间故事，从中可以看出，日本在面对激烈的现代化和国际化冲击之下，开始有意识或无意识地希望从古老的、源远流长的民间故事中找回属于日本人自己的心灵。但是仅仅靠阅读民间故事就能找回日本人的心灵吗？学术界的研究是否已经拥有相关的科学方法了呢？这些疑问暂且搁置不论。我现在要做的是直接从民间故事入手进行研究、探讨。因此，与其探讨一些抽象的定义，不如直接接受故事本身带给我们的冲击力，这样或许更具有说服力，然后再针对阅读过程中产生的疑问进行讨论。接下来首先要介绍的是具有日本民间故事典型特征的“禁忌房子”。

1 黄莺之家

《黄莺之家》是一个非常美丽的故事。正如书后的附篇所归纳的那样，在日本各地都有类似的故事。这里所介绍的是流传在岩手县远野地区的版本（详见附录1）。这个故事讲述一位年轻的樵夫在一片荒野森林中发现有一座从来没有见过的气派豪宅，他长这么大都没有听别人提起过这么一个地方。有时候人们可能会在平凡的日常生活中突然遇到不寻常的机遇，樵夫便是如此。他在这座豪宅里遇到了一位美貌的女子。这位女子因为要外出，便请他帮助看家，临走前特别嘱咐他，千万不要去后院那幢房子。然而越是禁止越可能激发人的好奇心。樵夫终于冒犯禁忌，进入后院那幢房子。房子里有许多豪华美丽的房间。当他走进第七个房间时，樵夫拿起屋里摆放的三只鸟蛋却失手打破了。那位女子回来看到这种情景，旋即化身为黄莺，且悲切地呜咽道："我可怜的女儿啊，吱吱啾啾。"黄莺悲啼着展翅离去。通常民间故事不会再继续描述这位樵夫的心情。故事的结局描写这位樵夫呆立在空无一物的荒野中，豪宅完全消失了。

对于故事的主人翁樵夫来说，这片森林应该是他十分熟悉的地方，然而在此突然发现一座见所未见、闻所未闻的豪宅。也许往常我们都会有类似的体验，在熟悉的现实生活中，突然发现一个自己从来没有注意过的事物。在我们习以为常的场景中，既可能隐藏着光彩夺目的美景，也可能暗含着未知的可怕深渊正威胁着我们。也许一位我们一直以为非常美丽的人，其实她非常丑恶，有时甚至会变得像个夜叉。所谓的现实，其实包含着不可预期的各种层面，只不过我们在日常生活中，往往把所谓的现实整合为一个不具威胁性的表面形态而已。但当这个表面形态被突然击破之后，里面的深层结构就会暴露出来，而民间传说正是通过各种故事来描述这些特殊经验的。以这个故事为例，樵夫突然在一个非常熟悉的环境中发现一座豪宅，里面住着一个美女。可见许多传说故事的主人公不是迷路、被父母遗弃，就是遇到一些类似不一般的状况或遭遇。

如果注意那些已认知到现实具有多层面的人的意识，就会发现人类的意识结构也是多层面的。有许多人到目前为止都不曾意识到现实的多层面。但是会有一天，可能因为某一种契机而意识到这个多层面。如果将这个未曾认识的意识称作潜意识层的话，那么可以说人类的心理包括意识、潜意识多个层面。所谓的深层心理学，就是假定人的心理具有多层性，从而解释心理深层结构的学说。如果民间故事真的如前所述，是在叙述现实的多层面，那么通过民间故事，我们应该可以解释人类心理的深层结构。以《黄莺之家》为例，年轻的樵夫发现一座未曾见过的豪宅，住在里面的美女以及美女不允许樵夫看的后院的房子，这些都可以认为它是在反映人类的心理深层部分。故事中的“禁忌房子”，并不是文字上所表达的那么简单，而是代表着人类的心理深处。

《黄莺之家》的故事，在关敬吾等所编的《日本民间故事大全》[①]中，被编入196A“禁忌房子”（forbidden chamber）这个大项目里，项目中还收录了许多类似的故事。这些故事究竟是因为口口相传而产生不同版本，还是每个故事本来就是相互独立的故事，在此暂且不提。这里所要解决的是，通过探讨这些故事中的共同模式，了解其中具有意义的部分。现在列出一个简单的表格分析这些故事（参考表1）。该表已经将一些故事情节雷同或者出自同一地区的故事删

① 关敬吾等编，《日本民间故事大全》（日本の昔話大全）全十二卷，角川书店，1978—1980年。（后文在表明出处时简称为“大全”，所显示的号码与原书的分类一致。）

略，因为实际收集到的故事比表中所收录的故事要多。表中故事14—18与其他故事的差异比较大。故事1—13的共同之处是主人公为男子，他与一位年轻女子相遇，看了那位女子不许看的“禁忌房子”，女子随后因之离去，男子则回到原来的生活中。其中只有第10个故事描述那位年轻的男子最后变成老翁的经过。

世界上的民间故事和传说，都有描写平凡的男子和不属于凡世的美女邂逅的类似情节。例如著名的《天鹅湖》描写的是迷途于森林中的王子，看见天鹅变成美女而一见钟情的故事。我们用这种现实与非现实的空间结构解析人的心理结构的时候，可以划分出意识、非意识的心理层面。换句话说，在男性的潜意识层面中，存在着一位特殊的女性形象，并且有期待着与她相遇的心理。这种心理并不专属于某一位男子，而是一个普遍存在的现象，其意义甚至比让世界上的人都来传述这些故事还要重大。这些类似的故事情节，正好说明人类在潜意识的心理层面拥有一些普遍的、共同的东西。我会在下一节论述中阐述这些情节如何在文化和社会的影响下产生各种变化。也就是说民间故事是由一般人普遍共有的性格，再加上他所属的文化中特有的性格结合而生成的。本书的写作旨在通过探讨日本的民间故事，将日本人所属文化中特有的性格搞清楚。

在讨论文化差异的问题之前，先解释《黄莺之家》这个故事的特点。首先正如众所周知的那样，黄莺自古以来就深受日本人喜爱，视它为“报春”的观赏鸟。至于日本人是从什么时候开始这样认为的，已经无证可考。早在《万叶集》中就已经出现有关黄莺的诗句，从中可以看出，从相当久远的时代开始，日本人就把黄莺视为非常重要的鸟类。在《古今集》中，黄莺则以春天表现得十分活跃的鸟类的形象出现。《古今集》的假名序中有这样的描写：“花旁黄莺啼叫，水中青蛙清唱，此情此景，让人诗意大发。”黄莺在日

表 1　与《黄莺之家》类似的故事

序号	发生地点	打破禁忌者	提出禁忌者	场 所	禁忌房子	房子里面	结 果
1	岩手县上闭伊郡	年轻的樵夫	美女	荒野中的森林	后面的房子	宝物、失手打破黄莺蛋	女子化身黄莺而去，男子回归原来的生活
2	山形县最上郡	茶馆的老板	美丽的年轻女子	荒原中	第十二间房间	全年的祭祀年历	听到莺鹭的啼叫，男子回到原来的生活中
3	长崎县南松浦郡	男子	女子（提出求婚）	山中	东面和西面的宝库	黄莺	黄莺展翅飞去，男子回到原来的生活中
4	香川县丸龟市	旅人	美丽的女子	迷路	两个宝库中的一个	黄莺	女子化身为黄莺，男子回到原来的生活中
5	鸟取县东伯郡	商人	女子（提出求婚）	某一条街	最后面的第十二个宝库	梅花枝头站着一只黄莺	女人把男人赶出去，男子回到原来的生活中
6	鸟取县西伯郡	樵夫	女子	迷路	第四个宝库	稻子在眼前由种子长成稻穗	女子化为白鹭，男子回到原来的生活中（经过四年时间）
7	岐阜县吉城郡	男子	年轻女子	深山	后面的宝库	桶里有鱼	女子发出咕咕声，鸣叫而去
8	山梨县西八代郡	两个卖炭的人	女子	迷路	衣柜	稻子在眼前由种子长成稻穗	女子非常悲伤，男子回到原来的生活中
9	新潟县常冈市	男子	女子	长满茅草的野外	第七个宝库	梅花枝头站着一只黄莺	女子化身为黄莺，男子回到原来的生活中

（续表）

序号	发生地点	打破禁忌者	提出禁忌者	场 所	禁忌房子	房子里面	结 果
10	新潟县西浦原郡	木匠	女子（提出求婚）	深山	第十二个房间	山神的房子	女子化身为黄莺，男子变成老翁
11	新潟县槐屋市	男子	美丽的年轻女子	深山	第二个房间	梅花枝头站着一只黄莺	女子化身为黄莺，男子回到原来的生活中
12	福岛县岩城市	旅人	年轻女子	原野	第四个宝库	柏树上站着一只黄莺	女子化身为黄莺，男子回到原来的生活中
13	岩手县花卷市	年轻男子	女子（黄莺报恩）	在山中迷路	后面的房间	失手打破鸟蛋	女子化身为黄莺，男子回到原来的生活中
14	静冈县贺茂郡	男（求婚）	美丽的年轻女子	豪宅	三年内不能看到年轻女子		女子化身为黄莺，男子回到原来的生活中
15	福岛县南会津郡	母亲	儿子	自已的家	某房间	儿子打开翅膀睡着	儿子出走，不知去向
16	山形县最上郡	年轻的云游僧人	年轻女子	投宿的住处	第十二个宝库	大雪	女子飞走，和尚冻死在雪中
17	岩手县下闭伊郡	女子	女子	打柴的地方	第十四个房间	有一只鸡	冒犯禁忌的女子变成一只鸡
18	静冈县磐田郡	女子	男子	投宿的住处	第三个宝库	龙（男子的父亲）	两人结婚

本人的美学意识中扮演着相当重要的角色。这种代表着“美”和“春天”的鸟类，与美丽少女的形象结合在一起，可以说是再自然不过的事了。《海道记》里“黄莺”的故事也属于这种类型。可以说黄莺之家里住的那位美丽的少女形象，在日本人心中非常根深蒂固。

在日本人的传说中，凡是在非现实生活空间邂逅的男女，会发生怎样的事情呢？如果用图来体现两个人的关系的话，就会是图1的样子。樵夫所住的村庄很明显属于现实的世界。对于他来说，山和原野也都是现实生活中的一部分，但是有一天他突然在这里发现一座从来没有见过的豪宅。这房子可以算是一个介于现实世界和非现实世界的中间地带，而宅子里那间女子不许他偷看的房子，则可以说是属于非现实的世界。当这种构造还原为人类的心理的时候，前者就是意识的世界，而后者则是潜意识的世界。在现实与非现实世界的中间地带的这对男女，一经相遇之后马上就分开，即女子前去村子购买东西，而男子进入“禁忌房子”。当他们再次相会的时候，也就意味着分离的时刻，即男子和女子要分别回到自己原来现实或者非现实的世界。这就像两条彗星的抛物线一样，当那两次短暂的相遇之后，再也不可能相遇了。在类似的故事中，表1中第3、5、10、14、18个故事中出现了婚姻这个情节。表1中第3、5、10个故事的情节特别类似，在男女第一次见面之后，女方就提出求婚。其中比较特别的是，在第10个新潟县西浦原郡的故事中，男子最后变成老翁，他在非现实世界的经验，影响了他在现实世界中的时间体验，这和本书第五章（浦岛太郎）的故事有非常相似之处。将这两个故事的演变过程进行对比之后，发现《黄莺之家》的故事以及女子主动提出求婚的情节，似乎显示出故事的渊源更为久远。不过这古老的年代已经无法考证了。

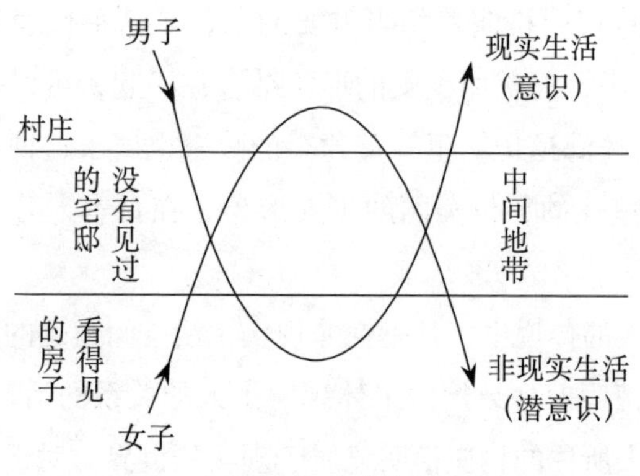

图 1　男女的轨迹《黄莺之家》

正如后面第五章所推论的，由女子主动提出求婚，就算因此有结婚典礼，也不会像西方的故事中常说的那样，从此便过着幸福快乐的生活。恰恰相反，结婚之后就不得不面对分离。正如在第14个故事中，尽管男子提出求婚，但他破坏了女子提出的禁忌，之后还是导致了分离的结果。虽然第18个故事是以男女结婚为结局，不过故事中提出禁忌的是男子，而破坏禁忌的是女子，因此与其他的故事有明显的不同。这就正如关敬吾等所说的，"这算不上一个纯粹的'禁忌房子'的故事"。[①]按照这种看法，排除那些特殊的例子之后，几乎可以确定，故事的主要情节就犹如两条抛物线的男女，相遇两次之后分离（希望读者更多地了解类似情节的故事，数量也远多于表1所列）。

但是，如果当男子打破女子的禁忌以后会导致婚姻破裂，那么，当男子遵从女子的约定时又会怎样呢？两个人真的就可以顺利地结婚吗？在《日本民间故事大全》196B"禁忌房子"的项目里，

① 关敬吾等编，《日本民间故事大全》。

就有描写男子遵从女子约定的故事。不过在那些故事里并没有结婚的情节，只有男子最后变成老翁，而成为“邻家爷爷”类型的传说。例如青森县三户郡“禁忌房子”的故事，描述“山里住着一位好爷爷和一位坏爷爷”。好爷爷受到“美丽女子的款待”，当女子进城买东西的时候，嘱托好爷爷帮忙看家，并且叮咛他不要打开代表十二个月的十二座房子中二月的那间房子。好爷爷遵从吩咐，女子回来时送给了好爷爷一个可以随心所欲做出各种菜肴的小锅铲。好爷爷回家后，和老伴好奶奶一起开心地享用小锅铲炒出的菜肴。这时住在邻家的坏爷爷的老伴贪心奶奶知道这个消息后，便让坏爷爷也到山里去。坏爷爷此去也接受了这位女子的嘱托，然而他冒犯了禁忌，偷看了那间代表二月的房子，结果一只黄莺展翅飞去，眼前所有的豪宅全部消失，还原为昔日的山野。

在此种类型的传说中也有许多类似的故事，不过还是以196A型的数量为多。当然仅仅如此并不能简单判断A型和B型故事的关系，以及推论哪一种类型的故事比较久远。以下的看法虽然没有资料佐证，但是可以试着把B型看作是因为想要把A型故事转为快乐结局，所以让故事中的男子恪守约定，不过最后还是因为日本的民间故事里有强烈的回避结婚情节的倾向，所以把故事转为“邻家爷爷”型的故事。B型故事的数量虽然比较少，里面却有许多故事把黄莺的啼叫与《法华经》结合，描述坏爷爷的行为破坏了黄莺啼咏《法华经》，这可能是后人杜撰的，但是也因此可以证明B型出现在A型故事之后。不过B型故事的一个特色是年轻的女子最后还是隐身而去。对于好爷爷来说，虽然有了好的结局，但是对于女子来说却不算是一个美好的结局。即便把故事改成比较美好的结局，但是女子必须隐身而去的命运却不会因此被改变。

2 文化差异的问题

民间故事虽然普遍存在于全人类的文化中，却又分别具有每个文化的特点。现在用《黄莺之家》来说明这一点。首先要把世界上类似的民间故事做一个比较，在《日本民间故事大全》中，“禁忌房子”的A型和B型，可以跟汤姆森童话中的AT480、AT710类型相比。在欧洲的民间故事中，既有与本书第七章（没有手的姑娘）几乎相同的故事，也有情节存在很大差异，几乎无法将它们进行比较的故事。这里的问题在于把重点放在故事的哪一部分，然后将它们进行比较。然而有些时候很难找出几乎一模一样的故事来做比较，例如《黄莺之家》就是如此。尽管这样，姑且选出两个故事来进行比较。在这里AT480是有关“善良少女和坏少女”的故事，进入到非现实世界的善良少女最终得到幸福，而坏少女结果则遭受不幸。这个故事和“邻家爷爷”型的故事一样，都是把重点放在对两个主人公的对比上。正因为AT710把故事重点放在“禁忌房子”上，所以选它来做比较。格林童话《圣母的孩子》（KHM3）[①]也被选作例子，但是这个故事和《黄莺之家》有很大的不同。总的来说，虽然很多故事中都提到“禁忌房子”的片段，但是由于文化的不同，这些情节的描述却有很大的差异。为了能更深入地了解这些差异，本书最后特别附上几个“禁忌房子”类型的故事，例如格林童话中的《忠实的约翰》、塞浦路斯岛的《三眼男》等（见附录）。希望读者读了这几篇故事以后，能够对差异有更多的认识。从严谨的角度来说，这就是为什么汤姆森的童话中没有与《黄莺之家》相类似的故

---

① 一般以格林童话德文版原名 *Kinder und Hausmarchen* 的缩写 KHM 为代码。本书也采用了这个方式。

事的原因，因此可以说《黄莺之家》类似的故事是日本特有的。

正因为差异相当大，所以在我们讨论文化差异的时候，希望能够将着眼点放到"禁忌房子"这个故事的主题上。在各国的民间故事中都可以找到类似的主题。在汤姆森童话的索引[①]C611中，搜集了许多类似主题的故事。为了和日本的"禁忌房子"类型的故事进行比较，表2使用前面日本故事的分析格式，列出小泽俊夫编著的《世界的民间故事》[②]中"禁忌房子"类型的五个故事，以及前面提到的格林童话《圣母的孩子》和《忠实的约翰》这两个故事。在这里列出的并不是西方"禁忌房子"类型的故事，因为笔者对亚洲和非洲的民间故事并不精通（在《世界的民间故事》中，并没有发现亚洲、非洲有类似"禁忌房子"主题的故事），所以从统计的角度看表2，是没有多少参考价值的。不过通过这个表，可以清楚地看出这些故事与日本故事之差异。

首先在西方的故事中，立下禁令的人和冒犯禁令的人的关系多半是丈夫与妻子、父亲与儿子或者女儿、圣母与女孩、身为主人公的公主与为她服务的男子（贝罗尼克）。十分明显，两者中的一个拥有优越的社会地位，而另一个则处于相对劣势的地位。有意思的是，在日本的故事中，立禁令的多半是女性。虽然在前面的第18个故事中，立下禁令的是男性，冒犯禁令的是女性，但值得注意的是，那个故事的结尾恰恰也与西方的故事较为近似。若主人公是年轻男女时，外国第1、3、5的故事，立下禁令的都是男性（丈夫）。如果从禁忌出现的场所的角度看，就会发现凡是父亲为立下禁令的人时（第2、第7），禁忌的场所都在家里，这与现实生活的情形完

① 汤姆森（S. Thompsons），《民间文学分类索引》（*Molif-Index of Folklrterature*）（Indiana University Press，1975）。

② 小泽俊夫编，《世界的民间故事》（世界の民話）全25卷，Gyosei，1976—1978年。

表2 外国有关“禁忌房子”类型的故事

序号	故事题目（故事出处）	冒犯禁令的人	立下禁令的人	场所	禁忌房子	房间内	结果
1	蓝胡子（法国）	女子	男子	蓝胡子的家	秘室	前妻们的死尸	女子险些被杀，被兄长所救并与兄长结婚
2	智慧的马利亚（葡萄牙）	女儿	父亲	自己的家	秘室	国王的花园	差点被国王所杀，后来结婚
3	三眼男（塞浦路斯）	女子	丈夫（三只眼的男人）	三只眼睛的男人的家	秘室	看到丈夫的真面目	女子差点被丈夫杀死，被国王所救，并与王子结婚
4	贝罗尼克（布列塔尼）	9岁的男孩	公主（女巫）	女巫的家	秘室	马（王子）	男孩逃出来，后来与公主结婚
5	强盗的妻子（克罗地亚）	姐妹三人	丈夫（强盗）	森林中的小屋	秘室	尸体	两个姐姐被杀，妹妹在别人的帮助下杀掉丈夫
6	圣母的孩子（德国）	女儿	马利亚	天国	第十三个门	三位一体的本尊	女儿被赶出天国，后来与国王结婚
7	忠实的约翰（德国）	王子	父亲（国王）	城堡	秘室	女性的画像	王子去找画中的女子，并且与她结婚

全吻合。当立下禁令的人是丈夫时，场所都是在丈夫的家中。如果考虑到丈夫这个角色的两面性，则会发现这个场所正好属于现实世界和非现实世界的中间地带。第4、第6的故事发生在女巫的家、天国等非现实世界的时候，立下禁令的是女巫、马利亚等非人类的角色。把这些特点归纳为表3的时候，可以看出其中的倾向。有关这一部分后面还将有详细的探讨，这里需要指出的是，当我们使用现实、中间、非现实的划分法时，正好提供了一个可以分析西方人内心“意识”“中间意识”“潜意识”三部分模式的结构模型。

表3　国外“禁忌房子”类型故事中，立下禁令者和冒犯禁令者

场所	立下禁令者	冒犯禁令者
现实	父亲	女儿、儿子
中间带	丈夫	妻子
非现实	女巫、马利亚	小孩（男、女）

当我们分析过西方的故事之后，再回过头来看日本的故事，便可以清楚地发现日本的故事完全没有类似于西方故事的那种规律。无论在意识、潜意识或者现实、非现实世界的分类中，都没有明确的规律显示谁是立下禁令者。除此之外，顶多可以说日本在“中间地带”立下禁令的人，多半与西方相反，是以年轻女性居多。不过就这些女子可以自由地去城里买东西而言，可以说她们能自由地进出现实的空间。

当故事描述到“禁忌”被冒犯以后，西方与日本故事的差异则表现得更为明显。关敬吾指出：“与其说是不许看那间房子，不如说是不能看见那间房子里的东西。往往被冒犯者为此要承受不幸的结果。”[①]而真正的冒犯者却没有受到任何惩罚，结果是被冒犯者悲伤地隐身而去。在西方的故事中，冒犯者虽然最后会得到胜利，但是在此之前必须承受冒犯禁令的惩罚。在汤姆森童话的主题索引中，对于冒犯者有各种各样的惩罚，其中完全没有“不罚”这个项目。但是十分明显，日本的故事中却有很多是“不罚”的。当然从另一个角度看，冒犯者失去获得的幸福也算是一种惩罚。在第5个故事中“女人把男人赶出去”以及在第16个故事中“和尚冻死在雪中”，都可以稍稍感受到一些惩罚的意味。虽然在第17个故事中明显有“变成一只鸡”这样的惩罚，但是故事中冒犯者是女性。这表明该故事从一开始就已经打破了一般的故事模式。

表4　日本与西方的比较

研究对象	立下禁令者	冒犯禁令者	房间内部	处罚	结 果
日本	女	男	自然美景	不罚	女子隐身而去，男子回归原处
西方	男（丈夫）	女（妻子）	死尸	死刑	其他的男子出现，解救了女子

正如表4所示，当禁令被冒犯的时候，特别是在西方的故事中，如果场所在中间地带，就会发现它和日本的故事存在很多的差异。首先从在禁忌房子里看到的东西来说，日本故事是黄莺站在梅花枝头上等待春天到来的情形，或者是稻谷种子发育成长成熟的过程，即自然的美景。而在西方的故事中，不是尸体就是啃食尸体的丈夫。在惩罚方面，相对于日本的“不罚”，西方则是立即夺下冒犯禁令者的生命，例如《蓝胡子》中的前妻们和《强盗的妻子》里三

① 关敬吾等编，《日本民间故事大全》。

姐妹中的两个姐姐等。在故事的结尾部分，日本故事中往往是被冒犯禁令者女子悲伤地离开现场。而在西方的故事中，会出现英雄救美女的男子，例如兄长、父亲、国王等，而主人公会借这些男子的力量，杀死冒犯禁令的恐怖男子。在西方的故事中，除了克罗地亚的故事以外，其他的故事都以幸福结婚作为结局。

虽然故事的主题都是“禁忌房子”，但是正如本书所论述的那样，日本与西方的故事有很大的不同。从是否为喜剧性结尾的角度看，无论谁都会发现，从整体来说，日本民间故事类似的结尾要比格林童话少得多。俄国的民间故事研究家契斯托夫针对这种情况曾经做过阐释。[①]契斯托夫是在给孙子念日本民间故事《浦岛太郎》时发现问题的。他发现孙子听到浦岛访问龙宫以及描述龙宫美景时完全没有兴趣，而且好像在等待着什么。当他询问孙子在等待什么的时候，孙子回答道：“他什么时候跟这个家伙打仗？”原来孙子在等待“英雄”浦岛打败“怪物”龙王的场景。对于俄国的孩子来说，“他们无法理解故事中主人公既不与龙王打斗，也不与故事中龙王的女儿结婚的结局”。同样德国的民间故事研究家雷利希也认为：“日本的故事结尾时，偏偏大多数都没有结婚的场景。”[②]他特别提到“偏偏”，这是因为欧洲的故事大多会描述一系列冒险经历、破解魔法的情节，而且最后多以求婚成功为故事的结局。

虽然如此，日本的民间故事也有涉及结婚的时候。柳田国男指出，当成人把民间故事“童话化”时，可能会因为考虑到听故事的对象是小孩，或者是考虑到了儒教的影响，便刻意地把结婚的情节

---

① 契斯托夫，《为什么俄国读者可以理解日本的民间故事》（日本の民話をロシヤの読者が理解できるのはなぜだろうか）。收录于小泽俊夫的《日本人与民间故事》（日本人と民話），Gyosei，1976年。

② 鲁茨・雷利希，《德国人眼中的日本传说故事》（ドイツ人の目から見た日本の昔話），收录于小泽俊夫的《日本人与民间故事》。

省略。然而实际情况真的是这样的吗？倘若果真如此，日本民间传说中为何出现许多类似“马食八十八”那样的坏人、懒汉、狡猾的人获得成功的情节。这些故事的出现恰恰说明结婚场面的减少，并不完全是因为日本民间故事的“童话化”。

由此可以得知，日本的民间故事与西方类似故事存在很大的差异。就整体而言，人类的心理并没有很大的差异，但是在表层意识结构上存在着差异，这是由于人类的心理会因个人或文化的差异而不同。总而言之，人类的潜意识、深层心理是普遍相同的，但因为表层意识的不同而对事物有不同的认识与理解。当深层部分的内容被意识化、形象化成为故事的时候，被表现出来的部分必然会因为表层意识的不同而产生差异。下一节将要探讨意识的存在方式，同时会涉及本节所提出的，为什么日本的民间故事很少有结婚场面的原因。

3 意识体系

人的意识结构并不仅仅局限于当下有意识的那一部分，还同时包括心理为应付必要情况所具备的各种意识，因此可以说人的整个意识结构内包含着若干意识体系，并且拥有一定的整合性。另外，人类还拥有一个虽受到一定程度的外在影响却仍然可以做出行为决定的主体自我。所谓个人，指的就是这个拥有整合性和主体性的自我。这里将忽略不谈有关自我机能的问题，但希望读者应该注意的是近代西方提出的所谓自我定义，其实在全世界的精神史上属于极端特异的例子。近代西方人所创造的自我观念，那种高度的自立性和整合性、对潜意识的重视、对外界的强烈防御都是无可比拟的。荣格派的分析家埃利希·诺伊曼用非常有趣的方式记述了这种特殊自我概念的形成过程。他通过神话故事的情节来掌握、理解整个发展过程的根源。诺伊曼在他著名的《意识的起源与历史》[1]著作中，不但明确地探讨了西方人如何确立自我的问题，而且还为神话研究领域提供了全新的视角，因此他获得了非常高的评价。虽然诺伊曼的理论对于研究民间传说有很大的帮助，但是笔者并不以他的学说来解释日本的民间故事。要研究日本的民间故事，不应该借用西方的理论，而应该使用属于日本的独特理论，当然寻找这个理论也是本书的目的之一。但是事实上，我们所谓的“学问”本身受西方思想和方法论的影响很深，所以还是有必要借鉴近代西方的自我建立过程理论，与之进行比较，从而寻找属于日本人的心理。下面将简单介绍诺伊曼《意识的起源与历史》中的理论。由于介绍比较简单，所以读起来也许会难以理解。

在一个人建立自我的最初阶段，正如许多开天辟地的神话故事里所描述的那样，呈现混沌的状态，也就是意识与潜意识之间尚没有完全分离清楚的状态。最能代表这个状态的就是自古就已经存在的图腾。最初的图腾显示的是一条吞下自己的尾巴，整个身体成为一个圆形的蛇的图案。这种图腾最早出现在巴比伦、美索不达米亚、希腊文化中，在非洲、印度、墨西哥、中国也都有发现，它几乎存在于世界各地。这个没有分化的原始图形包括了头和尾、上和下、孕育和被孕育，代表了最基本的潜意识状态。

在这个没有分化的整体性混沌中，当自我的幼苗要萌发的时候，世界则以太母的形象显现。太母的形象在全世界的神话和宗教中占有重要的地位。太母有各种各样的形态，有像维纳斯那样的重

---

① E. 诺伊曼（E. Neumann），《意识的起源与历史》（*Ursprungsgeschichte des Bewusstseins*）（Rascher Verlag，1949）。

视肉体形象的太母，也有类似圣母马利亚那样强调精神的太母。对于刚刚萌芽的弱小的自我来说，世界既如同养育自我的母亲，同时又是一位可怕的母亲，她可能吞噬刚刚萌芽的自我，让自我重新回到混沌的状态，由此而对太母的形象产生正面和负面的认识。以日本为例，代表正面太母形象的一个例子就是观音菩萨，她代表无条件接受，养育一切。而代表吞噬一切的负面太母形象的，则是后面将要提到（参见第二章）的民间故事中的山姥。在日本的神话故事中，伊奘冉尊女神既是在开国时孕育许多生命的女神，也是死后主宰冥国的女神，她同时代表着正面与负面两种形象。在这样的太母中孕育的自我，进入下一阶段将体验到天与地、父与母、光明与黑暗、昼与夜的分离。这个阶段在神话中则通过许多创世纪的故事来表现天和地的分离、黑暗中产生的第一道曙光。在这个阶段，意识与潜意识开始产生分离。

诺伊曼认为人类意识的发展阶段从这里开始发生革命性的变化。在这个阶段之前，人类用创世纪神话表达意识的发展，自此之后则开始用英雄神话来表示。意识与潜意识分离之后，个人获得了独立，并且在形成完整人格之后，意识在神话故事中开始以英雄的形象出现。全世界都有关于英雄的神话故事，当我们把焦点聚集到故事的结构框架时，可以发现故事的主题多半由英雄诞生、打败怪物、获得宝物（或者女性）所构成。

关于英雄诞生的内容，大多故事都描写英雄有不同于常人的诞生方式。希腊神话中的英雄都是人类女性和诸神之王宙斯所生的儿子，可以说这是比较典型的代表。以日本的民间故事来说，桃太郎的诞生就是这种代表。关于英雄战胜怪物方面，弗洛伊德派的分析家则以子杀父、伊底帕斯情结来解释。相对于这种解释，荣格反对将这种神话情节还原为个人的父亲与儿子之间的关系，而认为怪物是原型的母亲或者父亲的象征。也就是说杀死怪物具有杀父弑母的双重意义。进而言之，与其说怪物代表生身父母，不如说代表内心的原始自我的雏形。

这里所谓的弑母，可以理解为“是与吞噬自我”的太母战斗。也可以说是自我为了与潜意识对抗，以获得独立而战斗。当自我开始试图杀死这个象征性的母亲时，自我实际上已经获得一定程度的独立性。而杀父则代表着与文化社会的规范战斗。为了获得真正的自我，不但要战胜潜意识，而且要争取从这个一般性的文化概念和规范中获得自由。打赢这场危险的战争，也意味着自我终于获得独立。

这场战斗之后，英雄可以得到怎样的胜利果实？在许多的西方故事中，例如希腊神话中具有代表性的神话故事，主人公普罗米修斯最后与被怪物掳获的女性结婚就是最典型的代表。简单地说，这代表着自我在杀父弑母之后，离开原始的雏形获得了自由。其后再通过一位女性作为中介，再度与世界建立关系。而这种关系已经不是圆形蛇那样未分化的关系，而是建立在已经完成了的自我、自我与他人之间所建立的崭新关系上。

以上是对诺伊曼理论的主要概述。诺伊曼的理论有两个特点：一个是自我以男性形象作为自己的代表；另一个是对婚姻这个主题的高度重视。首先看有关男性形象的问题，这里十分重要的一点是，在诺伊曼的理论中，所谓的男性和女性都被用来当作一种象征，[①]因此与现实生活中的男性和女性的意义不同。比如说，诺伊曼一方面认为“这个理论的悖论并不存在”，同时又明确表示“女性基本上拥有男性的性格”。对应于“意识-光明-昼”和“潜意识-

---

① 这里所说的象征采用的是荣格理论，因此与普通用语有一些不同。对于荣格来说，用来代表一个已知的事物或者一个符号，是记号（sign）而不是象征。象征不是作为某项已知事物的符号，而是要表现某个未知事物时所产生的最良好的东西。

黑暗-夜”的关系。诺伊曼认为“潜意识对于男人来说，是一种阴性的存在；同样地对于女性来说，是一种阳性的存在”。在这里诺伊曼用男性（men）、女性（women）对应阳性（masculine）、阴性（feminine）。前者指的是从人的角度来说的男性、女性，而后者则代表着男性形象和女性形象。虽然如此，由于这两个概念在我们的内心相互地交替存在，所以在讨论男女问题的时候很容易产生毫无价值的混乱。总而言之，诺伊曼所阐述的理论完全是西方的产物，他认为西方近代提出的“自我意识”的概念，在世界精神史领域应该是非常特殊的例子，例如将自我与潜意识明确地区分开来，强调摆脱潜意识的影响获得自由等。这种想要支配潜意识的强烈意识称为父权式意识（patriarchal consciousness）。与之相对应，当潜意识拥有极强的支配力，意识无法获得独立时，起主导作用的就是被称为母权式意识（matriarchal consciousness）的东西。因此诺伊曼的结论认为，当近代女性拥有父权式意识，并且遵守它的时候，所显示出来的自我就会像前文所论述的，是男性的英雄形象。

诺伊曼在这里反复说明，他所使用的阳性、阴性、父权、母权之类的名词是用来表达某种象征的。这与个人意义上的男性、女性及社会制度中所提到的父权、母权并不一样。尽管在某些方面诺伊曼的所谓父权、母权的意识与社会制度上的父系制、母系制或者父权制、母权制有相似之处，但是从根本上说是不同的。如果以西方理论为中心，思考人类的意识发展过程，几乎所有的人都会认为人类的意识起源于母权式意识→父权式意识。但是并不能因此将这个概念投射到社会制度上，而断定所有文化都是从母系社会演变为父系社会。在对游牧民族和农耕民族进行比较的时候，虽然通常情况下会普遍认为前者为父权式意识，而后者为母权式意识，但是如果因此而推论前者是父系家族制，而后者是母系家族制的话，则完全属于谬误。意识结构和社会结构绝对不同。例如大家都知道第二次世界大战前的日本，在心理上是母权占优势，但是在社会制度上则采用父权制度。

应当用这样的视角来观察西方人的自我，让我们参看表3所列西方“禁忌房子”类型的故事，从立下禁令者与冒犯禁令者之间的关系中，我们会看到非常有意思的场面。首先我们可以把现实世界视为代表意识的层面，在这个层面当父亲下禁令的时候，恰好代表西方人的意识由父性意识统治。与之相对应，在非现实的世界中，立下禁令的就会是圣母。在这里接受禁令的孩子们维持的并不是意识世界里只有的父子间的血缘关系，其所维持的是归属于超越个人关系的圣母之下的关系。处于这两种关系的中间带则是夫妻关系。在这里所呈现的不是上与下的亲子关系，而是一种横向关系。下禁令的都是男性，而女性则属于被约束的一方。这种异性的结合，代表了意识与潜意识的统合，具有非常重要的意义。当我们从这个角度去观察西方人的自我的时候，就会发现表2中的结果部分恰巧反映了西方人的内心结构。但是在西方被人们重视的“结婚”，为什么在日本的民间故事中却几乎不存在呢？让我们再一次回到“禁忌房子”，看看此类故事可以告诉我们一些什么。

4 究竟发生了什么

现在我们已经了解了有关“禁忌房子”类型的故事，了解了它在世界文化中有相当的普遍性，同时也知道了故事的情节和结局受到文化的强烈影响。为了更好地探讨日本的“禁忌房子”有哪些特点以及它到底向我们传达了什么信息，首先有必要通过与西方故事的比较来进行考察。

首先将《黄莺之家》里冒犯禁令的男子与在此之前介绍的，同样描写男子冒犯禁令的欧洲民间故事《忠实的约翰》中的约翰进行比较（请参考附录2）。实际上这个故事在别处已经介绍过多次，[1]这里暂不详细叙述。为了能够更进一步了解日本的民间故事，这里仅仅简单列出与日本故事进行比较的部分并且简单地讲解。另外日本故事的情节发展已经在前面图1中做过介绍（图2）。

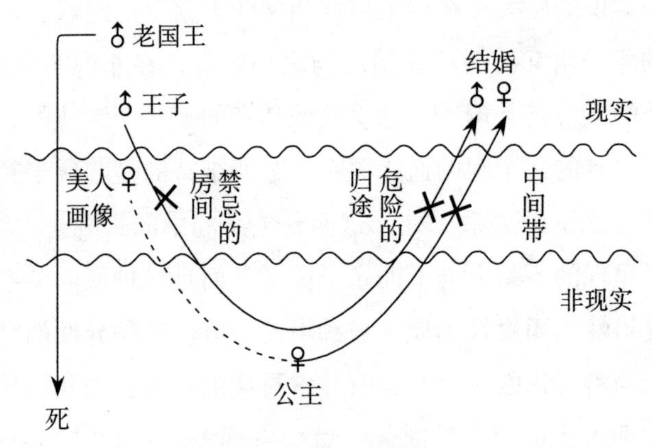

图2　忠实的约翰

从图2我们可以清楚地了解到，故事刚开始的时候所描写的是老国王与王子之间的“父子关系”。这时是一个父权完全占优势的世界，其特点是王妃或者公主这些女性一个也没有登场。但是当老国王躺在病榻上时，寓意着在此之前一直保持优势的父权已经丧失生命力，具有某种意义的革新正迫在眉睫。之后王子冒犯了父亲的禁令，进入“禁忌房子”，并且看到了“黄金国公主”的画像。对于老国王来说，他对自己的儿子有着双重的矛盾心理。在意识上他希望儿子拥有与自己一样的父权统治自己的王国，但是在其潜意识

① 拙著《民间故事的深层》（昔話の深層），福音馆书店，1977年。

中却又期待儿子可以完成自己没有实现的理想，将全新的母权带到自己的国家。此时，深谙其中危险性的老国王，刻意把公主的画像藏在一间房子里面，还留下遗言不允许王子进入这个房子。这充分体现其双重矛盾的心理。我们可以因此解释为什么他会拥有“禁忌房子”的心理。冒犯禁令的王子因为看到了那幅画像而深陷情网。为了使王子实现愿望，忠实的约翰的存在就显得十分重要。然而在这里先不谈这些。总之，王子因为约翰的机智和忠诚，终于摆脱危险，如愿与公主结婚。

实际上，这个故事的情节与前面诺伊曼的理论并不完全吻合。但是在一个以父权为主的文化中，这个故事确实很好地表达了自我的确立过程。正如前一节所述，身为男性主人公的王子，正是自我的象征。他冒犯父亲的禁令，克服危险，最后获得女性的青睐。如果从一般化的文化角度来看这个过程，可以认为这个故事发生在父权拥有强大支配权的欧洲，能够获得女性的青睐，在某种意义上说代表了一种补偿。男性和女性、现实与非现实的世界的整合，代表着一种能够超越过去的、更高层次的整合。

因此可以说西方的“禁忌房子”代表着某种明确的含义。相比之下日本的故事又怎样呢？日本故事中的英雄，好不容易遇到绝世美女，最后却茫然地站在空无一物的旷野中。究竟发生了什么事情？瑞士著名的民间故事研究家马克斯・路德在探讨日本与西方传说故事的差异时说：“在欧洲的故事中，冒犯禁令代表着冒险，主人公的身份很有可能因此而得到提升。但是如果失败了则有可能失去一切。”[①]然而以日本的《黄莺之家》来说，冒犯禁令者并不算是

① 马克斯・路德，《日本的传说故事具有的各种特征》（日本の昔話にはさまざまの特徴がある），收录于小泽俊夫的《日本人与民间故事》。

一种冒险，而最终却“失去一切”。事实上习惯了分析欧洲民间故事的人，会觉得分析日本的民间故事是一件很困难的事情。如果借用诺伊曼的说法，那是因为日本人的自我意识停留在低层次阶段的缘故。或者认为这是一种倒退回圆形蛇的状态。然而，我认为这种理论并不具有实际意义。与其这样解释，倒不如改变这种认识，也许更有利于找出更深层次的理论。用新的理论去探讨，才能真正分析日本的民间故事。

日本有关“禁忌房子”类型的故事究竟发生了什么？真的什么也没有发生吗？我们与其在此思考此间到底发生了什么，倒不如转换一下思路，从积极的、正面的角度来看什么也没有发生所代表的意义。如果直接借用英文的表达方式“Nothing has happened”解释的话，也许可以解释为“无”发生了。用这种观点看问题，或许可以了解日本民间故事所描述的“无”的境界。马克斯·路德认为“一无所有”的结局代表着负面的意义，但这也可以是一种肯定的意义。“无”本来就是一个超越否定和肯定的存在。当我们把观念转变为这种思考方式以后，图1所描画的那两条只能交会两次的抛物线，便可收缩成为一个圆形（请参见图3）。在这个圆形中，超越现实、非现实、男女之间的区别，把一切都包容在其中，这就是“无中生有”。

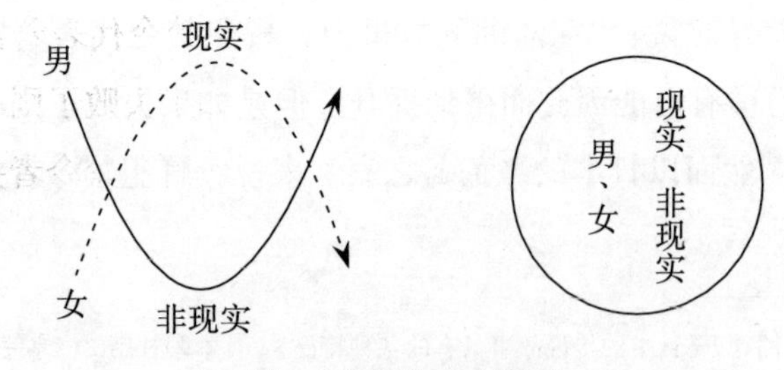

图3　收缩为一个圆形

这种关于“无”的直接体验，会使人很难找到合适的语言来进行叙述。当超越现实、非现实的区别时，所谓的主体和客体都被包含在这个圆形之内，以至于我们不能将这一切客观化或语言化。这种“无”的状态无法简单地使之语言化。因此当试图对这种现象进行解释的时候就会出现多种解释方法。按照这样的思维去思考，所谓的日本民间故事就是其中的一种解释方法。《黄莺之家》这个毫无根源、子虚乌有的故事，也许就是在向我们传递一种解释。那么它所要传达的到底是一种什么样的解释呢?《黄莺之家》最初的情景和最终的情景是不变的，这难道代表了什么也没有发生吗？也可以说就算发生过什么事情，但由于出发点和终结点都是同一个点，说明这是一个圆。当然故事可能发生在圆圈的任何一点，圆的中间则是“无”。但是为了应付可能会问“无”是什么的那些人，民间故事中特意准备了“站在梅花枝头上的黄莺”或对日本人来说最重要的稻谷生长的情景，以此代表“万有”。

简单地说，这个故事就是在解释“究竟发生了什么”，而它又以“无”做了最终的解答。如果再加上这样的对话：“无是什么？”“无就是黄莺站在梅花枝头上。”这样就更清楚不过了，此对话容易使人联想起禅道。笔者对禅家毫无所知，这样的解释也许亵渎了禅家。但是如同上田闲照所说：“禅的根本就是发现‘自己到底是什么’这样一个问题。”[①]民间故事对此并不提供直接的答案，而是或多或少地提供一个解释。可以说民间故事集中了民间的智慧，对“自我”这个问题提供了一种解释。正因为现代人离这种智慧越来越远，所以才需要反复、不厌其烦地对民间故事做一些解释，实际上本来是可以不需要这种解释的。

---

① 上田闲照，《禅佛教》（禅仏教），筑摩书房，1973年。

当我们了解到这些对于民间故事的解释都属于画蛇添足之后，现在再一次冷静地看《黄莺之家》和《忠实的约翰》时，无论谁都会感到这两个故事在本质上存在很大的差异。西方的故事本身拥有一个完整的结尾，这使得整个故事的完整性撞击着每个读者的心。相对而言，日本的故事看起来并没有一个完整的结尾，要等到读者因为故事结局而引发感动之情，整个故事方呈现出完整。如果日本人对于那个最后隐身而去的女子没有产生一种“怜悯”的感情，那么在此便无法对这个故事做整体性的探讨。对于西方的故事而言，只要分析故事本身，就可以完整地分析整个故事的结构。而对于日本的故事而言，如果只是考虑故事的本身，就难以对整个故事的结构进行分析。这样的一个事实往往使分析日本的民间故事变得比较困难。同时也让前面提到的西方的研究人员感到困惑。如果我们日本人也依靠西方的理论方法分析日本的民间故事，岂不是也会困惑不已，甚至会归纳出日本的故事比西方的故事无趣！？

刚刚提到读者所产生的“怜悯”情感，这种“怜悯”就是在故事即将完结的最后一刻，因为整个过程突然停止而引发的一种美学情感。年轻的男子与美女相遇，故事接着描写这位女子家中的种种美好的物品，就在读者以为故事将要结束的时候，突然因为男子失手打破鸟蛋而导致悲剧发生。随着黄莺的悲戚而去，最后一种美学意识得以形成。

5 隐身而去的女性

为了使这种“怜悯”的美学意识得以形成，故事中的女子最后必须隐身而去（这被认为是日本文化的宿命）。当我们从这个角度去思考问题时，会在日本的神话、传说、民间故事中，发现一个又一个隐身而去的女性。这正是日本文学、戏剧中的形象特征。例如第六章所提到的《鹤妻》中，当男子偷窥了女子不许他看的衣橱以后，女子隐身而去。对于被冒犯的女子来说（实际上是仙鹤），虽然十分愤怒，但最后还是隐身而去，让整个故事成为一个悲剧。

这种类似因为偷看“禁忌房子”而导致女性不得不离开的故事，在神话故事中还有丰玉姬的故事。在日本的能剧中则有著名的《黑冢》。在这些类似的故事中有一个很明显的特点，那就是与其说故事在描写冒犯禁令的罪行，不如说在强调被看到的耻辱。《黄莺之家》中虽然没有提到耻辱的部分，但是佐竹昭广在《民间故事的思想》[①]中谈及这一点。佐竹昭广将《黄莺之家》的故事与《鹤之净土》中那个被招去的男子做比较，他认为后者不是被要求“不要看”，而是“不要走”。当那位被招去的男子要回家时，女主人请求他“不要走”，之后赠给应允自己要求的男子以礼物作为回报。佐竹昭广除了对这两个故事进行比较之外，还得出了一个有趣的结论，他认为“不要看”与“不要走”这两个主题的差异，与女主人公的年龄有一定的关系。因为“不要看”表达了年轻女子的娇羞，而“不要走”则反映了老妇人的殷切期待。这种推论并没有超出想象范围。虽然故事没有直接描写女性的羞耻，但其确实隐含在故事之中。

强烈地表现出那种被看到的羞耻感，应首推能剧《黑冢》的故事。有一位云游四方的和尚来到了安达原，他向女房主乞求留宿一晚。女子让和尚在她出去拾柴火时留下看家，但不准偷看她的闺房。然而和尚冒犯了禁令，偷看了“禁忌房子”，闺房里“尸体不可胜数，高高地叠加至房顶，屋里充斥着脓血的恶臭，尸骨全部腐

---

① 佐竹昭广，《民间故事的思想》（民話の思想），平凡社，1973年。

烂”。和尚见状“心乱肝失”，急忙逃跑。女子化为厉鬼，充满仇恨地追杀和尚。结局是女子因和尚念经而离去。然而女子在离开时说道：“隐居在黑冢，却还是因为隐藏不深而吓着人，我的样子真令人羞耻啊。”虽然故事中的女子因愤怒而追杀和尚，但这里强调的还是羞耻的情感。

虽然《黑冢》的故事描写的是令人毛骨悚然的血腥场面，但是故事的主题与《黄莺之家》几乎一样。有时“禁忌房子”描写的是美丽的事物，有时描写的却是血腥的浊物。这两者其实是一个整体的两面。不论看到的是哪一面，都属于不愿意被人看到的“羞耻”的世界。从表面看是无尽的美景，但内心里却充满着无穷的恐惧。这两者对女性来说都是“羞耻”的，所以一旦被发现，必须隐身而去。虽然世间多将羞耻和丑陋连接在一起，但是民间的智慧却似乎更喜欢用一些美丽的事物描写羞耻。

既然已经注意到这种两面性，那就不得不提到“羞耻”美学的另一面“恨”。马场秋子对“日本的鬼”有独到的研究，非常有趣地解释了《黑冢》里的鬼。①她认为能剧《黑冢》中的女主角戴着般若的面具起舞，是因为那个女子本来并不是鬼，而是“闺房中脓血四溅的场面被别人发现之后，因为女性的羞耻心而变成鬼”。她得出结论认为，当和尚违反约定偷看闺房时，“女性因这种残酷的背信行为，深感密藏着私人秘密的闺房被外人看见，无穷的羞耻感使她变成了鬼。可以说这个故事重彩描写了凄凉美丽的人性”。这是一种“恨”，也是一种人生。正如前面所介绍的，“怜悯”是因为过程突然停止，相对于隐身而去所产生的情感；“恨”则是希望过程可以永远延续下去，所以“恨”也是对消失的一种抵抗。如同《黄

① 马场秋子，《鬼之研究》（鬼の研究），三一书房，1971年。

莺之家》的女主人公将要离去时所说的那样，“真的不能相信人类啊！你违反了与我的约定……我可怜的女儿啊，吱吱啾啾”。她留下这些愤恨的话而离去。

也许很难想象，恰恰正是这些留下来的恨使日本人的活力得以表现。“无”和“怜悯”都存在于日本的主流文化中。为了保有这些部分，有时必须牺牲女性的存在。那些因此不得不离去的女性为了抗拒这种结果，而留下了“恨”。以《黑冢》为例，虽然所有的怨恨最后都必须在佛经面前消失，但是在表现民众潜意识层次的民间故事中，“恨”不可能轻而易举就会消失。难道我们不是期望故事中消失的女性有一天会再度获得力量，重新回到现实世界中来吗？在日本文化中，这种女性形象自古以来就象征着某种新事物的出现或者新情况的发生。真正的故事将从这里展开，描写这些最初悲叹离去而受到怜悯的女性重新回归的过程。

诺伊曼认为打败怪物的男性英雄象征着西方的自我意识，而日本人则是在日本民间故事留下“怨恨”而离去的女性行迹中寻找自我。两者之间的差异具有深刻的理论意义。在这里首先让我们探讨一下男性象征与女性象征的差异。诺伊曼认为男性形象可以恰当地表达西方人的自我（不论男性还是女性）。要理解这样的说法，首先必须了解在西方的象征主义中男性和女性代表着何种意义。虽然在西方象征主义中，性的二元理论拥有悠久的历史。但是在炼金术的系统中却发生了非常极端的变化。正如荣格所指出的那样，炼金术将人类的个性化、内在成熟过程、物质的变化过程以投射的方式记录下来。在此之中男性与女性以及两者的结合具有非常重要的象征意义。在此无法详细介绍炼金术的庞杂内容，为了能够稍微了解西方思想中男性和女性所拥有的象征意义，特别摘录了尤坦所著的《炼金术》里的一张表（表5）。[①]通过这张表可以看出，世界上存在着各种对立，可以用男性和女性的对立作为根本的对立轴来解析其中所隐含的秩序。在炼金术中“硫黄”与“水银”的化合是一个很重要的过程，而男性与女性的结合也是如此，它会因此产生新的发展。

表5　炼金术的性二元论（摘录于尤坦的《炼金术》）

酵母	太阳	黄金	热－干	火	魂	形象	主动	精液	男
没有种子的黏粉	月亮	银	冷－温	水	肉体	质料	被动	月经	女

然而一看到这个表就会首先注意到，表中有关男女的象征物与日本神话中太阳为女性、月亮为男性的表述有所不同。因此西方的空间象征所强调的右－意识（太阳）、左－潜意识（月亮）的结合与日本的神话传说并不吻合。正如荣格有关象征的原型理论所指出的那样，象征极为普遍地存在于人类社会，但它在相当的程度上受到文化的影响。男性形象和女性形象所象征的意义，在每一种文化中都占有重要的位置。但是意义本身会因为时代和文化的不同，而发生着相当大的变化。在探讨日本民间故事的时候，如果不注意到这一点，则可能因此犯重大的错误。如果仅仅单纯地用诺伊曼的“自我确立过程图表”去分析日本的民间故事，便可能会把多半的日本民间故事列在“自我成熟的初级阶段”。

总而言之，如果要提出一个结论的话，那么可以说分析日本民间故事，只能摈弃“男性视角”而完全用“女性视角”来看问题，才能窥其全貌。但要说明什么是女性视角，这是一件很困难的

① S. 尤坦，《炼金术》（錬金術），有田忠郎译，Kusejyu 文库，白水社，1972年。

事情。如果依照《炼金术》的表所列出的，用两分法将男性和女性确切地分开，那么使用被两分化以后的女性定义去解释日本民间故事，那将是一件更为艰巨的事情。也可以说这个两分法是用男性视角进行分类的，因此如果将男性视角转变为女性视角，分类方法将会完全不同。

在所谓的使用“女性视角”方面，可以说世界上再也没有比日本人喜欢用女性形象表达自我的了。日本的社会制度是一个极端强权的父权制度，这使得人们在许多时候不得不放弃这所谓的女性视角。但是对于民间故事而言，因为它具有心理补偿的作用，所以它便成为“巾帼”们自由活跃的载体。本书后所附的故事，有许多关于女性的内容，以现在的结论而言，它并不代表女性的心理，而是日本的男性和女性共同的心理。鉴于此种原因，希望读者能够多多地了解在这些故事中出现的女性与西方两分法中的女性之不同，有时候她会非常积极，有时候她的热情甚至像太阳一样炽热。在明确了日本人的自我是以女性作为表征以后，就很有必要进一步观察这种女性所拥有的性格，她们会做出怎样的行为。这些问题都将在后面加以论述。

第二章

不吃饭的女人

在日本的民间故事中，既有前文介绍的类似《黄莺之家》女主人公隐身而去的女性形象，也有正好与之相反的相当活跃的女性形象存在。这就是本章要向读者介绍的山姥形象。通过后面的论述，我们会发现山姥这个角色很不简单。通常情况下，故事里的山姥就是张着大嘴吃人、令人恐怖的女性形象。在日本各地都有关于山姥的故事。只是有的称其为山母、山女或者山姬而已，但实际上所指的都是她——山姥。柳田国男在著名的《远野物语》中提到："民间故事是在讲述很久以前的事情，其中有关山妈妈的故事最多。山妈妈也就是山姥。在这里仅记述其中的一两个故事。"[①]《远野物语》中介绍的是吃女儿的山姥的故事。由于山姥的故事很多，这里先介绍《不吃饭的女人》的故事（具体请参见附录4）。

---

① 柳田国男，《远野物语》，收录于《定本柳田国男集　第四卷》（定本柳田國男集　第四卷），筑摩书房，1963年（后面将简称为《定本》）。

1 山　姥

现在介绍的这个类型的故事收录在了《日本民间故事大全》244篇的《不吃饭的女人》中。这类故事的特点之一就是分布很广，在日本全国几乎都有，而且数量极多。在众多的山姥故事当中，尤其以吃人的山姥为数最多。这里首先介绍的是山姥化身“不吃饭的女人”登场的故事。可以说这类故事紧紧抓住日本人的心理。特别是什么都不吃与什么都吃，这种对比隐含着许多其他的含义。

故事的男主人公一直孤身生活，以至于朋友们都替他操心。不知道这位男子到底多大岁数，单身生活能维持多久。但是在熊本县天草郡所采集到的类似故事里明确描述其年龄在45—46岁之间。总之，他的单身生活已经持续了相当长的时间。这与第五章介绍的《浦岛太郎》的故事有类似之处。浦岛太郎41岁仍与母亲住在一起。当朋友们劝他结婚时，他却回答道：“如果能找到一位不吃饭的女人的话，就把她介绍给我吧。”在国外的类似故事中，有时候会把男子说这种话的原因归结为其贫穷或者小气，但是在日本的故事中，并没有对此做任何的解释。所以这位男子有可能是因为根本就不想结婚，但害怕朋友的嘲笑，因此故意提出一个看似不可能的条件。然而尽管这么含蓄，故意提了一个不可能的条件之后，没想到世界上真的存在这样的人。有一位不吃饭的女人居然出现在他的面前——而且还是一位很美丽的女子。她希望借宿一宿，而男子却以“我家没有吃的东西哟”这样的话来拒绝她。没想到女子说：“我什么也不吃。”于是，女子走进了男子的家。因为这个女子不吃饭，而且还能干许多活儿，男子便对女子说：“你可以一直留下来。”在我们的预料之中，故事的后半部分，男子“没有想到世界上竟然有这么好的女人”而与她结了婚。需要注意的是此类故事中暧昧的求婚特点。在类似的故事中，基本上都是女性主动提出结婚的，例如“我不吃饭，娶我做妻子吧”（熊本县球磨郡的民间故事等）。值得注意的是，不论哪一个版本的故事，男性的态度都是被动的。希望这一点能引起读者的注意，在此前我们曾经提到女性求婚的特点，有关这个问题后面还将论及。

一位得到好妻子而满心欢喜的男子，因朋友的劝告而偷看了妻子不为人知的另一面。许多故事都有类似男子偷窥的情节。当论及偷窥与现实的多层面的联系时，偷窥被认为是触及“异次元真实”的一种方法，也是民间故事擅长使用的一种手法。美国印第安民间故事《双面人》（《世界的民间故事》24），也是一个与《不吃饭的女人》有许多类似之处的故事。在《双面人》故事中，也有男子偷看女人吃人耳朵的情节。不论是什么样的民间故事，甚至包括今天的故事，涉及类似内容的比比皆是。当某人因为偷窥而了解了异次元真实以后，他的人生便因此发生巨大的变化。

故事中描写了男子所看到的非常可怕的真实场面：那个不吃饭的美女的头上居然长着一只大嘴巴，她一口气吃下了三十三个饭团和三尾青鱼。通常情况下，人们在为追求一些不可能达至的极端事物的同时，必然要为它的后果付出一定的代价。故事中的男子见状惊恐不已，便立即求救于他的朋友，让他们以巫师的身份到他家，为他“卧病在床”的妻子治病。于是，他的朋友口中振振有词：“是什么在作祟啊？是三升饭在作祟吧？是三尾鱼在作祟吧？”念着咒语的朋友也许心里在暗自发笑。实际上与之类似的故事其结尾也是以这种笑话的形式表现的。《日本民间故事大全》中的AT1458就收录了类似的笑话。其中收录的土耳其故事，写妻子因丈夫想节省饭钱而与丈夫约好不吃饭。而丈夫却发现妻子偷吃大量的食物，结果以离婚告终。另外韩国也有故事描写那些身为守财奴的男子，想要娶一位不需要吃饭的女子为妻。当他受骗娶了一位聪明无比的妻子以后，因为妻子的智慧他幡然悔悟，开始善待妻子。可以说这类故事揭示的是一种教训，也可以算是一个笑话。

故事中当朋友揶揄妇人说“是三升饭在作祟”时，就在他忍不住将要笑出声的刹那，突如其来的事情发生了，事态为之一变：妇人突然变成原来的山姥，跃身而起，将朋友们塞进了自己的头里，大口大口地吞吃起来。可以想象原来想发笑的那个朋友，他被吓得脸都僵住了，呈现出极为恐怖的样子。实际上笑与恐怖在某种程度上是非常相似的。当我们试图与对方拉近距离的时候会尝试笑，但是当距离即将被破坏时，就会产生恐怖的感觉。这种急剧的变化，让读者本来认为是笑话的故事急转直下，从而进入到一个更深的层次。原来对方是一个会吃人的妇人，不是一个可以随便取笑的对象。

男子本来想转身逃逸，但马上被那个妇人抓住了。在十分危急的时刻，因为被树枝挂住而逃过一劫。这时故事说他“居然没有发现不吃饭的妻子竟然是女鬼……”。此时故事已经用“鬼”来形容山姥了。事实上随着故事情节的发展，人物形象确实按照美女—女鬼的次序发生变化。在类似的故事中，有的直接称其为山姥，有的则用山姥等同于鬼的形式表现。虽然故事最后讲述男子用艾草和菖蒲赶走了女鬼，但这个结局未免让人感到比较唐突。有人认为这样的结局，与端午节的起源有直接的关系。

故事中出现的鬼或者山姥到底是什么东西？这里暂且参考一下其他有关山姥的故事。提到山姥的特点，首先必须指出的就是她具有吞噬一切的能力。在《牧童与山姥》（《大全》243）的故事中，山姥不仅把牧童放在牛车上的咸鲑鱼、鳕鱼吃了，还把牛吃了，最后差点把牧童也吃了。在许多“不吃饭的女人”的类似故事中，山姥最后都变成了蜘蛛。这些故事有的描写当女子吃东西时被人发现马上变成蜘蛛的样子，或者之后变成蜘蛛要吃那个男人的样子。这些故事的结局多半是最后蜘蛛被杀掉。这种结局也许与日本民间俗语所说的“尽管晚上蜘蛛背上的花纹很像父母的脸，但也得毫不留情地将它杀了”有一定的关系。这种“就算与父母相像也得杀”的表现形式，应该与“长得跟父母不像的孩子是鬼的孩子”的俗语相对应。就算与父母相像，但如果是蜘蛛，那就是鬼，非杀不可。

对于蜘蛛的恐惧，在故事《水蜘蛛》(《大全》，补遗34）中有十分详细的描述。说的是有一个人正在溪边钓鱼，一只蜘蛛从溪里爬了出来，它吐出的丝缠住了钓鱼人的草鞋带子。钓鱼人以为蜘蛛已经回到水里，没料到蜘蛛又浮出水面吐丝，反复几次之后，蜘蛛丝居然变成一根很粗的绳子。钓鱼人感到不妙，便把它拴到身旁的一棵树上。这时蜘蛛将蜘蛛丝慢慢地往水底拉拽，最后树被连根拔起。钓鱼人吓得面如土色，赶忙逃回家去。这个故事所描绘的是蜘蛛那种恐怖的巨大拉力。由于蜘蛛吐丝缠绕生物，以及在空中结网的情景，给人留下了十分深刻的印象，因此人类会对蜘蛛产生种种联想。这些联想既有正面的，也有负面的；负面的联想有时候会导致一些妄想。在故事《不吃饭的女人》中，那个男子当初想要娶一个不吃饭的妻子的想法，实际上就是妄想。我们甚至可以认为男子最初有这种想法时，实际上就已经被蜘蛛丝缠住了。

蜘蛛吐丝与编织行为有一定的联系。在德语中蜘蛛被称为“die Spinne”，而编织的动词是“spinnen”，由此可见两者之间的关联。蜘蛛也因此与主宰编织的女神有关联。由此推论，日本的山姥与纺织机产生关系也是再自然不过的事情。被认为与山姥是同类东西的天邪鬼和瓜子姬的故事里就出现过纺织机。另外在《山姥的纺织机》(《大全》253C)中，有对山姥坐在树下纺织情景的描写。柳田国男[①]提及有人捡了山姥的麻线团据为己有，没有想到后来生下了鬼孩子。在方言中麻线团是纺线的意思，可见山姥与纺织有多么深远的关系。这个故事中所讲述的捡了麻线团“据为己有”的内容很有意思，而下面首先要谈的是蜘蛛与纺织的关系。

希腊女神雅典娜擅长纺织，而哥德堡的少女阿拉库诺的纺织技术也很出色，少女因此非常骄傲，甚至表现出自己比雅典娜女神还要高明。雅典娜为此变成老妇人（变成老妇人所代表的含义很深刻）来到阿拉库诺身边给她一些忠告，没有想到阿拉库诺根本听不进去。这时老妇人还原为女神的样子，与阿拉库诺一比高低，结果胜了她，少女因羞愧而上吊。雅典娜出于怜悯而决定救她一命，没想到阿拉库诺在半空中变成一只蜘蛛。从此蜘蛛便与负面的女性形象联系在了一起。然而，如果考虑到雅典娜与阿拉库诺都会编织，便可以理解两个同时代的女性为什么分别代表正面和负面女性形象了。如果进一步分析，阿拉库诺所代表的也许正是光辉灿烂的雅典娜女神的某个阴暗面。

现在再将话题转回到山姥。正如柳田国男所介绍的那样，山姥的麻线团同时传递了肯定和否定的双重意思，因此山姥并不一定就是恐怖的。例如日本民间故事《姥皮》就描写了山姥和蔼可亲的一面。当迷路的女孩来到山姥家时，也许我们会以为山姥不会让她过夜，没想到山姥不仅留她过夜，而且还送了她一件可以随意将人变成老人或小孩的蓑衣。最后女孩因此得到了幸福。在金太郎的传说中，也同样描绘了山姥那和蔼可亲的一面。金太郎是由足柄山的山姥抚养成人的。故事从正面详细地描写了山姥对金太郎的感情以及

① 柳田国男,《山之人生》(山の人生)，收录于《定本 第四卷》。

抚育他长大的过程。接下来让我们考察山姥所具有的两面性。

2 母亲的形象

第一章第三节介绍了诺伊曼关于西方自我意识发展的理论。在自我刚刚萌芽的阶段，世界是以太母的形象呈现的。也许很多读者看了前一节对山姥的描述以后会察觉到，山姥代表着太母的另一面。再加上山姥与蜘蛛的关系，这个问题就更加明确了。可以说蜘蛛是太母形象的最典型的代表。结网捕杀虫子的形象，代表着太母抓住渺小的自我，并且阻止她自己的发展。另外山姥吞噬一切的属性也证明了她与太母的关系。

太母的正面形象多半以慈祥怀抱孩子的形象出现。在有关山姥的麻线团的故事中所提及的“无论如何，麻线团也用之不尽”，用不尽这恰恰代表了无限的存在。为了孩子而付出自己的全部，这种大无畏的精神与前面介绍过的负面的否定形象，其差异实际上不过在一念之间。在《山姥媒婆》(《大全》，补遗30)中，老妇人因为孙子可爱，亲吻他的时候，竟一口将孩子吃了，从此变成了鬼婆婆。可以说这种因为孩子太可爱，以及对孩子的感情笃深，而夺去其生命的故事，真实地表现了山姥的另一面。

山姥表现的善恶两面，已经超越了普通母子日常的体验。虽然孩子感觉母爱是无限的，但是不得不承认人类的生命是有限的。不过我们可以超越个人的体验，在自己的心中树立普遍的“母亲形象”，并且将她转化为太母。世上所有的一切都由此而生，死后也都归结于此。孕育生与死全过程的太母，对于农耕民族来说显得更为重要。她很自然地成为农耕民族的宗教崇拜偶像。折口信夫认为山姥“最初扮演的是守护神明的角色。之后渐渐地转化为神明妻子的形象”，[1]折口信夫的理论证明了这一点。

太母的形象具有正负两个侧面，山姥也是如此。虽然折口信夫很明确地提到山姥值得肯定的一面，但是为什么在一般的情况下（特别是在民间故事中）却更多地描写山姥负面的形象呢？这也许是因为日本人通常把母性看得非常崇高，而在潜意识中反而产生对她的否定，以作为某种精神上的补偿吧。平常人们都教育孩子们要尊重生养自己的母亲，可以说任何轻视、批评母亲的话都应加以禁止。相反地，在民间故事的世界里，人们却生动地描写母性的吞噬力量以及所造成的恐怖。在《两座观音》[2]的传说故事中也有这样的描述，被追赶得走投无路的山姥，变成一座观音像，但最终还是被识破，难逃被赶走的命运。值得关注的是，在代表太母正面形象的观音那里，或多或少还存在着一些被否定的因素。

结合《不吃饭的女人》的故事，在此探讨太母与食物的关系。食物对于人类来说，含有非凡的、不可思议的意义。当食物被人吃之前，对于人类来说，它完全是另外一种存在。但是当食物被吃了以后，似乎就变成了自己的一部分。摄取食物的过程，实际上就是人与食物一体化或者同化的过程。前面所介绍的因为孙子太可爱，而将孙子吃掉的老妇人，就是这种一体化的代表。因此可以说太母与食物有着十分密切的关系。在格林童话《汉赛尔与格莱特》（KHM15）中女巫的饼干屋，以及《霍勒大婶》（KHM24）中有关在前往霍勒大婶家的途中发现成堆的面包、苹果变成铃铛等情节，都在表达这样一种含义。太母把人类当成“食物”吃下去，在某种

---

① 折口信夫，《翁之产生》（翁の発生），收录于《折口信夫全集第二卷》（折口信夫全集卷2），中央公论社，1955年。

② 关敬吾编，《一寸法师·猿蟹大战·浦岛太郎——日本民间故事3》（一寸法师·さるかに合戦·浦島太郎——日本の昔話3），岩波书店，1957年收入《大全》282。

意义上，表示她是一个能够给予人类食物的丰收女神。

不认同摄取食物是“一体化”的行为，而认为食物可以变成自己的血和肉，这种想法包含了一种“变形”的概念。人类的成长不仅仅是维持生命的过程，而且也是随着时间的推移在成长中发生变化的过程。在小孩变成大人，女孩变成母亲的“变形”发生时，人类会发生质的变化，这种变化对人类来说十分重要。极端地说，如果今天不比昨天进步，明天不比今天进步，那就等同于死亡。母性“变形”的一个特点就是，想与自己的身体脱离关系却没有办法，例如摄取食物、怀孕、生产等。男性的“变形”则以精神为主，因此多半得与身体切断关系，往往飞得越高摔得越重。在山姥的故事中，当山姥把牛“放进头顶，开始嘎吱嘎吱地吃起来”时，故事详细地描写了山姥的头发凌乱不堪，当中露出一个血盆大口，相信那些听故事的小孩肯定会吓得发抖。这个故事的特点在于它不仅影响听者的心，而且还影响到听者的身体。要认识太母就不能不通过身体去理解太母，女性的心理变化往往与身体产生联系。

那么不吃饭到底意味着什么？不吃饭意味着拒绝变形，拒绝母性的变形。如果拒绝变形达到极致的时候，人类甚至会因为丧失生命力而死亡。为了更深入地探讨这个问题，笔者以心理学家的优势，对青春期厌食症展开分析。青春期厌食症是青春期女性特有的一种神经症。患者会顽固地拒绝进食，以致身体瘦弱不堪。如果不加以治疗，她们很可能会饿死。这种疾病的特点之一，就是在富裕国家发病率较高，而在日本最近也有逐渐增多的趋势。这些本应该是最健康的女孩（同时多半被认为是最美丽的时期）却成了皮包骨的样子。当她们站在我们面前时，让人感到非常可怜。虽然青春期厌食症的心理机制不是三言两语就能够解释清楚的，但不管是谁都会觉得其中包含了“不愿意长大”“不愿意成为女人”的想法，她们用身体表达了这种心理愿望。许多学者认为这可能是因为母女关系或者父母的夫妻关系出现问题而导致的。当女儿知道父母的关系不佳时，很自然地会产生不与父母苟同的想法，或者因此不想成为大人。值得注意的是这里所说的母女或父母关系的问题，并不是通常意义上的问题。有时甚至让人无法感觉到问题，也会因为本人内在的强烈的负面太母作用，而导致厌食症的发生。因为拥有强烈的否定太母的愿望，所以有的母亲无法接受自己是母亲和女人的现实。而女儿则会拒绝成为母亲和拒绝进食。前面已经介绍了太母与进食的密切关系，而上述的这些心理则会影响并导致厌食症的发生。

厌食症的人也可能转眼会成为患过食症的人。这时人无法控制自己吃东西，有时甚至眼睁睁地看着患者越来越胖，已经不能消化了还不停地吃，甚至吃死才罢休。不论是厌食还是过食，都让人感觉到背后死亡女神的威胁。站在这个角度看《不吃饭的女人》的时候，可以发现这个故事并不像西方的类似故事那样单纯是个笑话。从某种意义上说，日本的故事较为接近人类的心理深处。一个什么也不吃的女性，突然一口气吞吃三十三个饭团的情节，既不脱离现实，也不是个笑话，而是一个普遍存在的现实悲剧。

太母之内可以容纳任何东西，而且在其中产生变形。由于太母拥有这样的特点，所以人们就用容器象征太母。有人在茶壶上画眼睛、鼻子，将其视为太母加以崇拜。在与《不吃饭的女人》类似的故事中，有的描写山姥将男人抓起来，装在桶里运到山下。这就是一种象征。男人被装入太母的容器中，当男人逃出来的时候，被树枝挂住的情节也预示着一种象征。它代表男人企图通过提升而摆脱太母的控制。然而，只不过在瞬间就被追赶而来的山姥抓住了。在日本的故事中，男人可以用艾草或者菖蒲赶走鬼（山姥），有关这一点后文还将继续探讨。在此之前，先探讨外国的类似故事。

3 贪吃的葫芦

前面已经提到《不吃饭的女人》故事中吃饭和不吃饭的对比性主题。在外国的类似故事主题中，多以笑话的形式予以表现。如果把故事的主题归纳为：山姥具有可以吞噬一切的太母的特性，那么可以说全世界所有地方都有类似的故事。鬼婆抓走小孩并吃了孩子的故事也属于这个类型。鬼婆后来接受佛的教诲，成为小孩的守护神诃梨帝母。这个故事包含了对太母的正面和负面的双重评价。世界上有各种传说故事和神话，描述过太母可以吞噬一切。在此介绍一个比较典型的故事，收录于《世界的民间故事7·非洲卷》的非洲故事《贪吃的葫芦》。它描写的是葫芦与少女的故事。一位有钱人的姨太太，她的女儿看中了母亲背着的大葫芦上拴着的小葫芦。因为那是唯一的小葫芦，母亲本来不想给她，但因为父亲应允，女儿弗拉雅如愿地得到了那个小葫芦。从此以后小葫芦每天都与少女相伴。没过多久葫芦开口说："我要吃肉，弗拉雅，我要吃肉。"后来葫芦什么都吃，它大口大口地吞吃了一百五十头山羊、七百头绵羊，再后来连牛、骆驼、奴隶也吃光了。然而葫芦还是说："我要吃肉。"转眼又把人、珍珠鸡和家鸡全都吃尽了。最后只剩下主人。眼看着葫芦要吃少女时，少女逃到了父亲那里。因为父亲身边什么也没有，所以父亲对葫芦说："如果我也可以吃的话，那就把我吃了吧。"结果葫芦把父亲也吃了。少女逃到父亲牧养用以祭祀的山羊的地方，当葫芦追过来时，山羊用犄角顶住了葫芦，结果葫芦被顶破了。羊、牛和所有的人都从葫芦里面跑了出来。故事到此便结束了。

无论是谁都会被葫芦惊人的食量吓倒。当然日本的山姥根本就不能跟它比。这个故事的格局让人感觉超越了民间故事的范畴。神话学家吉田敦彦将类似于《贪吃的葫芦》的故事归纳到非洲的创世记神话中，[①]因为吞噬一切后再生的情节已经属于神话的范畴。但将它与前面的故事进行比较时，就会发现故事开始时母亲和女儿的关系非常值得关注。故事描写母亲是位姨太太，因此这是一个只有母亲和女儿的家庭。父亲则与这个家庭保持一定的距离。对于古人来说，即使能意识到母亲在生育上的重要性，但他们却无法认识父亲在这方面的重要性。女性因为能够繁衍后代而受到重视，所以世界是以母亲或女儿为中心，男性则被置于次要的位置。人类文化开始出现的时候，人们会崇拜太母并且重视母女关系。可以说在文化出现之初，这是一种“自然”的状态。

从女儿得到葫芦开始，母亲的角色就从故事中消失了，葫芦最后连父亲也吃了，但故事却再也没有提到母亲。这就等于在暗示母亲已经与葫芦结合在了一起。葫芦因为想吃肉而把所有的东西都吃了，面对这样的场面，父亲却显得很脆弱，他唯一能做到的就是对葫芦说：“如果我也可以吃的话，那就把我吃了吧。”于是葫芦毫不留情地把父亲一口吃掉。吉田敦彦在介绍了其他与葫芦的故事类似的非洲故事以后指出：“葫芦在非洲显然是象征着女性的意义。”他还指出：“在许多原始居民的语言中，用‘破了的葫芦’这样的俗语，形容已经失去童贞的女性。另外例如奥特伯鲁达的格鲁满契族以葫芦代表子宫的意思。”

在大家都以为葫芦就要吞噬所有的东西时，祭祀用的山羊出现了。用羊角戳破了葫芦。在这里羊角十分明显地代表了父性与太母的对抗。这里的父性是原始父性的衍生物。少女弗拉雅的父亲被葫

① 吉田敦彦，《非洲神话中的魔术师形象与吞噬一切的太母形象》（アフリカ神話にみるトリックスター像と呑みこむ大母像），收录于《现代思想　总特集——荣格》（现代思想　総特集——ユング），青土社，1977年。

芦吃了，而母亲则在故事进行到一半时就消失了。此时就开始超越孩子与父母关系的层次，表现了母性与父性的冲突，而最后展现的则是一个全新的世界。按照诺伊曼的说法，葫芦被戳破代表已经人格化的英雄进入“杀死母亲”的阶段。然而，我认为与其说进入杀母阶段，不如说进入了天地分割的阶段。在吉田敦彦介绍的摩西族神话中，当葫芦被戳破的时候，一半形成了大海，而另一半则形成了陆地。

如果企图把葫芦与前面提到的吃和不吃的主题联系起来的话，可以参考吉田敦彦所介绍的贝特族的另一类神话故事。在这个故事中，葫芦吃掉许多东西以后，有一位母亲带着儿子经过此地，葫芦立刻吃掉了儿子，悲痛万分的母亲寻求他人帮助。她找到一个老妇人。老妇人因可怜这位母亲，便教她做一种汤，把这种汤浇在西方的一块岩石上，岩石上的一道门就会打开，进门后方可以求助于里面的山羊神帮忙。老妇人特别告诫这位母亲，在做汤的过程中绝对不可以尝味道。这位母亲听完便着手做汤，然而囿于以往做菜的习惯尝了一口，结果因为汤太好喝便喝了个精光。如此一来岩石的门无法打开，母亲再次找到老妇人，而老妇人并没有生气，只是让她当面再做一回汤。母亲终于成功地进入地下世界。那是一个没有植物只有流水和矿物的世界。那里住着一只长着巨大犄角、威武万分的白色山羊。山羊和母亲一道去找葫芦，并用犄角戳向葫芦，结果霎时间电闪雷鸣，葫芦被戳破了，血流满地。这时许多人从葫芦里面逃了出来。

这个故事有两个令人深思的问题：一个是慈祥的老妇人，另一个是喝汤与不喝汤的主题。这个老妇人代表正面的太母形象，与葫芦那令人恐怖的负面形象形成鲜明的对比。这里母亲虽然冒犯了老妇人的禁令，但她受到的处罚只是再重做一次汤——这次只是由老妇人亲自在旁边监视而已。这充分显示了老妇人的宽容。（这种不处罚的倾向与前文提到的日本的民间故事十分相似。这是非常值得深思的一点。当然两个故事的整体结构存在很大的差异。）在这样一个大结构中，虽然太母可以让大家免于葫芦的迫害，但是老妇人自己却没有动手，而真正与葫芦正面交锋的却是山羊，这也是非常值得深思的一个地方。显然在这里需要粗暴的父亲（山羊）出面与葫芦对抗。

为了能够让山羊出来与葫芦交战，这位母亲非经过一番磨炼不可。她必须克制自己的食欲，进入地下世界以后还要断食，直到找着山羊的住处。可以把地下世界看作是太母的子宫，但那是一个没有植物的矿物世界。这里如同吉田敦彦所指出的那样，是一个与葫芦的贪婪明显对立的世界。经过严格的禁欲体验之后，母亲才可以见到能打败葫芦、代表父性的山羊。

可以说这个故事描写了一个身为母亲的伟大之女性的深层心理。同时也表达了要与负面形象的太母斗争，必须承受起禁欲的考验，同时经过冷酷的矿物世界的体验才能获胜的理念。由此看来，我们可以感觉到这个故事似乎也是在描写患青春期厌食症少女所要经历的那个恐怖世界。

贪吃的葫芦最后被羊犄角戳破，那么日本的山姥最后又如何呢？下面让我们做进一步分析。

4 击退山姥

日本人是用什么方法对付恐怖的山姥呢？让我们看一看有关山姥的各式各样的民间故事。例如前面所介绍的《不吃饭的女人》中，男子是因为躲入艾草与菖蒲丛中使山姥不得靠近，才让山姥放弃了追杀他的念头。这时男子把草扔向山姥，故事结局令人瞠目结舌：“啊！原来连鬼也会中毒而死啊。”这个描写山姥被杀死的情节，难免让人觉得有些牵强附会。实际查阅类似的故事，多半都是描写山姥厌恶艾草和菖蒲的气味而掩鼻逃走的。在击退山姥的描述中，赶走山姥是十分重要的情节。日本的祭奠与驱鬼辟邪的仪式正好与这一情节相对应。彻底根绝邪恶是一件很困难的事情，所以人们考虑的是怎样才能避开邪恶的迫害，靠自己不懈的努力和勤奋渡过难关。然而日本人认为邪恶不会消失，也不可能被消灭。这种想法与后文将要提到的与山姥和解、共存的部分有关。但是与欧洲的民间故事比较，我们可以发现这是日本民间故事的一个特点。

当然也有很多故事描写杀死山姥的情节。有不少与《不吃饭的女人》类似的故事描写了山姥变成蜘蛛之后被杀死的内容。还有许多故事描写杀死山姥之后，发现山姥原来是由狸、獾、蛇等动物所变。这里用动物去形容太母的负面形象，表示太母已经回到非常原始的状态。用动物形容山姥，表示日本人很难原谅过于低层次的母性。

在山姥的故事中，也有描写山姥看错自己在水中的倒影，跳入水中淹死的故事情节。这与《汉赛尔与格莱特》中跳进烤箱的女巫，因为被格莱特推了一把而烧死在里面的情节一样。这类故事所表达的是，虽然太母很恐怖，但有的时候她也会自己走向毁灭的道路。在负面的太母力量强大的时候，我们与其跟她面对面地斗争而失去生命，倒不如等待合适的时机。“时机”到了的时候，太母自己就会走向毁灭。

《踵太郎》是一个具有代表性的击退山姥的故事。话说有一对叫权之助和阿觉的年轻夫妇，在丈夫权之助出门采办年货的时候，因为害怕山姥的到来，便把阿觉锁在衣箱里，外面还上了锁，并把它挂在很高的地方。结果山姥真的来了，当时阿觉怀有七个月身孕，她被山姥吃了。然而阿觉的脚踵由于太硬而没被吃掉。权之助回来之后，把阿觉的脚踵放进纸袋里，每天对着它念佛。有一天脚踵破开，里面出现了一个男孩子。权之助非常高兴，为男孩子取名为踵太郎，并且疼爱有加地把他抚养成人。当踵太郎长到12岁时，决定要上山击退山姥。他骗山姥吃那些用石头做的烤年糕，还拿热油浇山姥，即便如此山姥都没有死。最后他用粗绳子缠住山姥的脖子，把山姥推进湍急的冰河之中。

这是一个描写英雄打退怪物的故事，它在民间故事中是十分罕见的。在《日本民间故事大全》中，除了在青森县八户收集到这个故事以外，还有在岩手县也收集到了类似的故事，但是岩手县的故事原文属于文言文，可见这个故事要比早期由口语传播的故事出现得晚。有关英雄击退山姥的情节，可能与日本人的心性不符。不仅如此，踵太郎从脚踵中生出来的情节也算是比较特别的，因此很难通过这部分做出日本式的有价值的联想。这里要探讨的是有关击退山姥时给她吃石头的情节。

有关给山姥吃石头的故事情节，收录在《山姥与石年糕》（《大全》267）的故事中。此类故事不少，基本上都是描写给山姥吃石头，用烧热的石头砸山姥，最后杀了山姥。当谈到消除太母吞噬一切的能力，主人公最后用石头征服太母的情节时，我们都会联想到格林童话中《狼和七只小羊》（KHM5）和《小红帽》（KHM26）的故事。十分明显，这些故事的主题都是如何击退太母的。这两个故事都描写狼最后因为肚子里被放进了石头而被打败。我认为这种使用石头的方法，应该与石女有联系。在日本石女的“石”代表着不能生育的意思。同样在西方也是如此，石头代表着不孕[1]的意思。当过于强调母性的负面影响时，往往会描写她的死亡和没有再生的可能性，因为太母不能生产。面对一个不具备生产性的太母，只好在她的肚子里放进石头将她杀死。

然而需要特别指出的是，在日本的民间故事里，一方面描述人们杀死山姥，另一方面却描述人们产生对山姥的迷信。例如一些故事描述山姥以为石头是过年吃的年糕，结果吃了以后死了。之后那个人家的所有年糕都变成了石头。为了防止死后的山姥作祟，正月里那个人家再也不吃年糕了。还有一种说法，就是因为害怕山姥死后作祟，所以修建土地神庙祭祀山姥。这样做实际上等于表示山姥死后转化为正面形象，这让人联想到鬼母变成诃梨帝母的过程。就像柳田国男所强调的那样，如果下结论认定山姥就是妖怪，那将是一种谬误。当日本人的祖先同时看到山姥正面和负面的形象时，有时会产生矛盾的情绪。

一方面要杀山姥，另一方面又因为害怕她作祟而尊她为土地神的做法，实在是日本的一个创造。像《山姥媒婆》(《大全》，补遗30）的故事，就出现过日本人特有的矛盾情绪。下面简单介绍《日本民间故事大全》中的《山姥媒婆》的故事，这个故事是从新潟县古志郡收集到的。

在某个地方住着一个老妇人和一个单身汉。这个男子很想娶老婆，但是因为太穷没有人愿意嫁给他。在过年前一个风雨交加的夜晚，老妇人来到单身汉的家，一边挨着火取暖，一边与男子聊天，临走时老妇人应允要帮他找一个好老婆。之后的某一个夜晚，男子突然听见门前发出巨大的响声，开门发现一只漂亮的笼子里装着一

---

① 例如弗洛姆在解释《小红帽》的时候，就使用了类似的观点。弗洛姆,《梦的精神分析》（夢の精神分析），外林大作译，创元新社，1964年。

个看上去像是已经死去的美丽小姐。他照料这位小姐一番之后，小姐苏醒过来，告诉他自己是大阪鸿池家的女儿，在出嫁的路上被劫。当天晚上老妇人又来了，她告诉小姐，她要做媒把小姐嫁给这个单身汉。如果她要逃跑就把她吃了。小姐无计可施，只好听从摆布嫁给单身汉。大阪的鸿池家人因为女儿被劫而到处寻找，当来人找到她时，小姐让来人转告父母，她觉得这个男子很好。她的父母因此为女儿盖了房子和仓库，让他们住在越后地区，从此两人过着幸福的生活。

这个故事的结局虽然完满，但是让人不得不注意到故事中山姥那种带有强迫性的好意。这种好意如果上当便可能酿成一场悲剧。对于突然遭到劫持的小姐还有她的家人来说，这应该是一件非常严重的事情。从这个角度看，他们都共同经历了“突然失踪”的悲剧事件。当女儿说，这个单身汉很好，她不愿意再嫁给别人的时候，她的父母干脆就听从了女儿的话，把她嫁给了单身汉。然而在欧洲的故事里，即使最后是幸福的结局，过程中必然要经历一两种磨难。这种在故事中没有纠纷，一切都以调和的方式解决的情节，非常符合日本民间故事的特点。纠纷的存在淡化了意识化的过程，我们通常是为了解决纠纷，才去面对潜意识，从而进入意识化的过程。如果不经历纠纷，那么，意识与潜意识之间的区别仍会处于暧昧的阶段。正因为如此，整体才会处于调和的状态。这也是前面所说的“无”的安定状态。虽然故事提及两个人幸福地结婚，但这与诺伊曼所谈的“代表自我发展最终阶段的结婚”，属于不同层次的概念。

对于当事人而言，山姥做媒人促使他们结婚，是在完全无视他们的自由意志的前提下所做的一种命运安排。在日本的故事中，并没有说明山姥为什么要让他们俩结婚，这是一件十分唐突的事情。

人们通常会很强烈地想要找到事情发生的原因，在与《山姥媒婆》相类似的日本民间故事中，某些故事解释了为什么山姥想要当媒人。例如男子为了不被山姥吃了，主动背山姥回她的家（静冈县滨名郡）、男子是个孝子（新潟县小千谷市）、男子热情地招待了山姥（新潟县上越市）等，这些都属于因果报应的范畴。在日本的民间故事中，通常会有描述某人因为行孝道或者做善事而得到好报的故事，因此这些原因是能够让人信服的。但是也必须指出，有的原因则是后世所穿凿附会的。最初的故事版本应该没有指出任何原因。当人们的潜意识还在起作用的时候，不可能出现深层的意识化的说明。民间故事在最初发生的时候，应该是由潜意识主导的，还不曾经过任何意识化的雕琢。

虽然山姥的做媒使得这对新人拥有美满幸福的婚姻，但是这个故事中的山姥很明显是能够吃人的。故事令人印象深刻的是山姥与人共生共存的情景。这可以算是日本民间故事的一大特色。我们知道潜意识的恐怖性，但是却没有办法拒绝它。虽然有时候企图击败它，但是有时候又可能在考虑与它共存的可能性。关于通过山姥的安排而结婚的情节，有许多值得我们进一步深思的地方。这个问题在书的以后章节还将有所涉及，现在让我们再回到《不吃饭的女人》的探讨上来。

虽然我们已经对山姥的两面性有了进一步了解，但在《不吃饭的女人》故事刚开始时，山姥以美丽女子的身份出现，往往容易让人产生一些不同的看法。当我们简单地看这个故事时，难免怀疑山姥是为了吃男子才变成美丽女子出现的。而马场秋子针对山姥的这种举动，提出了自己独特的看法："山姥是否为了能与人交流，所以才忍受不吃饭的苛刻条件而充当人类的妻子？那种诸如在头顶上有个血盆大口的荒唐无稽的想象，在民间故事中是否暗示山姥没有办法适应常人的交流方式？无论如何，一心想与人类交流的山姥，最后被人描绘成这副模样，实在是一件很无奈的事情。”[①]

下面让我们将联想的范围再扩大一些。在笔者的联想中，这个因为违反约定而不得不悲伤地离开人类世界的可怜的山姥形象，属于《黄莺之家》女性形象的扩展。我们将这个联想再展开，故事的情节将会成为：《黄莺之家》中那位想要和这个世界产生一些联系的女子，因为樵夫看到了“禁忌房子”而不得不离去。但她并没有放弃与人类交流的愿望，这次她接受了不吃饭的条件，忍受痛苦再度回到人类世界。然而因为男子的“偷看”，她不是人类的秘密被揭穿，她从《黄莺之家》时期就开始的积怨最终到达顶点，她再度受到了伤害。对于她而言，被看到就是最大的伤害，因此她就要吃了对方。此时被常人的智慧打败的她，不得不再次选择离开。

这个联想的故事最后还是与原来的故事一样，以值得怜悯的情节作为结尾。那么这种值得怜悯的情节与前面提到的恐怖与笑的情感之间到底存在何种关系？如同前面提到的《不吃饭的女人》中山姥化身为年轻女子的看法，我们因为接触方式的不同，有时会把同一个人看成是漂亮的年轻女孩，有时却把她看成是吃人的魔鬼。那个因为山姥的帮助拥有幸福婚姻的男子，也因为冒犯了“不准看”的禁忌，而不得不把自己的妻子看成是女鬼。由于这种两面性的存在，当我们接触年轻的女子形象时便会产生怜悯的情感；而当我们接触山姥的形象时，便会产生恐怖的情感。如果保持适度的距离与她们接触，则会产生笑意。这种对笑的解释也许与贝尔克森的看法相类似。下面我们将通过第三章，尝试推翻这个感情的三角关系，体验一下捧腹大笑的感觉。

---

① 马场秋子，《鬼之研究》，三一书房，1971年。

第三章
鬼　笑

第二章介绍的是日本的民间故事中经常出现的山姥。当山姥恐怖的一面被人们刻意地渲染时，她多半被定义为鬼。正如前一章所阐述的那样，鬼是一种吃人的存在，但是它又与西方的魔鬼有所不同，有许多值得我们关注的更多面向的价值。本章主要以《鬼笑》（附录5）为主要线索进行探讨。可以说这个故事中的鬼笑，是一种很特别的日本式的笑——这种笑能让人感受到某种普遍性，然而却很难在世界其他地方的民间故事中找到与之相类似的故事。

下面让我们按照《鬼笑》的脉络进行探讨吧。

1 夺回美女

这个故事的分类属于《日本民间故事大全》247A类的“鬼子小纲”。它介绍了各种各样夺回女性的方法，因此柳田国男称之为“夺回美女”类的故事。故事主要叙述美丽的女子突然不知道被什么劫走，于是有的故事写她的未婚夫、有的写她的母亲去找她，结果发现这个女子原来是被山贼或是鬼所劫。故事主要描写去救她的人历尽千辛万苦，终于成功地将女子救回来。这个故事很自然会被认为与前一章因为山姥导致“突然失踪”的故事有一定的联系。在山姥做媒人的故事里，女子因为被山姥劫走而获得幸福，而《鬼笑》则把焦点放在夺回女子的内容上。

下面让我们来看一看《鬼笑》这个故事。有一个好人家的独生女儿在出嫁的路上不知被什么东西劫走了，在这个家庭引发了轩然大波。在这个故事中，未来的女婿与故事没有一点儿关系，故事主要以母亲和女儿为主线展开。母亲去寻找“突然失踪”的女儿，然而怎么也找不着，最后来到一个小佛堂借宿。佛堂里善良的女尼亲切地告诉她，她的女儿被关在鬼的家里。女尼还教她如何才能找到那里。于是在母亲和女儿的主线之外，又出现了另外一个女人，这个女人不仅慈祥，而且充满智慧，是一个超越母亲的母性角色。

母亲按照女尼的指点，顺利地找到鬼的家，并且见到自己的女儿。令人印象深刻的是，这时她的女儿正在纺织机前织布。女性与纺织以及与山姥的关系已经在前面论述过了。不过在这个故事里登场的鬼是男性，这个鬼最后把河里的水全部吸光，展现了惊人的吞噬能力，这种力量不禁使人联想到前面提到的母性的力量。以《日本民间故事大全》AT327的“鬼子小纲”类故事为例，当我们将AT327A的故事与西方《汉赛尔与格莱特》（KHM15）的故事进行比较时，就会发现日本故事中出现的是鬼，而西方故事中出现的则是女巫。总而言之，西方故事出现的女性，在日本的故事里则为男性。如果把《汉赛尔与格莱特》中孩子们在森林里迷路，“被鬼（女巫）所劫，最后终于逃脱回家”的重点片段，与笔者指出的“鬼子小纲”的故事重点（下面还将进一步论述）相比较，会发现这两类故事并不属于同一类故事，这是因为“鬼子小纲”这一类的故事中含有日本特色。虽然日本与西方的故事都在描写人被什么东西（非现实的存在）从现实的世界中劫走，最后再从非现实的世界回到现实的世界，但是仔细观察这些内容的具体特性之后，会发现其中存在着文化上的差异。

女儿因母亲来找她而感到十分高兴，亲自为母亲做晚饭。这段描写让人感受到母女之间的绵绵深情。然而正如故事所叙述的那样，母亲必须在鬼回来之前藏进“鬼不会去的洗衣间”的石头箱子里。鬼有十分敏锐的嗅觉，可以闻出是否有人存在。而鬼的家里还有一种不可思议的花，也能透露出究竟有几个人在现场。有意思的是，花把鬼也算在了人的数目中，虽然人鬼殊途，但在此却无区别。幸亏女儿机智，说：“因为我怀孕了，所以才会开三朵花。”这时鬼表示开心的方式也很有意思，鬼高兴地大声庆贺道：“拿酒拿大鼓，把大狗、小狗都杀了吃吧！”于是就把本来用来看家的狗杀了。通常情况下，人类在开心饮酒的时候，会主动犒劳自己的狗。然而鬼却把负责看家的狗杀了，这表示鬼的心肠不好。在此鬼被描写成与人类不同，但是又表现出具有一定人性的一面。

当鬼喝醉酒酣睡的时候，母女两人乘机逃跑。这时女尼又出现，告诉她们必须乘船离去。女尼总是在重要的时刻出现，救助这对母女。而鬼偏在这时醒来，击碎了母女俩关它的石头箱子，率领随从追赶上来。为了让小船回头，鬼开始喝河里的水，鬼拥有非常大的“吞噬能力”，眼看着小船慢慢地倒退回来，鬼伸手就要抓住小船。在外国的故事中也有类似喝水的情节。格林童话的《正面鸟》（KHM51）中，有女巫企图喝干水的情节，故事叙述当女巫追赶男孩和女孩时（在这里追赶的人是女巫，被追的是小孩。这与《汉赛尔与格莱特》的类型一样），男孩变成了水池，而女孩变成了鸭子。当女巫喝光水池中的水时，鸭子用嘴咬住女巫的脑袋，把女巫拖进水池杀死。

当对方试图把水吸光的时候，应该用何种方法对付呢？格林童话和日本的故事对此的表现大相径庭，各有一个异想天开的结局。在千钧一发之际，“女尼再次出现。她对母女俩说：‘你们两个不要拖拖拉拉的，赶快把重要的地方露给鬼看。’于是女尼与母女俩一起，将和服的裙子掀起来”。鬼看到之后仰天大笑，结果把所有的水都吐了出来，母女俩因此摆脱了危机，回到了原来的世界。这是很有特点的情节，可以说世界上所有的民间故事没有与这个情节相似的。正如后面还将要论及的，露出性器官和鬼笑这样的内容具有非常重要的意义。原本应该很恐怖的鬼，却因为仰天大笑而失败，这一点恰恰表达出了非常日本式的意蕴。

故事当中为了引起鬼笑，露出性器官给鬼看的情节，还可以在其他的日本民间故事中看到，《日本民间故事大全》中有许多类似的描述。描述最多的是露出臀部，用手拍打的情节，这也属于广义的露出性器官。也有的故事描写露出性器官让鬼发笑（在冈山市采集到的故事）。如果仔细考察日本民间故事描写露出臀部的原因，多半是为了引人发笑。这种描写在西方的故事中几乎闻所未闻。很可能西方人认为露出臀部并不是一件令人发笑的事情，也有可能是因为过于下流而加以回避。

被鬼抓去的女儿通过女尼的帮助才得以脱险。在描写如何救出女儿的情节时，既有描写把鬼（或者贼）杀了，也有描写不杀的。总之多半的故事都没有描写杀鬼，只是把女儿救出而已。这可能是因为日本人认为鬼属于另外一个世界，而人则属于这个世界，只要“人鬼分开”，让一切回到原来的状态，故事就可以结束了。值得特别注意的是，在描写“人鬼分开”被破坏的内容时，有的故事描写这个女孩生了一个鬼的小孩。人与鬼生的小孩被称为“片子”或者“片”，有时也被称为“小纲”，这就是为什么这类故事被叫作“鬼子小纲”的缘故。这些人与鬼生的小孩其内心都是偏向人类的，它会帮助人类，扮演着《鬼笑》中女尼的角色。这类故事最后的发展给人以深刻的印象。由于这类小孩是半人半鬼，所以无法留在人的世界，最后不是消失就是回到它的父亲那里。要不然就是因为想要吃人，而委托其他人把它杀了。在小纲的故事中，由于小纲渐渐想吃人类，所以为它盖了一间小屋，最后小纲在里面自焚而死。如果从因果报应的角度看待这些结果，会令人费解。这个小孩救了人，最后的结果却是那样地不幸，这是一个很难解释的问题，留待后面再继续探讨。

现在要探讨的是“夺回美女”这类故事中“突然失踪”的话题。柳田国男也对“突然失踪”类的民间故事很感兴趣。在《山之人生》[①]中他对这一问题进行了专门探讨。柳田国男认为日本人存在一种容易导致失踪的人格特质。有意思的是柳田国男写道：“我觉得小时候的我也曾经存在那种容易引起失踪的神秘气质。”柳田国男介绍自己差点“突然失踪”的经历，即发生了“外人无法理解，之后连自己也无法理解当时为什么会出现那样的冲动”的意外事件。当归结原因时，柳田国男一方面从自然科学的角度说明，认为“可能有暂时性的脑部疾患或者由体质、遗传造成的潜伏性诱发基因的存在”。另一方面又认为这些小孩“或多或少地存在着某些宗教性的倾向”。

这些被鬼抓走或者突然失踪的人，的确比普通人具有更高的宗教气质。这种人往往对非现实世界有一种更为亲近的感觉。柳田国男说自己是“容易突然失踪”的小孩，而观察其长大以后的所作所为，的确让人感觉如此。虽然外国没有类似日本《鬼笑》的故事，

---

① 柳田国男，《山之人生》，收录于《定本　第四卷》。

但《鬼笑》却与神话故事有着非常密切的关系。下一节将就这个问题进行专门的探讨。

2 日本神与希腊神

大概很多读者读到女性露出性器官，引鬼发笑的情节时，都会联想到日本的神话故事。的确在日本神话故事的主要部分——天之岩屋户神话中就有类似的情节。这个故事的具体情节是这样的：日本神话中地位最高的女神天照大神因为其弟弟素盏鸣尊神的残暴而震怒，隐身于天上的岩屋户里。为了平息天照大神的怒气，让她走出岩屋户，众神想了许多办法。他们尝试了一个又一个办法，当女神天宇姬命"露出乳房，解开下身服装的纽扣，让乳房垂至下体"[①]舞蹈时，八百万神明为之大笑不已，天照大神因感觉不可思议，走出了岩屋户。天宇姬命将自己的性器官露出，引发众神大笑的故事情节，与我们在民间故事发现的描写重点完全一致。除此之外，我们不难发现民间故事与神话故事的结构还存在着许多相似之处。有关这个问题后面还将继续进行探讨。这里要着重指出的是，民间故事《鬼笑》与神话如此相似，说明民间故事中包含着神话的深层含义。为了更好地让大家了解我的观点，下面将与日本的天之岩屋户神话、日本民间故事极其类似的希腊得墨忒耳故事[②]介绍给大家。

国内、国外的学者都曾经对日本的天之岩屋户神话与希腊的得墨忒耳神话的相似性提出自己的观点。这里参考的是神话学者吉田

---

① 《古事记》（古事記），日本古典文学大系1，岩波书店，1958年。

② 不同学者对希腊神明的名字有不同的称呼，本论采用的是高津春繁的《希腊·罗马神话辞典》（ギリシア·ローマ神話辞典）中的译名，岩波书店，1960年。

敦彦的论点。[①]

大地女神得墨忒耳的女儿珀耳塞福涅来到春花盛开的草原，她采摘了一朵水仙花，而这朵花是天神宙斯为了让她嫁给冥王哈得斯而刻意安排的。当她正在采摘这朵花时，突然大地崩裂，哈得斯乘着金色的马车飞驰而过，强行将她带入了地下世界。得墨忒耳听到最心爱的女儿从地下世界发出的哀号，急忙赶到，却找不到女儿的踪影。当她知道这是宙斯的计谋，愤恨不已，于是她离开众神的驻地奥林匹斯，来到人间流浪。

化身为老妇人的女神得墨忒耳，受到厄琉西斯国王刻勒俄斯的热情招待，但是女神（然而谁也不知道她是女神）却因为想念女儿茶饭不思。这时侍女伊阿姆柏刻意表演滑稽动作，逗得女神露出了笑容（有关她后来养育刻勒俄斯儿子的情节在此省略不谈）。后来得墨忒耳还原为女神的面貌，她虽然接受人们在厄琉西斯神殿的祭祀，但因为日夜思念爱女不能工作，以至于大地万物枯竭，臣民陷于饥荒之中。宙斯无计可施，只好让哈得斯将珀耳塞福涅送回她的母亲身边。然而哈得斯诱骗珀耳塞福涅吃下了石榴，因为无论谁只要吃了冥府的食物，都永远无法切断与冥府的关系。宙斯只好与哈得斯约定，从此以后一年里三分之二的时间，珀耳塞福涅可以回到母亲的身边，而三分之一的时间则必须在地府与丈夫一起生活。正因为如此，得墨忒耳让一年中三分之一的时间寒冬降临，大地万物无法生长。

在这个神话故事中，侍女伊阿姆柏做“滑稽动作”逗引女神发笑，应该是指露出性器官。根据亚历山大的克勒门斯的说法，得墨忒耳在厄琉西斯接受的是名叫巴乌波（伊阿姆柏）的侍女的照顾。

---

① 吉田敦彦，《希腊神话与日本神话》（ギリシア神話と日本神話），Misuzu 书店，1974年。

因为女神没有吃任何食物，巴乌波感觉自己受到侮辱，所以愤怒地露出性器官，女神因此失笑而开始进食。也许巴乌波露出性器官原本并不是为了逗女神发笑，但是露出性器官与发笑的相关性却是肯定的。

希腊神话与日本神话的相似之处，不仅仅限于某方面内容的相似，而且在基本结构上也有一致之处。两者的基本结构都是男神施暴，女神发怒而藏匿起来，最终导致大地荒芜，于是众神想出各种办法抚慰女神，让大地恢复原来的样子。下面让我们分析一下男神施暴的问题。在希腊神话中，哈得斯强行把珀耳塞福涅抢走，属于直接构成对女神得墨忒耳的女儿施暴。而在日本神话中，素盏鸣尊则直接对天照大神施以暴行，由此可见两者之间的差别。不过在阿卡迪亚流传的神话中，还有女神得墨忒耳因为寻找女儿遭到波塞冬凌辱的内容。当女神得墨忒耳发现波塞冬因欲火攻心而尾随之后，立即化身为一匹母马，出乎意料之外，波塞冬识破了女神得墨忒耳的化身，也将自己变为一匹公马，对母马进行蹂躏。这个故事描写的情节与日本神话一样，都是女神本人遭受到暴行。

在日本的神话故事中，女神究竟遭受何种暴行？《古事记》这样写道：素盏鸣尊的暴行愈演愈烈，"当天照大神坐在忌服屋里编织神之御衣时，素盏鸣尊穿凿屋顶，从上把天斑马之皮扔进屋内，织女见状大惊，阴部撞及梭子而亡"。这里值得注意的是马的出现，希腊故事也出现过波塞冬化身为马袭击得墨忒耳的情节。而有关纺织的内容，如果能与前面女性、山姥的探讨联系在一起，就会发现这个内容很有意思。素盏鸣尊扔下天斑马之皮，原想砸天照大神，但死亡的却是"阴部撞及梭子"的织女。很显然，这里所描写的是性暴力行为。也许《古事记》的本意是描写素盏鸣尊对天照大神施以暴行，然而考虑到直接描写对天照大神施暴有失恭敬，所以才这样处理。这个故事实际上应该描写天照大神受到性暴力而死去的经历。有关天照大神死后再生的内容，便以天照大神隐身岩屋户的描写来暗示天之服织女为天照大神的化身。

之所以说以上的推论是有根据的，是因为《日本书纪》中有相关的记载。《日本书纪》中描写道："他见天照大神正在忌服殿织御神衣，因此把天斑马驹皮剥下，穿凿殿堂屋顶扔下马皮，天神见状受到惊吓，身子撞到梭子受伤。"[1]这里的情节都与《古事记》相似，所不同的是，《日本书纪》很明确地指出是天照大神本人受伤。不过《日本书纪》说的是"身子撞到梭子受伤"，而不是"阴部撞及梭子"。值得注意的是，《日本书纪》中还有这样的描写："稚日女尊坐在忌服殿编织神之御服，素盏鸣尊剥去天斑马驹之皮扔进殿内，稚日女尊见状大惊，从纺织机上跌落，被自己手持的梭子刺伤而死。"这里所使用的是稚日女尊因梭子受伤而死的描写方式。这位稚日女尊又称大日女，很可能就是天照大神的女儿。倘若如此，那么受到暴行的就是天照大神的女儿，这一点则与希腊神话极为相似。

假设如此，与其认为是母女之中有一人遭受暴行，不如认为这是母－女一体，即实际只有一个女性存在。当强调母亲时，便描写她为母亲；当强调女儿时，便描写她为女儿。这样的思维方式比较容易被人接受。在日本的神话中，往往因为母女角色分离不够明显，所以可以理解两者都是在描写天照大神。相对于神话，民间故事中被鬼抢去的女儿和寻找女儿的母亲角色分离则比较明确。在母女角色分离的描写上，民间故事与希腊故事较接近。然而由于民间

---

① 《日本书纪》（日本書紀）属于日本文学大系67，岩波书店，1967年。本书后面引用的《日本书纪》均属于这个版本。

故事本身结构的局限，日本神话与希腊神话在女神发怒以及大地因之荒芜的描写上，也较为接近。在希腊神话中，一切计划和妥协条件都是由最高神宙斯提出，然而在日本神话中，受到迫害因而发怒，得到众神安慰的都是最高神本人。这一点恰恰就是日本神话与希腊神话的最根本的差异。

事情的发端是因为异性的入侵，破坏了母和女的结合体，而解决的方法则是露出女性的性器官引人发笑。这两点是日本的民间故事、日本的神话与希腊神话的共同点。但是如果仔细观察并分析故事细节，就会发现它们之间存在着差别。如同表6所示，的确有一些值得深思的地方，如三者的共同点其侵犯者都是男性。而日本民间故事与希腊神话（故事情节稍微混乱一些）所描写的受侵犯者都是女儿，而去寻找的则是母亲。在这里日本神话中的天照大神（也可以说是稚日女尊）相当于得墨忒耳和珀耳塞福涅的结合体。但是发笑的情节却三者各有不同。总而言之，"笑的人"在日本民间故事中是鬼，在日本神话中是众神，而在希腊神话中则是女神。关于天照大神是否笑了的问题，高桥英夫提出的疑问很值得关注，[①]这里暂且不论。总之发笑的人不同，"令人发笑的人"也不同。巴乌波（伊阿姆柏）与天宇姬命略有相似之处，但在民间故事中，让人发笑者（露出性器官）是母和女，值得注意的是女尼也是参加者之一。

在了解了民间故事、日本神话以及希腊神话之间的差异以后，接下来将分别对《鬼笑》中的鬼、露出性器官、笑等问题进行探讨。

---

① 高桥英夫,《关于神之笑》(神の笑いについて), 收录于《新潮》1977年7月号, 新潮社。

表 6　日本的民间故事、日本神话、希腊神话之间的比较

	日本的民间故事	日本神话	希腊神话
侵犯者	鬼	素盏鸣尊（马）	哈得斯 波塞冬（马）
被侵犯者	女儿	天照大神 稚日女尊	珀耳塞福涅（女儿） 得墨忒耳（母亲）
寻人者	母亲	诸神	得墨忒耳（母亲）
引人发笑的人（暴露性器官）	母亲、女儿、女尼	天宇姬命	巴乌波（伊阿姆柏）
笑者	鬼与随从	诸神	得墨忒耳（母亲）

3 冲破母与女结合的力量

在《鬼笑》中登场的鬼到底是什么？马场秋子在她著名的《鬼之研究》（三一书房，1971年）的开头写道："有关'鬼到底是什么'的课题，是一个很难解决的问题，在民俗学领域还有许多问题有待进一步澄清。"当代人头脑中的鬼形象，除了头上生犄角，披着虎皮，形象怪异以外，再就是每逢年节被孩子们用豆子驱赶的"落魄鬼"。但是如果仔细分析，就会发现对鬼下定义实际上是一件很困难的事情。就算是仅仅探讨民间故事中的鬼，也不是一本书就能够说清楚的。在此笔者仅对《鬼笑》中的鬼形象以及它在日本人内心世界中所占的地位进行探讨。当然整个过程还要参考柳田国男、折口信夫等前辈的论点。

在讨论日本民间故事中的鬼时，会发现刚刚探讨过的日本与希腊神话中均有非常类似的角色。同样是侵犯女性的角色，哈得斯和波塞冬或者素盏鸣尊这些神都会让人想起折口信夫关于"鬼"与"神"具有同等意义的著名论断。希腊神话中得墨忒耳和珀耳塞福涅的关系与民间故事中的母和女的关系极为相似。这种紧密的关系在心理学上代表什么意义呢？诺伊曼称这种母女关系为“原始关系”，而我认为与其称之为“关系”，不如称其为“一体性”。在原始时代，由于母亲能够生儿育女，所以其地位是至高无上的。在那个时候，男性的存在价值还没有得到完全确认。正因为如此，大地之母的形象就是一个子宫，植物在那里生长、死亡、复苏，持续永恒地循环，因此母亲也是一种永恒的存在，生命在此重复着死亡与再生。

在厄琉西斯神殿的祭祀仪式中，生与死是最重要的主题。久野昭次认为：“当狩猎是一种求生存的手段时，人们会捕猎野兽，杀而食之。当无野兽可猎时，人们为了寻找新的兽群而迁移。大地是求生存的战斗舞台。然而当农耕成为人类求生存的手段时，人们必须保存种子，把保存好的种子播种到泥土中，浇水使种子从死亡状态重新焕发生命。一颗麦子的死去，可以引来累累硕果。”[①]这种植物再生循环是厄琉西斯仪式中的主要组成部分。所谓的植物死亡与再生，表示死去的麦子与再生的麦子是同一种东西。相对而言，吃了杀死的野兽与再生的过程往往被视为另外一种情况。原始人认为当人因为吃野兽而重新获得生命的时候，并不是一种东西死亡而再生的过程。而植物的循环过程，是同一种东西死亡而再生的过程。母亲与女儿是同样的道理。女儿会成为母亲，而母亲会死亡，重新再成为女儿。因此形容这两者是一体的两面并不为过。

在被以母女结合的形态支配的世界里，事物的变化永远是连绵不断的，可以说其中没有什么本质上的变化。为了破坏这种永远周而复始的循环，需要有男人的侵入，破坏母女结合产生的力量。但

---

① 久野昭次，《死与再生》（死と再生），南窗社，1971年。

是当入侵者的力量不够强大时，反而容易被母女结合的力量所阻挠。冥王哈得斯驾驭着能将地面一分为二的四轮马车出现，便给人留下了强烈的男性印象。而日本的神话也描写了素盏鸣尊的狂暴形象。这些神的形象之所以与马联系在一起，应该与马的强劲冲击力有关。日本神话中虽然没有直接描写母女结合的情节，但由于最高神是女神的这一特点，所以可以说这是一个母亲占优势的世界。在这里扮演侵犯者角色的神虽然是男性，但他和母亲具有极为密切的关系。哈得斯是地府的国王，而母亲象征着大地，所以当哈得斯把人带进崩裂的大地时，便意味着被大地吞噬。这和第二章所探讨的母亲属性中拥有吞噬一切力量的描写相呼应。素盏鸣尊和母亲的关系也很清晰，他在父亲伊奘诺尊命令其去“视察海原”时，却因为欲往母亲的国家而哭闹（他和海的关系让人联想起海神波塞冬）。事实上，最后他和哈得斯一样，住在了名叫坚州国的地下冥府。

在日本民间故事中，鬼或男性都在饮水时展现其强大的吸力。打破母女结合力量的哈得斯、素盏鸣尊和鬼恰恰都具有这个特点，也就是说他们都具有父性和母性的原始形态，只不过父性的部分被特别强调罢了。如果结合第一章第三节中有关圆形蛇的描述——从父性和母性所处的未分化的混沌状态里，可以看出民间故事中鬼所表现出的圆形蛇的父性一面。它们虽然具有父性的特点，但并不具有高坐在天上的宙斯那样的光辉，而代表着一种黑暗的力量。它们虽然强大但没有威严，有时还带有滑稽的意味。可以想象它们虽然具有像马一样的冲力，却没有控制自己方向的能力，这就是父性背后隐藏的那种母性常带给人的感觉。圆形蛇代表的那种父性力量与以前的日本军队有十分相似的地方，正如我们所了解的那样，日本军队多次与鬼神交锋，而最后被奉为鬼神的人就是最好的说明。因为圆形蛇的父性及其本身没有善恶之分，其强大的破坏力因为没有方向而容易被贴上邪恶的标签。但如果没有它，母女结合的力量就永远无法被破坏。

因为圆形蛇的侵入而被迫分离的母女，最终还是会恢复到原来的状态。母亲找到女儿的情节，代表再生的仪式，也可以看成是“解决了男性入侵的问题，回归原来的状态”。实际上在日本的故事中，鬼回到鬼的世界，女子回到女子的世界，最后好像什么也没有发生。女尼提出建石塔的要求，即希望每年都能为她修一座石塔。故事的结尾是母女（故事没有交代这个女儿最后是否结婚）不忘女尼的恩情，每年都为她竖一座石塔。而每年增加一座石塔，这象征着太平永绵延。石塔代表着和平，也代表着母女俩的感激之情。故事结束可以说什么也没有发生。从这里我们可以再一次感受到第一章提到的日本民间故事所具有的回归空无的倾向。

在此暂时不从文化的角度，而从人类发展的角度进行思考。从女性的视角看，她自出生就理所当然地处于母女结合的世界里，安住在这样的世界中，十分自然地进入结婚、生产、育子、衰老、死亡的循环。这就等于完全生活在母亲的伟大怀抱之中。这其中几乎没有男性存在的意识，也就是说男性处于陪伴母亲的从属地位。在当代日本想必也有某些女性持这种观点。但是这种母女结合状态会因为前文提到的圆形蛇之父性的作用而被破坏，使女性接受父性的存在，由母女结合的阶段过渡到父女结合的阶段。

当进入到父女结合阶段的女性再继续进入另一个阶段时，必须再次体验到完全不同于前面的男性形象，并且随着新男性形象的不断入侵，最终破坏原来的父女关系。没有进入这个阶段的女性，可能会拒绝婚姻，或者进入父女的近亲相奸的阶段。如果这个观点成立的话（人生可以从许多不同的角度去观察），说不定日本处于这种阶段的女性为数最多。破坏父女结合关系的男性，最初往往被视为怪物——有时被视为鬼。类似的故事在世界各地都有，例如《美女与野兽》故事。第一章曾经提到过的《三眼男》(附录3)也是比较典型的故事。破坏父女结合的男性最初以三只眼睛的怪物之形象出现，当三只眼睛的怪物被杀之后，女子便与王子结婚。在《美女与野兽》中，则是野兽变成了王子。这两个故事的基本结构没有多大的变化，当身为怪物的男性被接受以后，怪物就变成了王子。

日本民间故事《鬼女婿》详细地描述了母女关系进入父女关系的过程。类似于《鬼女婿》的故事还有《猿女婿》，它也涉及类似的过程。《鬼女婿》出自《日本民间故事大全》102，接下来的故事就是103的《猿女婿》。如果与诸如“鬼子小纲”之类的大多数故事比较，会发现拥有这些特点的故事在日本民间故事中极为少见。这也许是因为这类故事的内容属于过渡阶段。下面将要粗略介绍《鬼女婿》的故事。这个故事采集自鹿儿岛县大岛郡奄美大岛。

一个寡妇有三个女儿，大女儿叫阿泊，小女儿叫阿钟。她们的母亲因为洪水无法过河，这时出现了一个鬼表示要帮助她过河。但条件是要娶她的一个女儿为妻。大女儿和二女儿知道此事都很生气，不愿意嫁给鬼。小女儿则说既然是母亲已经答应人家，她可以依从。鬼听了此话高兴极了，抱起小女儿便往家跑。而鬼在过河时不小心失足，小女儿乘机爬到岸上，鬼却被湍流吞噬了。

此时一位王子味寡出现在小女儿的面前，她因此成了王妃。小女儿因为想告诉母亲她与王子在一起过得很幸福，便回娘家去了。没想到此去遭到大姐的忌妒，被推进水池淹死了。而大姐化装成妹妹的样子返回王城。第二天大姐去水池打水时，妹妹变成了一条鳗鱼故意把水搅浑，大姐无法汲水便告诉王子。王子跑到水池边把鳗鱼捞了起来，然后吩咐把鱼做给他吃。因为鳗鱼没有煮熟，王子极其不满。这时鳗鱼突然张口说话了：“你能知道鳗鱼没有煮熟，怎么就不知道它是你的妻子所变？”王子知道了事实真相后悲痛万分，而无地自容的大姐变成了一条虫子。这正是日本至今仍然将半生不熟的食物称为“味寡”的缘由。

该故事的前半部分描写了鬼的出现对母女结合关系的破坏。一般而言，当母女关系被破坏时，就会像哈得斯的出现一样，故事情节发展既突然又不合理，呈现出一个不属于母女结合世界中的特殊结构。在这个故事中，鬼因为自己有所贡献，而要求娶对方女儿作为回报，可以说正处于与母女结合阶段相对应的父女结合的阶段。事实上“美女与野兽”类型的故事多半有这种情节。更确切地说，这个故事描写的是两种关系的过渡阶段，当然也包括父女结合的部分。鬼死后王子出现，这就代表了破坏父女关系的男性的出现。在这个故事里获得幸福的女英雄回归故里，直到遭受大姐的忌妒为止，故事情节都与西方的《美女与野兽》一样，而在结尾的地方却非常日本化。当大姐的恶行暴露后，她变成了虫子，而以“从此半生不熟的食物就被称为味寡”作为结尾，让人产生一种与众不同的感觉。

这个故事让我们再次感受到日本式的母女结合关系以及母亲力量的强大。为了完善日本式的美学意识，故事不得不塑造牺牲自己生命的女性形象，这不禁让人感到非常无奈。这些女性并不会就此消失，我们将在后面继续追寻她们的踪迹。下面让我们改变一下议题，探讨露出性器官的问题。

4 露出性器官

有关露出性器官的问题我已经在前面提到。希腊得墨忒耳神话中巴乌波的行为具有重要的意义。然而笔者的调查并没有发现其他国家的民间故事中有类似的故事。不仅如此，在汤姆森的主题索引中也没有发现类似的神话故事。由于这类故事在世界神话故事中占有一席之地，也许随着民间故事研究的更加深入，可以找到类似的民间故事。在此我们从神话入手，探讨这个主题所代表的学术意义。

在日本的天之岩屋户神话中曾有天宇姬命露出性器官的描写。在《日本书纪》和《古语拾遗》中也有这样的记载。而在《古事记》中并不承认有这个事实。《日本书纪》记载道："当天孙要出发的时候，先遣之人汇报说：'在天八达之冲有一个神，鼻长七寸，背长七尺有余，宽有七寻。嘴巴发出耀眼的亮光，眼睛犹如八寸镜放出光芒。'"如此怪异的模样不禁让人联想到后人对鬼的描述。八百万神都无法问出它到底是谁，众神一致推举天宇姬命道："你可以，你一定可以战胜它的。"天宇姬命被遣去询问怪物。天宇姬命到了那里之后，"露出乳房，把衣服卷到肚脐下方，微笑着看着对方"。因而问出对方是猿田彦大神，它为了迎接天孙而来到此处。天宇姬命虽然没有因为露出性器官逗得对方大笑，却让一个看上去似乎会危及天孙的恐怖神开了口，达到了把所有的事情都弄清楚的目的。

天宇姬命在天之岩屋户前所做的事情，可以理解为与巴乌波做的事情极为相似。那么天宇姬命对猿田彦大神的所作所为又表现出什么意义呢？吉田敦彦从比较神话学的角度，对这一问题提出了自己的看法。他指出："日本神话中天宇姬命的行为，几乎全部都是为了打开闭锁的嘴巴、入口、通路等。"[①]吉田敦彦的观点不可不称之为卓见。例如所谓露出性器官而"打开"的最好例子就是在天之

---

① 吉田敦彦,《小孩子与海努威勒》(小さ子とハイヌウエレ), Misuzu 书房，1976年。

岩屋户，众神因天宇姬命的行为开口大笑，本来因为盛怒而沉默不语的天照大神也因此走出天之岩屋户。可以说这一点与希腊神话的巴乌波一样。至于打开猿田彦的嘴巴也如前所述，也是一种开启。这里再加上吉田敦彦介绍的《古事记》所记载的另一个故事，天宇姬命问众鱼："你们是否愿意侍奉天之御子？"几乎所有的鱼都回答说："愿意侍奉。"只有海参沉默不语。于是天宇姬命说："这个嘴巴不会回答。"因此用刀划出一个嘴巴。这个故事再一次显示出天宇姬命打开闭锁入口的能力。

吉田敦彦接着又提出了很有价值的说法，他认为具有打开闭锁入口的能力，带给世界光明的天宇姬命，是来自于"一种类似印度巫霞斯那样的曙光女神"的观念。《梨俱吠陀经》描写巫霞斯一边欢笑，一边跳舞，乳房与身体都因此裸露出来。此外松本信广也将天之岩屋户神话中关于露出性器官给世界带来光明的情节与阿伊努人的传说故事进行了比较。[①]下面所介绍的故事引自金田一京助的《阿伊努拉库鲁传说》。开场白有这样一段具有重要意义的话："春天是女人的季节。春天来了，青草在土地里发芽，树梢也冒出了新芽。冬天是男人的季节，冬天降临，青草会在土地里长眠，树梢光秃，白雪覆盖在大地上。"看了这段描写不禁让人联想起厄琉西斯岛的春之祭祀，特别是有关小麦死亡与再生的情节。下面再让我们回到传说中来。阿伊努的村子里来了一个饥馑恶魔，致使人们陷入饥馑之中。有一位年轻人路过村子，见到这种情景，便问村民是否愿意一起对付恶魔。这位年轻人名叫欧吉古鲁米，是阿伊努文化中的英雄。他开始想办法对付恶魔，阻止它继续作恶。他给恶魔喝

---

① 松本信广，《日本神话之研究》（日本神話の研究），平凡社，1971年（该书初版为1931年）。

酒，但因为“善神能喝酒，恶神不喝酒”，所以恶魔根本就不理他。他又让妹妹去找恶魔，“当妇人衣服的纽扣松开时，整个乳房露了出来。只见这时东方突然显露光明，而西方则渐渐变得黑暗”。恶魔见状改变了想法，来到她家，在劝诱下喝了毒酒，最后被村民们赶走。

这段阿伊努的故事中女性露出乳房，使得东方显露光明的情节，不禁让人联想起吉田敦彦有关曙光女神的论述。而松本信广针对上述故事，认为欧吉古鲁米妹妹的行为“让饥馑恶魔展露笑容，笑能使人放松，而恶魔的仇恨、狰狞都在笑声中消失”。本文所介绍的故事并没有证明阿伊努的恶魔到底有没有笑，但的确因为女性露出性器官而“放松”，这是一种从紧张中释放出的松弛。与希腊神话及日本神话中靠着露出性器官打破女神沉默的举动相比较，阿伊努神话中达到让恶魔放松（缓解鬼的紧张）的目的，与《鬼笑》中人们所要达到的目的比较接近。

下面根据吉田敦彦的考证，介绍另一些有关露出性器官的神话故事。[①]吉田敦彦曾经介绍过奥赛多叙事诗中的故事：有一位拥有那鲁多血统的勇士，名叫普西·巴多诺可。他被那鲁多出身的母亲关在箱子里扔进大海，在海上漂流到了别的地方。长大后，当他知道那鲁多有一位名叫索斯蓝的勇士时，便决定与他一决雌雄。普西·巴多诺可特意来到那鲁多。索斯蓝的母亲（虽说是母亲，但实际上关系十分复杂，这里暂且不提）沙塔娜听女仆报告，得知著名的骑士普西·巴多诺可正朝自己的村子走来。她知道如果就这样让普西·巴多诺可进村，自己的儿子一定有生命危险，因此吩咐女仆准备许多酒菜和美女，试图把普西·巴多诺可引到家来。但是普

① 吉田敦彦,《小孩子与海努威勒》。

西·巴多诺可对这些东西一点儿也不感兴趣，他拒绝了女仆的邀请，说："身为一个只想放手搏斗的自由骑士，我是为了寻找能够与我较量的对手才到那鲁多的。"听了这番话，沙塔娜只好化了装，从家出来，亲自诱惑普西·巴多诺可。她知道言语对他没有多大的作用，她松开自己的围巾，露出白皙的脖子，但还是没有用。于是沙塔娜"把两个乳房暴露在他的眼前，最后慢慢地解开裙子，露出阴部"。

然而沙塔娜的行为并没有奏效，普西·巴多诺可还是纵马扬鞭去找索斯蓝。故事的结尾以两位勇士最后发誓结为盟友而告终。在这个故事里，虽然露出女性性器官并没有达到目的，但沙塔娜的行为与天宇姬命为了对付挡住天孙道路的恐怖对手而露出性器官的行为十分相似。只不过天宇姬命是以威吓，也可以说以咒语的方式来达到效果，而沙塔娜则十分明显地使用性器官进行诱惑，阿伊努的欧吉古鲁米的妹妹则介于两者之间。沙塔娜很可能是因为没有咒术，所以才被无敌的勇士藐视。

接下来介绍的是凯鲁特的传说故事。阿鲁斯塔国王孔贺巴鲁的外甥克芙莱恩是一位半人半神的勇士，他在打败一个又一个阿鲁斯塔强敌之后，就要回到首都。但是由于战火的缘故，他全身灼热躁动，孔贺巴鲁王担心如果就这么让他进城，会使首都陷入危险。所以他命令王妃慕凯因率领一百五十位全身赤裸的女性到城外，在克芙莱恩的面前裸露身体。克芙莱恩见到这种情景，迅速扭过头去，于是人们乘机将三大桶冷水倒在他灼热的身体上，克芙莱恩的热度终于减退。孔贺巴鲁这才允许克芙莱恩来到他的面前，当面表彰他的战功。

在凯鲁特的传说故事中，露出性器官而让身体灼热的勇士回过头去。与其说这是因为勇士不好意思，倒不如说有咒语的存在。在这里很难判断性器官究竟是吓住了勇士，还是使他紧张的心得到了放松。松村武雄在对天之岩屋户神话进行考察时，收集到琉球自古代传承下来的一个故事，其中直接描述了性器官的力量。由于这个故事里直接描写了女子对着鬼露出性器官，所以可以将这个故事与前面的民间故事结合在一起探讨。[①]古时候首里的金城住着一个食人鬼，人们因此寝食不安，有一个人的妹妹露出自己的性器官给鬼看，鬼问她这个嘴巴是做什么用的，女子回答说上面的嘴巴是吃饭用的，下面的嘴巴是吃鬼用的。鬼听了很害怕，结果跌下悬崖摔死了。在这个故事中，性器官是用来吓唬鬼的工具。

通过这类故事可以知道，露出女性的性器官具有咒术的威慑力量，可以有效地恐吓对方，或者具有某种"打开"的力量，抑或起到使黑夜终结，迎来曙光的效果。也可以说具有驱赶严寒，让春暖花开的意义。这种"打开"也可以代表笑的意思，不过与其他国家的民间故事不同的是，日本的民间故事是鬼在笑。下一节将就鬼笑的意义进行探讨。

5 鬼　笑

鬼是一种很恐怖的存在。如果谈到鬼在笑，与其说会感到奇怪，倒不如说带有一种恐怖的感觉。比如说《地狱草纸》中描写鬼笑的姿态，那些讪笑人类的鬼，向我们展示了一种相对于人类的绝对强势。自古以来有许多关于"笑"的研究论述，在此仅凭笔者个人的能力，很难逐一进行评论。但是关于笑的本质问题，许多学者

---

① 松村武雄，《日本神话之研究》（日本神話の研究）第三卷，培风馆，1968年。书中引用了伊波普猷的《琉球古今记》。

都承认伯斯的“强势感”观点最具权威性。《地狱草纸》的鬼笑应该属于这类鬼笑的典型吧。柳田国男在《笑之文学起源》[①]中提到的“天狗的狂笑”，也属于同一概念的笑。柳田国男认为：“所谓的天狗狂笑，所指的是在人烟罕至的深山老林中，人突然听到震天撼地的笑声时，往往比听到‘我要把你吃了’更为恐怖。”柳田国男还认为：“笑是一种进攻的形式，是鬼与人的正面交锋，具有主动意义的行为（但是不需要动手），将其称为一种进攻方式也不为过。它是针对弱者或者处于不利地位者的进攻方式，可以说是胜利者的特权。”柳田国男认为虽然愤怒被看作是相对于笑的感情表达方式，但两者都具有威慑的作用，奇怪的是，笑往往更有效果。

《鬼笑》在民间故事中到底具有何种意义？在故事中鬼比人具有更多的优势，因为鬼可以随意把人抓起来，也可以把人“抓来吃了”。当人乘船逃跑时，鬼可以吸尽河川里的水，险些把人抓回去。但在此时鬼发出的笑“对处于不利地位的人并非带有威慑性”，这恰恰是这个故事的精彩之处。在这里鬼不但笑，而且笑得前仰后合，致使鬼的强势地位因此而削弱了。与此同时，弱势者的地位却因鬼笑而得到根本性的转变。由此看来，这里的鬼笑，并不是通过前面单一解释就可以理解的。这里鬼的笑与《地狱草纸》的笑以及西方恶魔的笑根本是大异其趣。

经过前面针对其他民间故事、日本神话与希腊神话的比较，可以发现这里提出的鬼笑与神的笑有相同之处。这些故事都是因为露出性器官而笑，只是发出笑的主角不同。有的是鬼，有的是众神，有的则是女神。以笑的方式来说，得墨忒耳的笑是失笑，日本众神的笑是哄堂大笑，而这个民间故事里的鬼笑则是捧腹大笑。

---

① 柳田国男，《笑之文学起源》（笑の文学の起原），收录于《定本　第七卷》，1962年。

得墨忒耳笑的背后带着愤怒和悲伤。得墨忒耳女神因为失去女儿，再加上自己受到凌辱，因此愤怒和悲伤，她选择了沉默不语。但是得墨忒耳女神却因为巴乌波（伊阿姆柏）出乎预料的举动而忍俊不禁。可以说这是一种“打开”的方式，它可以使悲伤得到化解。犹如黎明“冲破”黑夜，春天的暖流消融了严寒一般。在民间故事中经常有类似《不笑的公主》那样的故事。那是一种代表“春天”到来的女性形象，而男性最后成为公主的丈夫，扮演着让春天“开花”的角色。例如在格林童话《金鹅》（KHM64）的故事里，主人公的笨拙让原本不笑的公主露出笑脸，他因此娶了公主成为国王。

天之岩屋户前日本众神的笑，其背后的意义也很有研究价值。在这里发笑的不是女神而是众神，从这一点看，这种笑与得墨忒耳的笑相同。高桥英夫对有关“神的笑”的观点与笔者有诸多相似之处。[①]笔者就高桥英夫所提出的“这位女神（天照大神）到底会不会笑”的疑问提出以下看法。天照大神的笑与得墨忒耳的状况一样，她是真的笑了。然而希腊神话与日本神话的不同之处在于，希腊神话存在一个处于最高地位的神宙斯，而日本神话天照大神本身就是最高的神（后面还将解释所谓最高神的意义，她与犹太教-基督教唯一神的存在有所不同）。在得墨忒耳的故事里，是得墨忒耳本人承受波塞冬的凌辱而被巴乌波引发出笑容。但是在日本神话中，因为要保持最高神的神格，所以特意创造出替身稚日女尊，以比较低的身份来承受这一切。在天之岩屋户前面的众神也笑了，当天照大神问他们为什么笑时，他们答道：“因为可以成为最高贵的神，所以高兴得笑起来。”从他们的回答可以看出，这句话象征诸神所认为的，当“不笑的神”变为“笑的神”时，就能够成为“更高贵的

① 高桥英夫，《关于神之笑》。

神”。对于不笑的最高神来说，可以借助笑来接近众神，极端地说，可以通过更接近人类而成为一位更高贵的神。

高桥英夫在研究天宇姬命和猿田彦的故事时所提出的观点不可不称之为真知灼见，“笑可以让神更接近人类，也可以让怪物和妖怪从另一个方面接近人类……笑是一种人性化的存在”。笑在这里产生了一种相对性的效果。虽然在别的地方很难找到与《鬼笑》类似的故事，但柳田国男竟在“太平洋不知名小岛”流传的传统故事中，找到了一个比较类似的故事。[①]古时候，有一只青蛙把世界上的水都喝光了，许多智者纷纷想尽各种办法让青蛙笑。那只始终紧闭双唇、一脸痛苦的青蛙，最终还是经不住人们的挑逗，开怀大笑，结果把所有的水都吐了出来，人们才避免了旱灾之殃。如同柳田国男所说：“这个故事和我们的天之岩屋户在一些重点上有相通之处。”青蛙其绝对性的地位因为笑而变为相对性的地位，因而把它独占的水全部还给了人类。

《鬼笑》的笑与青蛙的笑一样，因为笑而使得被汲去的水吐出使其回归到原来的地方。值得注意的是，在青蛙的故事中，使青蛙笑的意图非常明显，而青蛙也明白对方的意图。而在《鬼笑》中，性器官是突然显露出来，所以鬼也是突然大笑。可以说发笑的一方开始时根本没有意料到会出现这样的情况。更进一步地说，露出性器官的女尼和母女俩可能也没有想到会出现这样的结局。以奥赛多和凯鲁特的故事来说，露出性器官具有缓和对方的怒气，起到镇静、诱惑对方的作用。所有对鬼露出性器官的女子也许都抱有类似的企图。当鬼因此一笑之后，瞬间产生了地位的相对变化。可以说这种突发的感觉是一种特征。马场秋子在《鬼之研究》第一章开头

---

① 柳田国男，《笑之文学起源》。

就提出这样精彩的论断："鬼和女人都具有人所发现不了的地方。"在《虫姬君》的故事中，女人和鬼的确都显露出原来未被人发现的东西，并且产生了根本性的价值改变。

天宇姬命具有"打开"的能力，可以说现在所讨论的笑也具有广义的"打开"的功能。"打开"这句话与宗教的"开示"有关系。人类原本只认识某个限定的空间，而以为这就是全部的世界，当他们体验到超越这个世界的存在时，可以说人类就被"打开"了。不仅是愤怒，笑也能帮助人类"打开"。高桥英夫在《关于神之笑》中，曾就犹太教"神的愤怒"提出了自己的见解。他认为犹太教中神的愤怒与日本以及希腊神话中神所具有的相对性存在方向性的差异，"犹太教的神与人之间只有一种垂直性的关系"。他还认为之所以存在这种差异，是因为犹太教的神是唯一神，而日本与希腊神话中的最高神并不是"唯一绝对"的神，实际上最高神与其他的神处于水平关系。对于犹太教的神来说，人与神之间存在根本性的差异。在《鬼笑》中鬼的捧腹大笑是让一切呈现相对性，也即让原本呈现绝对性的相对关系成为水平关系。犹太教的神的愤怒是垂直性的"开示"，而日本的鬼（神）的笑则是水平式的"开启"。这种观点正好与《日本文化与日本语巡礼》中学者们的对话相呼应。[1]宫川透认为："所谓（日本）不存在具有超越能力的人的说法是不对的。借用坂部惠先生的话，（日本）没有超越者并不意味着没有超越行为的存在……"坂部惠认为："的确如此。我认为（日本人）有许多超越性存在，只不过不是垂直的，而是水平的超越……"中村雄二郎根据他们两人的观点，得出以下结论：之所以有人认为日本没有超越性的科学，是因为他们受到唯一论观念的束缚。其实"超越

① 坂部惠・山崎考评委员会，《面具的时代》（仮面の時代），河出书房新社，1978年。

有许多种，科学也有许多种”。他认为对于这一点应该要有足够的认识。

高桥英夫提出希腊和日本的最高神并非唯一神的观点，是具有划时代意义的发现。笔者在这里希望读者关注的是，希腊的最高神是男性，而在日本则是女性。从这一点看，最高神宙斯面对得墨忒耳-珀耳塞福涅母女结合的世界所做出的不是“开示”，而是侵袭，而得墨忒耳的笑代表着接受这种“打开”。但在日本则由最高神天照大神自己去接受一切。因此在日本呈现的是非常明显的相对性变化，而这种变化在《鬼笑》中得到了极致的发挥。故事的结尾述说每年将增加一座石塔的情景，正好与第一章所介绍的“Nothing has happened”（空无）的模式相吻合。让人切身感受到相对化的绝对“空无”的无穷力量。梅原猛说：“东洋最极致的笑，就如同约翰保罗所说，它不是针对所有的有限现象与无限理念的相对的笑，而是针对具有相对性和绝对性的无所发出的笑。”[1]因此，可以说高桥英夫与梅原猛的理论属于同一个范畴。

在与“鬼子小纲”类似的故事中，有许多关于为了使鬼笑而脱去裤子拍打屁股的描写。虽然这些举动令人感到“下流”，但是我认为从价值观的角度看，它可以说是一种精神高尚、肉体下流的举动。因为开示世界的时候，必须贯通精神与肉体两个层次。所谓的从上而下的开示是指传达至心灵，而水平方向的（从下而上的）开示则只能从肉体着手。一些引人发笑的民间故事，例如日本的所谓《屁股新娘》（《大全》377）之类的故事，或许无法得到欧洲文化的认同，但它恰恰代表着开示肉体。事实上，韩国也有类似《屁股新娘》的民间故事。

---

① 梅原猛，《笑的结构》（笑いの構造），角川书店，1972年。

第四章

姐姐之死

在鬼破坏母女结合的故事中，最后以鬼发笑带来正面影响，使一切回归原点，这个结局让人痛切地感受到“空无”的力量。而在《鬼女婿》中，侵入到女性世界的怪物并没有像西方故事那样变身为男性，进而与女主角结婚，却反而被女性的力量所消灭。西德民间故事专家雷利希通过研究翻译成外文的小泽俊夫的作品，认为日本民间故事描写结婚的情节非常少。这种看法与本书第一章的论点相吻合。他认为西方故事常见求婚成功，或者经过一系列冒险，最后成功与女主角结婚的情节。但是日本的民间故事却很少提到结婚。雷利希指出：“其中也许会有结婚的故事，但是出现的频率根本无法与德国的故事相提并论。在小泽俊夫的日本民间故事集中，根本找不到‘救援’的字眼和概念。”①

笔者也赞成雷利希的看法，因此也想进一步探讨这个问题。而民间故事值得关注的地方则在于，一定会有一些故事打破这些原则。下面就通过探讨这些例外，以澄清一些原则问题。为了达到这

① 鲁茨·雷利希，《德国人眼中的日本传说故事》，收录于小泽俊夫的《日本人与民间故事》。

个目的，在此特别列举这个与“结婚”和“救援”有关的故事。

1 天鹅姐姐

读者看了附录6《天鹅姐姐》之后，会留下什么样的印象呢？因为故事中描写了日本少见的“结婚”和“救援”的情节，想必有人会认为这个故事与其他的日本故事多少有些不同。的确，这个故事是在冲永良部岛采集到的，而且在日本还没有发现与之相似的故事，所以有人怀疑这个故事是否真的是日本故事，或者干脆认为它是外来故事。但从另一方面看，故事中姐姐那勤劳、悲苦的身世，又无法让人否认其中的日本式情感。这里之所以选择这个故事，是考虑到故事中姐姐的形象可以令人深深地感受到日本文化的缘故。尤其考虑到，随着故事情节的发展，这个姐姐的形象与日本家喻户晓的故事《山椒大夫》中姐姐的形象完全一样。

下面简单介绍《天鹅姐姐》这个故事。沙须国的王后生下一男一女之后过世。外国学者[①]认为：日本的民间故事与传说一样，极少把领主或者公主作为故事的主角，而《天鹅姐姐》却一开始就给人留下了西方故事的感觉。不过这个故事与《仙履奇缘》等故事不同，因为姐弟组合的例子是比较少见的。最后国王虽然不能免俗地娶了后妻，但是他在此之前，含辛茹苦地独自抚育两个孩子整整十年。虽然世界上有许多描写继母与孩子的故事，却很少有描写父亲能够忍受十年孤独而坚持不续弦的故事。可以说这充分表达出父子、父女之间的深厚感情。

---

① 英吉格拉杰·阿吉德鲁，《日本民间故事中的超自然世界》（日本の昔話における超自然の世界），收录于小泽俊夫的《日本人与民间故事》。

十年后父亲娶了一个带着孩子再嫁的继母。这些情节都属于比较常见的民间故事模式。故事中的继母排挤前妻的孩子，只疼爱自己的亲生孩子。这些情节与《仙履奇缘》基本相同。在这里要探讨的问题是继母的含义。其实笔者在其他的著述[1]中就已经提到，格林童话中的《汉赛尔与格莱特》与《白雪公主》里的继母实际上都是孩子的生身母亲。第二章我曾提到母亲所具有的两面性问题。就算是亲生母亲也会有阴暗的一面，例如有杀害自己孩子的动机和意念。通常情况下，面对母亲的两面性，人们习惯于将肯定的一面认作母亲的本质，而否定的一面则归结为下意识。因此，在我们讨论母亲的时候，如果把注意力放在下意识部分，就会觉得亲生母亲杀死或者抛弃子女的行为并不是不可思议的事情。但是根据一般的社会常理，人们往往只愿意承认母亲的绝对肯定形象，而把母亲遭到否定的一面，强加到了所谓的继母的形象中。正是由于这个原因，民间故事中出现的继母，要比实际生活中的继母背负更多的恶名。

如果分析日本的继母故事，马上就会发现其中所描写的都是母女关系。《日本民间故事大全》涉及继母的故事中，除了《灰仔》以外，其余描写的都是女儿与继母的关系。关敬吾认为，《灰仔》实际上应该归类于婚姻故事。笔者也完全同意这种看法，所以在这里将《灰仔》剔除在讨论之外（尽管故事本身很有意思）。下面让我们思考一下，为什么母女关系中，女儿与继母的关系容易发生问题。正如前面所论述的那样，继母在这里所代表的并不一定是真正的继母，而是用来表达母亲阴暗面的代名词。从女儿的角度来看，她处于这样的母女关系中的时候，实际上已经意识到母亲阴暗面的存在。

---

① 拙著《民间故事的深层》。

前一章谈到为了破坏母女结合的关系，必须有一个强有力的男性侵入。而女儿与继母的关系所代表的是母女已经不像以前那样结合为一体了，女儿开始意识到母亲的阴暗面。当人类要建立自我意识，破除与他人的共同体时，首先必须发现对方的阴暗面。这就是为什么许多青春期的女性会突然批判母亲，并且对母亲做出低于实际情况的评价的原因。她们有时甚至厌烦母亲，更有甚者居然怀疑自己的母亲是否为自己真正的母亲。女性只有经历了这一时期，才能够脱离母亲而完全独立。这也是为什么女儿与继母类型的故事，多半以女儿结婚为故事结尾的缘故。正如前面所论及的那样，日本的民间故事多少有些脱离这个规律。其中最典型的就是第七章将要介绍的《没有手的姑娘》。虽然日本的民间故事很少描写男性英雄打败怪物或者实现丰功伟绩以后结婚的情节，特别是女性为主角时，有些故事会描写女儿经历继母的种种迫害而最终结婚的情节。有关这些差异的具体探讨将在第七章展开。下面所涉及的将是女儿与继母关系的重要性以及存在的意义。

从女儿与继母关系的角度看，虽然表面上这个故事类似于《仙履奇缘》的模式，但是日本故事的主要特点在于，女儿结婚之前完全没有涉及继母虐待女儿的情节，女儿的结婚对象也很简单地被确定。在《仙履奇缘》以及日本民间故事（例如附录9《没有手的姑娘》）中，大多都描写继母如何虐待女儿，女儿找到丈夫之前出现的各种波折以及女儿结婚以后，继母所做的种种破坏等。但是在《天鹅姐姐》中结婚对象被轻易地确定，这可能是因为这个故事的主题在于描写姐弟关系，或者说故事的结婚场面所表现的不是男性与女性的结合，而是姐姐与弟弟的结合。

这个推论的证据是，故事的结尾并没有描写男女主角的幸福婚姻，而是描写姐姐与弟弟都各自结婚，“姐弟互相帮助，一直到现在都过着幸福快乐的生活”。这样的结尾也可以在本章第三节《姐姐与弟弟》中看到。故事的主要目的是描写姐姐和弟弟因为互相帮助，而过上了幸福的生活，而姐弟各自结婚则是为这个目的服务的。

以上似乎有些偏离主题，下面让我们回头探讨有关继母杀死女儿的问题。故事描写继母把女儿扔进沸腾的大锅将女儿杀死，只要阅读这类故事就可以发现，故事中不是出现大锅就是澡盆，总之，主角一定是被扔进一个容器中杀死。这显然是代表着女性在成人仪式中所要经历的胎内的回归仪式①。不用其他的方法杀死女儿，而是将她扔进大容器内的做法，就是我提出的这个论点的证据。当女性从少女变成妻子的时候，必须经历死亡的体验。

继母杀死姐姐阿玉之后，让自己的女儿加奈代替姐姐嫁给国王。如果按照故事情节的发展，我们会认为这是继母的奸计。但是如果从象征意义的角度看，这一举动则应具有以下的意义。当女儿发现母亲的阴暗面后，女儿可以借机独立结婚。但在结婚时或者结婚后，很快就会再次接受母女共有的母性的肯定面，也即女儿非接受这种肯定的评价不可。只有当这个阶段到来，女儿才有可能真正确信来自男性的爱，从而脱离母女结合的世界，与那个男性结合。故事中从订婚到最后的喜剧性结局，其间所产生的阿玉—加奈—阿玉的变化，以及阿玉死而复生的情节描述，都是用来表示这个阶段的变化的。女性在结婚的时候，必须放弃原来的家庭关系，改为信守夫妻的家庭关系。她必须维持着身体在夫家而心却向着娘家的关系。加奈代表着女儿的身体已经嫁出去，而弟弟蟹春跟着一起过

---

① 有关成人仪式中回归胎内的问题，可参照宓鲁查·艾利阿特的《生与再生》（生と再生），堀一郎译，东京大学出版社，1971年。

门，则意味着她与娘家的血缘关系。

在此虽然可以了解弟弟跟着姐姐嫁到夫家在心理上所代表的意义，但是在现实生活中这毕竟是一个特殊的例子。如同后面还将要论及的那样，姐姐阿玉对弟弟的牺牲奉献，让人感觉这个故事似乎是在描写姐弟结合。从人类深层心理发展变化的角度来看，通常认为人类的心理是从最初的母子相奸阶段向手足相奸阶段发展的。阿玉与蟹春的紧密结合，正好反映了这一深层心理状态。手足相奸是一个很重要的议题，有关这个问题在下一节将进行深入的探讨，现在我们要关注的是蟹春行为上的被动性。不论是《姐姐与弟弟》还是《哥哥与妹妹》的故事，男性所扮演的几乎都是被动的角色。在下一节论述日本民间故事与欧洲文化圈的类似故事时，将会发现日本描写姐弟关系的民间故事比较多。在《天鹅姐姐》故事中，蟹春的行动是完全被动的，他听从继母的吩咐，跟着加奈过门，而且对姐姐被害的事情没有任何反应，也没有把那件事告诉任何人。直到后来，也是王子问起阿玉的事情，他才说出事实真相。我们仔细分析之后可以发现，正是这种被动的男性特质，这个凡事听别人吩咐的形象，才能使姐姐阿玉与王子丈夫建立深厚的感情。

在王子知道真相以后，出现了日本民间故事中少有的“救援”的主题。故事中的王子无法忍耐等待的痛苦，意欲抓住天鹅，当他“伸出手去抓，没想到张开手掌一看，里面有3只苍蝇”。这样的描述，不禁让人以为故事是否就要进入日本式结尾。在第三节中与这个故事极为相似的“姐姐与弟弟”类型的故事，就极少涉及后面有关姐姐结婚的情节。实际上我们很难判断《天鹅姐姐》后面有关姐姐结婚的部分是否为后人所追加的，或者把《姐姐与弟弟》故事中弟弟的死与再生的情节改写到姐姐身上。

总而言之，《天鹅姐姐》的故事情节与其他多数日本式民间故事的空无结局完全不同，最后以喜剧作为结局。将水注入擂钵里挽回姐姐的生命，很明显是用水浸泡身体的意思。这当然也与前面提到的大锅相呼应。用水浸泡身体通常被用在成人仪式上，将身体浸入盛满热水的大锅或装满水的擂钵中，象征着死与再生过程中人的痛苦与喜悦。而冷与热的对比，使人联想起成人仪式上通常用火和水代表考验与洗涤。在与《天鹅姐姐》故事相类似的故事中，变成鸭子（不是天鹅，而是鸭子）的姐姐，要求王子蓄水和生火，“当一切按照要求做好之后，鸭子飞来跳入火中，又浸入水中，最后变回阿玉原来的模样”（鹿儿岛县上甑岛）。

再生的美女终于与王子结婚，坏妻子被杀，母亲也死了。此时，故事的主角阿玉终于与母女结合的心理阶段诀别，与通过弟弟而得到的男性圆满结婚。这是一个令人喜悦的结果，如同最后描述姐弟的结束语所表示的那样，故事把重点放在了姐弟关系上。有关姐弟关系的问题，下一节还将进一步进行探讨。我们有必要在探讨母女结合的问题之后，思考手足结合的问题。

2 异性手足

手足关系属于血缘关系。然而人类在最初的原始时代，即使面对实际上的父子关系，也不可能意识到父亲与儿子之间存在血缘关系。如同前面所论及的那样，人类最初意识到的血缘关系是母女关系，之后则是手足关系。而异性手足之间往往会出现问题。相对于血缘关系的就是以性关系为主的结婚。就像第一章第三节所说的那样，简单地说，欧洲式自我确立的过程，就是从母子一体的结合状态中脱离出来，建立与异性结合的关系。从西方人的角度看，这与其说是从血缘关系发展到性关系，不如说是从血缘关系转移到契约关系。而手足关系则正好处于这两种关系之间。手足婚姻也因此处于这两种关系的中间位置。可以说这是将血缘关系与婚姻关系合二为一的高度性结合。古埃及的国王与王妃必须是手足关系这一点就足以证明，它属于后者的范畴。但是在古埃及，只有国王与王妃才被允许手足结婚，而且是成为国王与王妃的条件，它代表着神圣的结合。

用上面的观点可以解释世界神话故事中为什么经常出现手足结合的情节。它代表着世界的诞生、神圣的结合，也表示当父性侵入母女一体文化、形成父性文化之前的过渡阶段。如果说全世界的创世故事都包含手足婚姻的情节并不为过。以日本为例，开创日本的伊奘诺尊与伊奘冉尊天神，他们既是兄妹又是夫妻。而前一章提及的天照大神与素盏鸣尊也是姐弟，虽然没有说明他们是夫妻关系，而他们所生的小孩天孙就是天皇家的祖先。伊奘诺尊与伊奘冉尊之间的手足婚姻象征着世界的开始，而天照大神与素盏鸣尊之间的手足婚姻则象征着“跨越母女结合关系”的阶段。得墨忒耳与波塞冬也是手足关系，他们的结合也具有前面所论述的意义。

日本在经历了神话时代之后，仍然有不少的民间故事描写“兄与妹”“姐与弟”的结合，以此强调这种关系的重要性。实际上在伊奘诺尊与伊奘冉尊以后，研究有关手足关系的故事就足以写成一本学术专著。在此只大概地谈一谈，然后再回到民间故事的话题上来。虽然历史学家对《古事记》《日本书纪》中所记载的有关兄妹、姐弟近亲结婚或者相奸的真实性存在争议，但是从心理学的角度来看，手足婚姻在那个时代是极为常见的现象。由于《古事记》和《日本书纪》的写作使用的是“内在现实”与“外在现实”相结合的手法，所以要证明其内容是否为真实的外在现实是十分困难的事情。站在笔者的立场看，这里的描述应该属于“内在现实”的范畴。因此笔者把它的重点放在了心理层次，至于手足婚姻是否为外在现实，则不在本次讨论范围之内。

《古事记》与《日本书纪》所描写的妹妹们的活跃情形，让人不禁想起了柳田国男的《妹妹之力量》[1]。柳田国男指出：冲绳的欧那利神、阿伊努神话中兄妹神搭档的重要性是不容忽视的。他认为女神在家族里具有重要的意义。他指出："在祭祀、祈祷等宗教行为中，最重要的部分都在妇人的管辖范围之内。在这个民族中，巫师多半由女性担任。"自古以来日本人就明确地认为，妹妹（也可以认为是一般的女性）具有"灵"的力量。就像欧那利神一样，女性被认为是其兄弟的守护"灵"。柳田国男探讨的虽然是日本的情况，但是女性所具有的这种功能，可以说是世界公认的。从世界各国的民间故事中都可以看到类似描写妹妹的故事。

如果把妹妹救援兄弟的故事当作一种故事类型的话，按照阿鲁尼·汤姆森的分类就是AT451型。这一类故事被称为"寻找兄弟的少女"。故事描写妹妹经历千辛万苦寻找失踪的兄弟，故事的重点在于如何解除魔法。格林童话的《十二兄弟》（KHM9）、《七只乌鸦》（KHM25）、《六只天鹅》（KHM49）都属于这类故事。这些故事所描写的都是变成乌鸦或者天鹅的哥哥们，因为妹妹的救援而得以破除魔法，获得新生。但是这里值得注意的是，哥哥变身的直接原因，都是因为妹妹的诞生。例如在《十二兄弟》中，当王妃怀了第十三个孩子的时候，国王想如果第十三个孩子是个女孩的话，为了能日后多留财产给女儿，必须杀死十二个儿子，所以国王准备了十二口棺材。妹妹之后虽然救了哥哥，但是她并不知道，自己的诞生曾经威胁哥哥的生命。这些故事让人觉得妹妹所拥有的"灵力"，

---

① 柳田国男，《妹妹之力量》（妹の力），收录于小泽俊夫的《定本　第九卷》，1962年。

同时具有正面与负面的力量。日本的民间故事也有类似的描述。在《鬼与赌徒》(《大全》248)中虽然出现的是姐姐，然而同样描写因为姐姐的智慧，使弟弟在与鬼的赌局上获得胜利。在《七只天鹅》(《大全》214)中，妹妹救了变成天鹅的哥哥，这个故事情节与格林童话几乎完全相同。但是由于这个故事仅仅在喜界岛和冲永良部岛一带流传，所以它的来源还有待今后进一步探讨。也有的故事描写妹妹所扮演的不是救援者的角色，而是恐怖者的角色。例如《妹妹是鬼》(《大全》249)的内容，正如字面所表达的那样，描写妹妹是鬼，而且把双亲吃了，鬼妹妹后来被哥哥赶走，这里所表现的是格林童话中妹妹所拥有的灵性的负面力量。介绍这个故事的柳田国男为此得出结论，"可以说妹妹地位之独特重要性贯通古今"。

当妹妹拥有这种能力，而兄妹关系过于紧密的时候，人的心理发展阶段就会从母女阶段进入兄妹阶段，并停滞在此。就像为了破除母女关系，必须有一个强有力的男性侵入一样，要破除兄妹关系，也必须要有能够超越兄妹各自对对方所形成的魅力的人。这就是说，对于哥哥而言，必须要有其他的女性；而对于妹妹而言，则必须有其他的男性。兄妹关系象征着从血缘关系过渡到异性关系的阶段，要出现能够破除这种血缘关系的、有魅力的异性(按照民间故事的说法，就是带有魔法的异性)，才能使深层心理发展到一个更高的阶段。

荣格在《移情心理学》[1]中，介绍了由兄妹关系发展至异性关系的典型民间故事。他将冰岛与俄罗斯的两个民间故事作为案例，因为这两个故事几乎相同，这里只简单介绍俄罗斯的故事。

---

① 荣格，《移情心理学》(*Psychology of the Transference*)，见于《荣格作品集》(*The Colleted Works of C. G. Jung*)，第十六卷之《心理学的实践》(*The Practice of Psychotherapy*)(Pantheon Books，1954)。

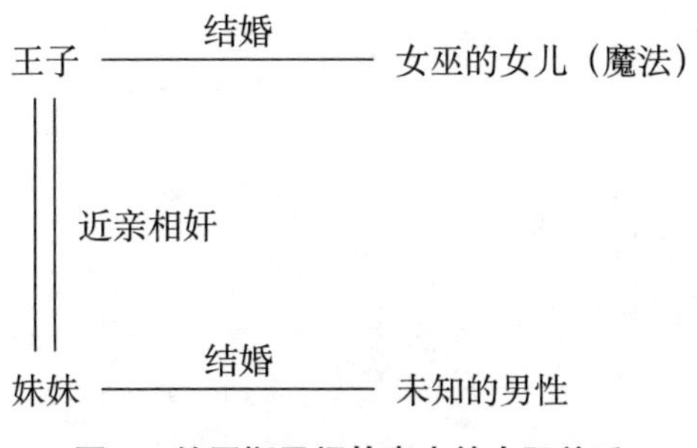

图4　俄罗斯民间故事中的人际关系

这是俄罗斯（达尼拉·果伯利拉王子）的故事。有一位王子从女巫那里得到一枚具有魔法的戒指，要使戒指发出魔力有一个条件，就是要找到手指粗细与戒指尺寸吻合的女子，并且与她结婚。王子找了许多女子来试戴，但大小都不合适。当王子得知这枚戒指与他的妹妹的手指完全吻合时，便向妹妹求婚。妹妹因为觉得这样做罪孽深重，所以十分烦恼。这时一位乞丐教她做四个布娃娃，把它们分别放在卧室的四个角落。当完成婚礼仪式后，兄妹回到卧室，此时布娃娃发挥魔力，使地面开裂，妹妹因此掉进了地下的巴巴雅歌（俄罗斯的女巫）的小屋。妹妹得到巴巴雅歌女儿的帮助，得以逃离小屋，两个人一起回到王子的身边。当王子发现巴巴雅歌女儿的手指也与戒指完全吻合之后，便与她结了婚。而妹妹则另外找到了自己的如意郎君。荣格用图4来表示这个故事的结构。冰岛的故事与这个故事几乎相同。兄妹的近亲相奸关系因为具有魔力的女性的出现而被破坏。于是哥哥与这位女性结婚，妹妹则与另一个男性结婚，故事随着两对佳偶的结婚，而以喜剧收场。当我们分析日本的《天鹅姐姐》时，就会发现如果同样用图（图5）来表示兄妹关系，值得特别注意的问题便出现了。一开始姐弟俩也是手足关系，后来发展为夫妻。虽然从这个角度看，俄罗斯与日本的故事情

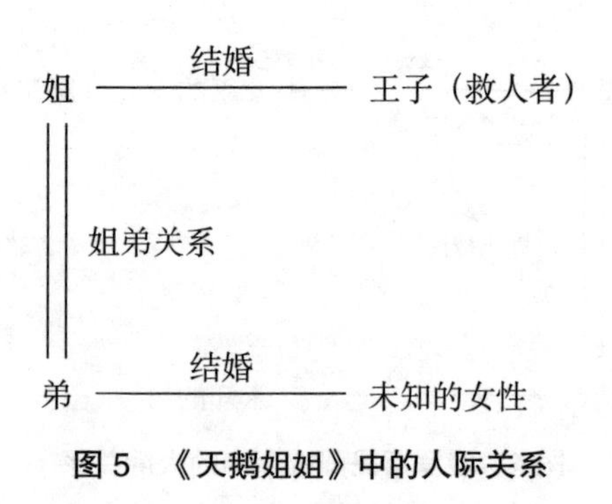

图 5 《天鹅姐姐》中的人际关系

节非常相似，但是俄罗斯的故事是以王子，即男性为故事中心的。而日本的故事则是以天鹅姐姐，即女性为中心的。俄罗斯的故事明显描写了手足相奸，但是随着故事情节的发展，这种关系被破除了。然而在日本的故事中，这种关系始终处于暧昧状态。直到故事结束时，甚至还在描写姐弟关系的存在。在俄罗斯的故事里，兄妹关系十分明显地被拥有魔法的女性所破除。而在日本的故事里，虽然有王子这个地位高尚的男子出现，但并没有描写他具有魔力，这使得读者反而会怀疑姐姐是否有某种魔力。在破除手足关系的过程中，西方的女性以妹妹的形象出现，担任被动的角色。而日本则是以姐姐的形象出现，并且由她担任整个故事的中心。这让人联想起描写破除母女关系的日本神话中，主角天照大神本身就是最高神的事实。

由此可见，《天鹅姐姐》的故事只有部分情节与西方民间故事中母女关系演变为兄妹关系或者夫妻关系的情节相吻合。其中的一个理由是，妹妹在西方的故事中扮演极为重要的角色，而极少有姐姐登场的情节。接下来将对日本故事中姐姐所拥有的实际意义以及功能做进一步探讨。

3 姐姐与弟弟

在柳田国男撰写《妹妹之力量》时，他所写的妹妹实际上并不是通常姐姐意义上的妹妹。而是用“妹妹”一词泛指所有相互间拥有血缘关系的女性。柳田国男借此显示女性在家族中所扮演的重要角色。如第一章第三节所论，在西方人确立自我的过程中，正如杀死母亲所象征的意义一样，必须在强烈地否定血缘关系以后，才能进入与其他女子结合的阶段。在这里女性所具有的力量显得特别重要，因为她代表着“灵的世界”的先驱者的意义。虽然“女性的力量”非常强大，但是母亲所代表的女性与作为其他女性存在的女性之间存在着巨大的鸿沟，而这时姐姐则扮演着前一节所论述的“中间存在”的角色。虽然姐姐都扮演着中间角色，但是从年龄的角度看，姐姐会比较接近母亲，而妹妹则比较接近其他的女性。日本的民间故事之所以比西方的民间故事更多地出现姐姐的角色，大概就是因为上述的原因。以日本的民间故事来说，虽然在故事中妹妹的角色也相当活跃，但往往因为母性的力量比较强大，所以重要角色基本上都由姐姐来承担。正是由于这个原因，用西方式的图表分析日本的民间故事，总是达不到预期的效果，因此需要找出日本民间故事所具有的特点。为了达到这个目的，现在向大家介绍被认为与《天鹅姐姐》有极为密切关系的《姐姐与弟弟》的故事（《大全》180）。这个故事是在冲永良部岛采集到的。

首先简单介绍民间故事《姐姐与弟弟》。姐姐与弟弟分别叫阿女和阿角。弟弟三岁的时候母亲过世，三年以后父亲又过世，姐姐没有乞求亲戚的帮助，独自一人把弟弟抚养成人。姐姐让弟弟去学手艺，弟弟因为学得快而遭到忌妒，朋友们故意举荐他去参加扇子比赛。这是一个比试谁的扇子最好的赛事。姐姐为了让弟弟参加比赛而出门买扇子，路上碰到一位白发老头，便买了他的扇子。弟弟在扇子比赛中获胜，结果又被举荐去参加划船比赛和射箭比赛，结果都因为白发老头的帮助赢了。由于弟弟参加什么比赛都赢，所以朋友们又提出要为他举办庆功宴。姐姐在前一天晚上梦见双亲告诉她，朋友们将在酒宴时下毒，于是姐姐告诉弟弟阿角，在酒宴上什么也别吃，要赶快骑马逃回家。阿角虽然拒绝吃朋友们准备的食物，但被强行灌酒，他在回家的路上死了。马驮着他的尸体回到家里，姐姐将他的尸体放进酒桶，自己穿上男人的衣服，扮成阿角的样子，嘴里唱着歌出门去了。朋友们见此情景，还以为阿角没有被毒死，于是把剩下的食物全都吃了，结果所有的人都中毒身亡。姐姐穿着男装继续出游，路经“花城”的时候，被当地人要求当他们的女婿。姐姐答应对方的要求以后，得到了“回生花”，带回家里让弟弟死而复生。姐姐让弟弟代替自己去花城做女婿。当一切事情都办妥之后，阿女和阿角从此都过上了幸福的生活。故事描述当姐姐生活遇到困难时，弟弟便拿着东西从花城去接济她。当在花城的弟弟生活不济时，姐姐就从家里拿东西去帮助他。于是现在两家人都过着快乐的生活。故事到此结束。

这个故事与《天鹅姐姐》一样，都是以姐姐为中心设计的故事。这两个故事里两个姐姐都很活跃。可以说故事中姐姐的行为是为了弟弟的幸福而不是为了自己。而《姐姐与弟弟》则在这方面表现得更为突出。姐姐在父母过世之后，取代双亲的位置照顾弟弟，让弟弟去学手艺，当弟弟与别人发生冲突时，凭着不知名的老人的帮助而获得胜利。这里出现的老人有着十分重要的意义，具体将在第八章讨论。姐姐在弟弟处于生命危急之际，虽然因为托梦而得以事先警惕，但她却没能使弟弟免于一死。对于姐姐来说，为了破坏姐弟结合的关系，必须要经历一次和弟弟的分离。在《天鹅姐姐》中，通过姐姐的死亡，让姐弟分离，接着再通过姐姐的再生，让姐弟关系得以延续。而《姐姐与弟弟》则是通过弟弟的死亡，让姐弟关系解体，然后再通过弟弟的再生，使姐弟关系持续。两个故事的相同之处是，弟弟所扮演的都是被动角色，而姐姐是主导一切的人。

值得关注的是《姐姐与弟弟》中姐姐以弟弟的死亡为契机而女扮男装。姐姐的女扮男装可以说是一石三鸟：向杀死弟弟的朋友们复仇；帮助弟弟找到亲家；得到了能够使弟弟起死回生的方法。假设将姐姐女扮男装而得到招赘的情节视为描写同性恋倾向的话，情况会怎样？西方心理学的发展是以男性为中心的，即从母子一体的关系发展到与其他女子建立关系的阶段。而从母子一体阶段直接进入手足婚姻的阶段，往往被深层心理学家界定为同性恋阶段。[①]也就是说当脱离了血缘关系，但还没有到达与其他女性结合的阶段时，会产生想与同性结合的欲望。《姐姐与弟弟》的故事是以女性为中心，描写姐姐与弟弟在双亲亡故之后，仍然保留着一体的关系，如果发展到同性恋阶段，将是十分值得探讨的研究课题。

由于这个故事提到了双亲早逝，所以可以认为已经经历了母子一体的阶段，因为这个故事没有出现类似《天鹅姐姐》故事里的继母。这个故事之所以让人印象深刻，在于破坏姐弟结合一体关系的是弟弟的男性朋友集团。他们强行毒死弟弟的力量，却不能与哈得斯那种能够冲出地面、破坏母女关系的巨大力量相比。这些男人不过是生活在这个世界上的普通之人，而且是集团不是个人。他们没有被个性化，不过是因为阿角总是得第一，拥有了特殊性，而不能

① 荣格，《移情心理学》。

容忍他的存在。可以说消除特殊性，以达到集团内部实现力量平衡的这种力量体现了圆形蛇的模式。姐弟结合也与母女结合一样，因为遭到了某种来自圆形蛇模式的攻击而被破坏。当遭受攻击的一方处于比较弱的地位时，就会出现死亡的危机。如果处于比较强的地位时，则有可能获得再生，从而进入到更高一级的阶段，或者回到母女结合的阶段。

现在让我们把焦点放在姐姐身上。前面已经论及当姐弟关系被破坏之后，姐姐换上男装的行为，可以被看成是企图向下一个阶段演化，即向同性恋阶段发展的迹象。当女性即将参加成人仪式，但还处于没有成人的阶段，她们的存在往往被视为非男非女。暂时具有两性化（androgynization）和无性（asexuality）这两个特点。[①]只有经过这个阶段以后，姐姐阿女才能成功帮助弟弟结婚。但是故事并没有说明姐姐阿女是否结婚。只是在故事的结尾，对姐弟关系做了进一步的介绍。在《天鹅姐姐》中，因为有描写姐姐结婚的情节，所以容易使人怀疑故事重点是否真的放在姐弟关系方面。然而在《姐姐与弟弟》的故事中，这个问题就十分明显了，如果要探讨与异性结婚的问题，可以参考下面章节中的其他故事。

现在参考一些不同的理论观点，探讨刚刚讨论过的问题。《姐姐与弟弟》故事中的姐姐，为了弟弟历尽千辛万苦，女扮男装。她为了弟弟的婚姻努力，自己却没有结婚。这个角色与第一章《忠实的约翰》（附录2）中的约翰角色十分相近。在第一章中为了要与《黄莺之家》做比较，因此笔者把探讨的焦点放在了王子身上。但正如《民间故事的深层》所论，其实约翰在故事中扮演了典型的魔术师的角色。在此不再详细剖析魔术师的存在，简单来说，那些出

① 宓鲁查·艾利阿特，《生与再生》。

现在神话或者传说故事中的魔术师，基本上都是会骗人、会整人并且是神出鬼没的人，属于低层次的存在。但是如果哪个故事中的魔术师没有整人的话，反而能够获得类似“救援者”的高层次的地位。约翰就是如此，而《姐姐与弟弟》中的姐姐也很类似。当然也可以说姐姐与欧那利的“守护性神灵”的概念相符，魔术师多半以男性的身份出现（同时具有两性或者无性的特征），因此《姐姐与弟弟》中姐姐以女性的魔术师身份出现，实属罕见。这可能与日本文化是以女性神占优势的文化有关，所以会出现与女神类似的女性魔术师形象。

在《姐姐与弟弟》的故事中，姐姐所扮演的魔术师的角色给整个故事带来了活力。但如果过分地强调她的母性牺牲的一面，则会将故事引导得过于现实，使故事中的人物无法死而复生，最终变为日本人喜欢的悲剧的结局。在这方面最典型的就是《山椒大夫》的故事。这个以安寿姬和厨子王这对姐弟为主人公的故事，是创作于中世纪末期的谣曲，而非民间故事。用谣曲的创作者岩崎武夫的话来说，这个故事让人感受到“平民世界丰富的多样性以及面向未来的激情”。[①]但是相对于民间故事存在下意识的倾向，《山椒大夫》一类的故事被认为与当时的民众意识比较接近。虽然《山椒大夫》不是所谓的民间故事，但是由于与我们正在探讨的主题《姐姐与弟弟》有许多类似之处，所以在此简略进行论述。

《山椒大夫》在日本几乎是妇孺皆知的故事，这里不需要再做详细的介绍。如果从森鸥外的文学作品的角度看，《山椒大夫》是一个非常杰出的作品。但如果想通过它了解中世纪民众的思想意识，那就会像岩崎武夫所说的，由于故事过于浅显而不适合研究。

---

① 岩崎武夫，《山椒大夫考》（さんせう太夫考），平凡社，1973年。

《山椒大夫》描写安寿姬与厨子王这对姐弟因为父亲被判流放罪而与父亲分离，接着又因为落入人贩子手中而与母亲分离。这一段故事情节与《姐姐与弟弟》接连失去父母的情节比较相近。但是《山椒大夫》的安寿姬与厨子王因为被山椒大夫这个可怕的主人买走而遭受主人残酷的虐待。姐姐安寿姬为了帮助弟弟逃跑，牺牲了自己的生命。

在这个故事中，山椒大夫彰显圆形蛇的父亲本色，而且体现的是完完全全的负面形象。我们知道日本文化是母性占优势的文化，因此用男性神表示父亲形象十分罕见，而山椒大夫所代表的圆形蛇式的父亲形象却在现实世界或者故事中随处可见。这个形象除了让人感到父性的强大威力以外，还夹杂了贪欲和阴险等母性特色。这种形象与“义”或者“理”没有关系，属于一种毫无手段可言，纯粹的恐怖性存在，将许多生命引导至死亡。如果将这个故事与描写孩子击败各种威胁生命的恐怖力量的《汉赛尔与格莱特》（KHM15）故事进行比较的话，就会发现其中有差异存在。汉赛尔与格莱特是兄妹，而追杀他们的是女巫。相对于西方故事描写兄妹和企图吃掉他们的太母大战的情节，在日本的故事中，与其说是描写姐弟与那些企图将他们置于死地而后快的圆形蛇父亲的大战，倒不如说是描写他们能否逃脱。汉赛尔与格莱特最后把女巫赶走，但是日本的故事则主要描写弟弟逃脱之后复仇的经过，所以姐姐在这个故事中非死不可。

在这里暂且省略厨子王逃脱之后经历的种种苦难，只关注他成功之后的举动。厨子王去寻找母亲，他与辛勤工作的瞎眼母亲见面时的情景描写的确让人感动。与之相对的是他找山椒大夫复仇。厨子王命令山椒大夫的儿子三郎（与他父亲一样残忍的人），花三天三夜的时间，用竹锯锯割山椒大夫的脖子。由于这个场面过于残酷，所以森鸥外的《山椒大夫》删去了这一情节。正如岩崎武夫所指出的，古代版本的谣曲却保留了这段“令人窒息的动人表演”。可以说这一情节恰恰表现出作品的生命力。山椒大夫所承受的惩罚，并不代表切断与父亲的联系，而是表示要脱离圆形蛇阶段所必须经历的时空。其中所蕴含的深沉的“怨恨”，表现了当时民众内心所拥有的生命力。

由此可见，安寿姬死了以后，厨子王一直“怜悯”（等于代替姐姐活着）姐姐的过世，再加上“恨”，十分明显，这两种感情一直贯穿故事始终。第一章已经就“怜悯”和“恨”进行过探讨。前面已经谈到“恨”表达了日本民众的生命活力，可以说这在《山椒大夫》里表现得十分明显。但是这个故事实际上已经脱离了一般民众的意识范围，超出了必要的怨恨程度，属于森鸥外所赞赏的、由美学意识表达出的放纵表现。对此有了一定的认识之后，再回到《天鹅姐姐》和《姐姐与弟弟》两个故事中来，这时，我们是否能感觉到它们比《山椒大夫》所表现的中世纪民众意识，具有更深层的内心表现呢？

安寿姬在《山椒大夫》中因为水刑和火刑而惨死，那种凄惨加深了民众的“怜悯”情感。但是在《天鹅姐姐》中，水与火代表了再生的仪式。在《姐姐与弟弟》中，遭受圆形蛇父性袭击而死的弟弟，因为姐姐的帮助而再生时说：“我是从早上睡到了晚上吗？”姐姐告诉他：“你早上没有睡，晚上也没有睡。你是吃毒药死了。”这段幽默的对话不禁让人发笑。这种笑与前面的捧腹大笑也有相通之处。这是在经历了恐怖迫害和死亡威胁之后，露出的肯定生命的微笑。笔者认为这种对生命的强烈肯定，也应该存在于民众那种深含“怨恨”的活力之中吧。为了弟弟而牺牲自己，死前只考虑弟弟如何获得幸福的姐姐形象，表现了适合日本女性优势文化中的女性形象。值得我们注意的是，日本民间故事里这种姐弟关系中的积极的女性形象，也同时存在于日本人的内心深处。这种破除日本式心怀怨恨与悲剧性色彩的爽朗活泼的女性角色，应该与最后一章所提出的“意志型女性”有所关联吧。

第五章
两种女性形象

《天鹅姐姐》中勇于牺牲奉献的姐姐，为我们提供了一个日本式的形象。故事虽然提到结婚，但如果把焦点放在心理结构的角度上，便会发现这实际上是一个讲姐弟结合的故事。正如前文已经论及多次的那样，这个故事之所以没有进入下一个阶段即女性结婚的阶段，是因为日本的民间故事极少把幸福快乐的生活作为故事的结局。在日本妇孺皆知的《浦岛太郎》也是如此。当主人公好不容易见到美女乙姬之后，却没有结婚而返回家去了。这就如同前文所论及的，俄罗斯的那个男孩之所以对这个故事索然寡味，正是因为故事的结局与他们那里的规律不同。现在有必要进一步探讨日本民间故事中女性与结婚的关系问题。也就是说要找出日本人认为适合与其结婚的人的女性形象，《浦岛太郎》是最能够讲清楚的故事。正如后面将要提到的那样，《浦岛太郎》有许多版本，其中不乏一些版本提到了浦岛与乙姬（龟姬）结婚的情节。在此将通过不同版本的浦岛故事，探讨其中结婚与不结婚女性的形象之差异，也许通过这个探讨，可以解答前文所提出的问题。

1 浦岛太郎

大概没有一个日本人不知晓《浦岛太郎》的故事。故事的主人公被他所搭救的乌龟带去游龙宫，在那里接受美丽的乙姬公主的招待，之后因为想家而回到故乡。龙宫中的三年原来是人间的三百年，孤独的浦岛打开了乙姬吩咐他不能打开的玉箱子，因而变成一个老人。这就是一般人所知道的浦岛太郎的故事。事实上这个故事原出自《丹后国风土记》（以下称《风土记》,《日本书纪》第十四卷）。在《万叶集》第九卷中就记载了高桥虫麻吕所咏唱的一首关于“水之江的浦岛之子”之歌。经过时代的变迁，现在它成为众所周知的故事。想必一些人在读过《浦岛太郎》（附录7）以后，会感觉这个故事与自己熟知的那个故事有所不同，这是随着时代的变化浦岛的故事有各种各样版本的缘故。正因为这是一个日本人喜欢的故事，所以有许多学者对这个故事加以研究，不仅如此，近代和现代的作家都喜欢以浦岛为素材写作，这也成为浦岛故事的一大特色。当然在这里仅凭笔者绵薄之力，不可能涵盖所有有关浦岛太郎的作品。仅此就笔者所能收集到的《浦岛太郎》故事做一简单的介绍。

首先看《浦岛太郎》故事的历史变迁。从出现年代来看，应该以奈良时代之前的三个文献记录为最早。接下来是平安时代的《浦岛子传》《续浦岛子传记》《水镜》。镰仓时代的《无名抄》《古事谈》《宇治拾遗物语》中都提到浦岛太郎的故事。在室町时代则有御伽草子的《浦岛太郎》和谣曲《浦岛》。一般认为现在流行的浦岛，其原型应该出自御伽草子的版本。江户时代出现的版本则更多，包括《浦岛一代记》《浦岛出世龟》等。后文将提到的近松门左卫门的《浦岛年代记》，也是以浦岛为素材创作的作品。

笔者认为《浦岛太郎》故事应该打动了日本人的心。在近代和现代的文学作品中，有许多作品都是以浦岛为题材创作的。其中包括露伴的《新浦岛》、藤村的《浦岛》（诗作）、鸥外的《玉篋两浦岛》等。以上资料参考了藤本德明的《浦岛传说及现代文学》[①]，这本书中有比较详细的记录，下面将挑选其中比较有代表性的版本做一介绍。

民俗学、文化人类学、日本文学的学者都曾经围绕浦岛故事进行过深入的研究。首先围绕故事的历史变迁问题，有阪口保的《浦岛说话的研究》[②]、水野佑的《古代社会与浦岛传说》[③]，他们都对浦岛的故事有过详细的论述。阪口保的考据还包括现代作家的作品，例如武者小路实笃的《新浦岛之梦》、太宰治的《浦岛先生》等作品。其中水野佑关于浦岛故事历史变迁的论点与笔者后面的论点比较接近。简单地说水野佑的观点认为，从奈良时代的浦岛故事版本中可以窥见有关神婚的古代传说格式的原型。而平安时代的故事版本则主要强调了神仙思想和长生不老的愿望。到了室町时代开始出现庶民性，特别加入和强调了报恩的成分。

在神话、传说研究领域，则首推年代比较久远的高木敏雄[④]的研究。高木敏雄针对浦岛故事的重点问题与西方的类似故事进行了比较研究。而出石诚彦在《支那神话传说之研究》中考察和比较了浦岛与中国类似的故事[⑤]。高木敏雄的研究主要针对浦岛故事中另度空

---

① 藤本德明，《浦岛传说及现代文学》（浦島伝说と近代文学），收录于《金泽美术工艺大学学报》（金沢美术工芸大学学報）第二十二号，1978年。

② 阪口保，《浦岛说话的研究》（浦島説話の研究），创元社，1955年。

③ 水野佑，《古代社会与浦岛传说（上、下）》（古代社会と浦島伝説　上、下），雄山阁，1975年。

④ 高木敏雄，《浦岛传说之研究》（浦島伝説の研究），收录于《日本神话传说之研究》（日本神話伝説の研究），冈书院，1936年。

⑤ 出石诚彦，《浦岛之故事和与其类似的例子》（浦島の説話とその類例について），收录于《支那神话传说之研究》（支那神話伝説の研究），中央公论社，1943年。

间中超自然时间经验的问题，与中国的类似故事进行了比较，寻求其中存在的意义。在传说研究领域，目前仍然有学者继续围绕这个问题进行研究。同样在民间故事研究领域，也有各种十分深入的研究。在关敬吾等的《日本民间故事大全》中，收入了许多从各地收集到的有关浦岛的民间故事，但柳田国男却没有写过论述浦岛故事的论文。或许是他认为浦岛的“故事情节简单以至于内容单调。除了时间经过的叙述以外，根本就不具备民间故事的特征”[①]。加之已经有了前面提到的各种研究，所以他没有针对浦岛写论文。但是从著名的《海神宫考》开始，柳田国男在他的许多论文中提到过浦岛。

下出积与在他的《神仙思想》[②]中探讨了日本神仙思想的发展历程。下出积与特别针对“浦岛子的世界”提出自己的看法。他指出：提到日本的神仙形象，想必谁都可以想到浦岛中的乙姬、羽衣传说中的天女以及《竹取物语》中的卡古雅姬，她们都属于一个类型。有关这个问题，中田千亩在他的《浦岛与羽衣》[③]中也提出了自己的看法。除此之外还有不少从其他角度加以研究的。例如土居光知在进行比较文学研究的时候，就发表过《歌人托马斯与浦岛之子的传说》[④]的论文。该论文把苏格兰民谣《歌人托马斯》和与之非常相似的爱尔兰《阿西尔传说》以及浦岛传说进行比较。另外，以近年中国进行的民间传说采集记录为基础，君岛久子提出洞庭湖龙女的故事与浦岛的故事极为相似。[⑤]她的研究在日本文化与中国文化的

① 柳田国男，《海神宫考》，收录于《定本　第一卷》，1963年。

② 下出积与，《神仙思想》，古川弘文馆，1968年。

③ 中田千亩，《浦岛与羽衣》（浦島と羽衣），坂本书店，1925年。

④ 土居光知，《歌人托马斯与浦岛之子的传说》（うた人トマスと浦島の子の伝説），收录于土居光知、宫藤好美的《无意识的世界》（無意識の世界），研究社，1966年。

⑤ 君岛久子，《关于浦岛故事的故乡之假设》（浦島説話の原郷に関する一仮説），收录于日本口传文艺协会编的《民间故事研究入门》（昔話研究入門），三弥井书店，1976年。

比较领域具有十分重要的意义。

虽然以上仅仅是笔者依据个人的管见列举的例子，但是已经为数众多。下面将尝试使用前面的方法，从深层心理学的角度，探讨《浦岛太郎》的故事。由于在此之前笔者就已经对浦岛做过专门的论述，[①]因此它与现在所要论述的内容有所重复。考虑到这个问题，笔者这次则主要从“女性视角”出发，所采用的论述方法也略有不同。这里的探讨主要以附录7的版本为依据。但是正如前面所说，浦岛的故事最初是以传说的形式出现的，而后随着时代的发展，又出现过许多的不同版本，因此本文在进行相关论述的时候，也会参考其他的版本。

这里所论述的《浦岛太郎》是在香川县仲多度郡采集到的。当然类似的故事还有很多，它们都收进了《日本民间故事大全》之中。虽然这个故事有各种版本，但是基本情节都不外乎叙述主人公——年轻人浦岛去龙宫，受到乙姬的招待，由于龙宫的时间与人间的时间不同，所以当浦岛回到人间以后，不禁大吃一惊，他最后打开玉箱子变成了老人（死亡）。其中冲绳县志川市采集到的故事中描写道：“从**龙宫**的妻子那里带回**两个箱子**”（粗体字是笔者所加）。但其他的浦岛故事都没有提到结婚的内容。在佐贺县东松浦郡采集到的浦岛故事，则描写“乙姬希望他能够当她的丈夫，但他坚持要回去”。许多故事都描写浦岛去龙宫是因为乌龟要报恩。在一些浦岛的故事里面，描写乌龟就是乙姬的情节特别值得关注。例如在福井县坂井郡采集到的故事就提到，乙姬每隔一百年就要变成乌龟去住吉神社参拜，但是没有想到被孩子抓住，之后得到浦岛搭

---

② 拙作《浦岛与乙姬》（浦島と乙姫），收录于《母性社会日本之病理》（母性社会日本の病理），中央公论社，1976年。

救。实际上这个故事与后面将要提到的龟姬的故事有一定的联系，浦岛的故事虽然有许多版本，但这里则主要以笔者认为比较重要的版本（附录7）作为讨论基础。

2 母亲与儿子

在附录7的《浦岛太郎》故事中开篇描写了“一个母亲和一个儿子”的家庭。母亲80岁，儿子40岁。儿子表示只要“母亲在世”就决不娶妻。这一段十分值得关注。在类似的故事中，几乎没有别的故事描写这种母子关系。但是，如果仔细分析浦岛这位男子的存在意义时，会让人感觉这种描述十分符合人之常情。现在首先探讨这对母子关系。

石田英一郎已经指出过民间故事中母子关系的重要性。他在他的《桃太郎之母》[①]中指出，日本的民间故事经常出现的“小子”背后，有一个“总是仿佛可见……一个被认为是母亲的女性角色”。这种母与子的关系在世界史上到处可见。例如“埃及的伊希斯和荷鲁斯、腓尼基的亚斯他录和汤姆斯、小亚细亚的库柏勒蕾和阿提斯、克里特岛的瑞亚和子神宙斯”，有许多例子都是描写大地母神与小男神的故事。如果借用弗洛伊德的观点，这种到处可见的母与子的神话故事，十分明显，其所反映的是伊底帕斯情结。事实上有许多此类故事都不同程度地描写了母子近亲相奸的情节。例如描写大地之母与自己所生的小男孩成为配偶，并且产生新的生命。

弗洛伊德的伊底帕斯情结理论，主要是以父子关系主轴上的父性原理为基础发展起来的。弗洛伊德主要从个人的次元，即从父

① 石田英一郎，《桃太郎之母》（桃太郎の母），讲谈社，1966年。

子矛盾、母子近亲相奸的角度解释母子关系。相对而言，荣格虽然没有公开反对弗洛伊德的观点，但是他认为这是一种超越个人次元的、属于人类普遍存在的心理现象。他还认为这种神话所描写的母子关系，与其说源于家族间的关系，不如说源于人类自我存在意识与下意识之间的联系。第一章第三节所介绍的诺伊曼有关自我确立的理论，就是以荣格的理论为理论依据的。本书在此之前的论述都指出诺伊曼的以父性原理为基础的理论，不适合日本人的意识结构。但是在这一节却先要以诺伊曼的理论审视浦岛的形象。这样做是为了通过不同于日本人心理的观点，更加清楚地认识浦岛的形象。

浦岛故事一开始提到的一母一子的关系，属于儿子尚未从母亲身边分离时的关系。代表着自我还没有脱离下意识获得独立性。父亲此时并没有登场，这表示主人公并没有一个值得借鉴的、指导其建立男性特质的模范。而原始版浦岛故事并没有描写浦岛到40岁还是单身。奈良时代的《风土记》描写主人公“筒川之屿子”“姿容秀美，风流无比”。可以说这是一个非常英俊的男性形象。当然也让人觉得他有一些柔弱，没有男子汉的强壮感。在镰仓时代的记录中，《水镜》描写浦岛回家打开玉箱子的情节时，写到“那稚弱的外表突然之间变得十分衰老”。在《古事谈》中也描写浦岛“如幼童”。这些例子所描写的浦岛外表均犹如幼童。这有可能是因为故事认为浦岛去蓬莱山而逐渐返老还童。但无论如何，童子形象的出现是值得高度重视的。

浦岛与母亲的关系，再加上童子的形象，令人联想起《永远的少年》（*Puer Aeternus*）的原型。我曾经在本书第三章第二节介绍厄琉西斯的神话时（但在那一节并没有涉及这个问题）提到过《永远的少年》，其中担任非常重要角色的伊阿科斯也被称为童子。伊阿科斯神在厄琉西斯的仪式中，担任仪式队伍之先导领队的角色，他是珀耳塞福涅与得墨忒耳的孩子。正如童子所表示的，伊阿科斯会一直保持少年状态，是一位永远无法成年的神。厄琉西斯的仪式主要是为了祭祀谷物与再生的神，他在大地母亲的力量之下，由死亡重新再生，永远保持年轻。

如同神话故事所显示的那样，这种《永远的少年》的原型存在于每个人的内心深处。一旦这个人与原型合二为一的时候，就会成为永远的少年。如果把荣格派的分析家们对现代社会中的永远的少年（所指的当然不是实际年龄）所做的描述，放在日本文化模式内思考，会产生十分有趣的现象。在此之前笔者曾经就这个问题发表过看法，现在再一次引用其中的观点。[①]

他们（永远的少年）虽然在适应社会的方面出现困难，但是他们并不愿意委屈自己特有的才能，所以自我安慰“没有必要去适应社会”，他们将罪责完全归于无法容纳自己的社会。他们认为自己还没有发展到需要认真思考的时候，也没有找到自己究竟需要什么，总之就是经常处于“还没有”的状态。但是某一天，这个少年会突然积极起来，可能突然发表伟大的艺术作品，也可能为解救全人类而奋起，这时所表现出的敏锐性和强大的力量会让许多人为之赞叹。但很可惜的是，他们的一个特点就是没有持久性。因为仅仅在这时他们不畏艰险，所以人们感觉他们十分勇敢。而在勇敢表面的背后，他们却很想回到太母的子宫里，并且会抱持着这个愿望直到死亡。

稍微顽强一些的少年不会就这么死去，他们会在突然的沉沦

---

① 拙作《母性社会日本之“永远的少年”》(母性社会日本の“永遠の少年”たち)，收录于《母性社会日本之病理》。有关针对永远的少年的不同论点，将在第八章论述。

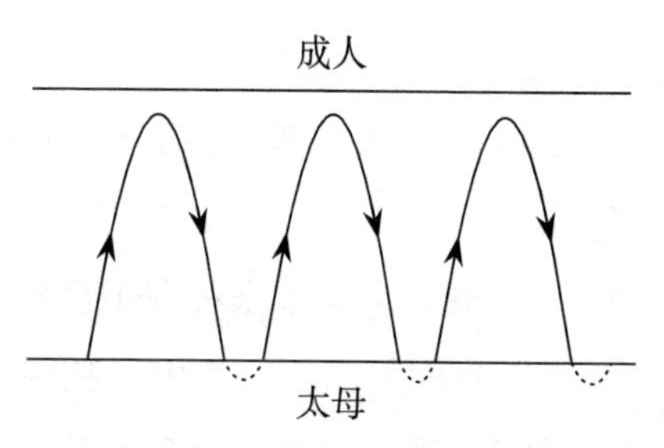

图6　永远少年的行为模式

之后，暂时过着没有作为的生活，但是转眼之间又会以另外一种形式活跃起来。今天他们会谈论马克思，明天谈论弗洛伊德，穿梭于各种热闹的场面，但是他们的最大特点就是没有连贯性（参照图6）。

十分显然，这些永远的少年都与母亲在心理上有紧密的联系。这里所指的母亲，可以不是真正的母亲，而是一种“代表母亲”的存在，这种关系的强度往往取决于恋母情结的强度。往往由于这个原因，致使他们做出一些荒唐的事情，也就是出现同性恋的倾向。这是因为他们在女性中寻找具有母亲力量的女神。虽然找了一个又一个对象，但当他们发现对方不过是普通的女性时，为了找到女神，不得不继续寻找新的其他女性。换言之，当他们还没有建立一定程度的男性特质时，会在同性者团体内寻求安定，通过得到同性伴侣而获得满足。这里就永远的少年似乎谈得太多，但是要探讨日本人的心理，就必须了解这是一个十分重要的原型。现在让我们再次回到浦岛的故事上来。

我们是否也可以认为浦岛与母亲的关系十分密切，他属于永远的少年呢？这是一位40岁的少年，按照民间故事的描述，这位40岁的少年一个人出海捕鱼却没有捕到一条鱼。在《风土记》中有这样的描述：“扬帆出海约三天三夜却没有捕到一条鱼。”海是如此的宽阔无边，从海可以蕴藏万物的角度看，它可以代表人类的下意识。而一个人孤独地待在海上并且捕不到鱼的状况，恰恰与心理学上的“退化”状态相吻合。

按照荣格的理论，退化代表着本来存在于自我之中的力量渐渐地流逝到下意识中去。[①]这时候人会因为力量减弱，失去自我控制力而出现各种退化现象。例如白日梦、非现实的空想、沉醉于情感之中，有时甚至会有妄想等极端的病理现象出现。一般来说，退化是一种病理现象，但是按照荣格的观点，这种退化并不一定代表生病，而很有可能是因为心灵在发展创造性时速度过快所致。当自我因为退化而与下意识接触时，当然会遇到病态或者邪恶，但同时也有向未来发展或者萌生新生命的可能。

由此看来，反映人类心理发展过程的民间故事中，有许多情节都是在开始时描述了退化的行为。民间故事中的主人公经常被双亲遗弃，在森林里迷路，或者因为寻找食物而掉进洞穴。《黄莺之家》里的年轻樵夫也属于这种类型。这些故事中的主人公就像樵夫遇到美女一样，进入到下意识的深层境界，在那里出现了许多的奇遇，有的人看见了美丽的白天鹅，有的小孩则看见了饼干屋。

当退化是一种“创造性的退化”时，其中会出现新的变数，而自我则必须通过努力来整合这些变数。《浦岛太郎》（附录7）故事中的主人公钓到了一只乌龟。而有的《浦岛太郎》故事则描写浦岛救了一只被小孩们欺负的乌龟。当然也有的故事版本根本就没有提到乌龟，例如新潟县南蒲原郡的版本，故事一开始就描写美女出现，根本就没有乌龟出现。但是多半的《浦岛太郎》故事都提到了

① 荣格，《精神力量》（*On Psychic Energy*），见于《荣格作品集》第八卷《心理的建构与动力》（*The Structure and Dynamics of the Psyche*）（Pantheon Books，1960）。

有一只乌龟，而且这只乌龟间接、直接地与乙姬有关系。下面让我们带着这个问题，了解一下乌龟与乙姬的关系吧。

3 龟与龟姬

神话学家凯雷尼[1]称乌龟是“神话学中存在的最古老的动物之一”。的确在世界各地的神话故事中都有乌龟的踪迹。下面先看一看日本的例子。

在《日本民间故事大全》中，与《浦岛太郎》渊源很深的“龙宫童子”（233）类型的故事有许多都描写了乌龟就是乙姬的使者。另外在《日本书纪》的《海幸与山幸》故事中，就描写丰玉姬乘着乌龟出现。十分明显，在这些故事里，乌龟都与海里或者住在海底的女性有很密切的关系。

除此之外，《古事记》在描写神武天皇东征时提到“有人乘坐龟背展翅而来”，问他是谁，他答道：“我是守护国土之神。”接着他就在水中为天皇带路。在日本神话中，一个很重要的对比就是“天神”与“国土之神”。“国土之神”相对于“天神”的特性，便是通过乘坐乌龟的形式出现的。另外一个相对于天神天照大神的是出云之神。虽然出云大社内收藏的龟甲纹饰表明他与乌龟有微妙的关系，但是两者之间的关系尚未完全搞清楚。[2]阪口保在谈到浦岛乘坐乌龟去龙宫的情节时指出，古代的版本并没有出现过这样的情节，这段情节究竟出现于哪个年代，是一个很值得研究的问题。阪

① 凯雷尼、荣格著，杉浦忠夫译，《神话学入门》（神話学入門），晶文社，1975年。

② 通口清之监修，《家纹大图鉴》（家紋大図鑑），秋田书店，1971年。其中记载出云大社的龟甲纹饰，因为大国主命而得以传播四方。

口保推论这一情节最早出现于18世纪末期，[①]根据历史资料也应该如此。不过值得一提的是，乌龟在古代的时候，是以国土之神的“坐骑”身份出现的。

只要看一看中国、印度，就可以了解乌龟所代表的象征意义。《列子·汤问篇》提到，渤海东方几万里的地方有五座山，分别称为岱舆、员峤、方壶、瀛洲、蓬莱。这些地方都是不老不死的仙境，但这五座山均浮在海面上而非静止不动的。为此而苦恼的仙人向天帝抱怨，天帝特派十五只巨龟，每三只一组轮流支撑这五座岛，而且决定六万年轮换一次。

这是一个很中国式的大框架结构的故事。从日本的角度来说，虽然没有这种大乌龟的故事，却出现过蓬莱的名字。记述浦岛传说的古代记录《日本书纪》中提到过，浦岛去“哪里”，而“哪里”就是“蓬莱山”。在《丹后国风土记》中，渔民变回乌龟，问浦岛：“要不要与我一起赴蓬莱？”此处也提到了“蓬莱山”的名字。在此蓬莱山到底是泛指一个人间仙境，还是反映了日本的神仙思想？这是一个很有研究价值的问题。但现在只要我们了解浦岛要去的地方，就是需要靠乌龟支撑的那个地方便足以了。

“乌龟支撑世界”的形象，在美国印第安纳神话中也曾经出现过。[②]在印度神话中，毘瑟神说当世界“怒海翻腾”，眼看就要被毁灭时，毘瑟神自己化身为乌龟，抓住倒海翻江用的搅棒，安定住世界。在这里乌龟又扮演了安定世界的角色。

从这一点可以看出，当天与地、父与母、精神与肉体（物质）处于对立状态时，乌龟往往代表土、肉体、母亲等意义。极端地

---

① 阪口保，《浦岛说话的研究》，创元社，1955年。

② 贝特（H. V. Beit），《冲突与再生》[*Gegensatz und Erneuerung im Ma*（:）*rchen*，Franke Verlag，1957]。

说，这里指的是一种在天地、父母分离之前的混沌状态。由此可见，荣格将炼金术中还没有精炼的最初的素材掺杂在一起与乌龟[1]进行比较，是非常合适的。

当乌龟带着这种意义在《风土记》中出现之后，随之进行了富有戏剧性的变身。《丹后国风土记》中的描述十分精彩。故事的主人公——筒川的屿子钓了三天三夜鱼都毫无收获，最后钓上来一只色彩斑斓的乌龟，他“心中泛起奇异的感觉”，因此他把船停下。就在他稍事休息的时候，乌龟变成了一位女子，这位“容貌美丽，举世无双”的女子居然跟他说：“小女子的心意天地日月可以作证，你的意思呢？赶快做个决定吧。”突然小女子向他求婚，而且做出一副自己心意已定，逼对方做出回答的姿态。

这里所描写的乌龟变身的情节很有趣，但令人感到疑惑的是，我们所熟知的《浦岛太郎》的故事中根本没有这段情节，而《风土记》却加入了原来所没有的乌龟变身的情节。

有关为什么故事情节出现变动的问题后面还将进一步探讨。现在简单地探讨一下“乌龟报恩”的主题。前面提到的浦岛研究家们曾经指出，乌龟报恩与浦岛的故事不是同一类型的故事。乌龟报恩类的故事出现在《日本灵异记》《今昔物语》《宇治拾遗物语》《打闻记》中。这些故事的具体内容也稍有不同，但多半都是动物报恩故事，主要描写乌龟要被杀死之时被主人公救出，或者被主人公用钱买下而乌龟日后回来报恩。中田千亩认为这些故事应该出于中国的《冥报记》。陈岸恭因为救了乌龟，后来又被乌龟解救，故事渊源可追溯至印度的佛教故事。这类故事被用来解释佛教的因果报

① 荣格，《心理学与炼金术》(*Psychology and Alchemy*)，见《荣格作品集》第十二卷(Pantheon Books，1953)。

应。但是从心理学的角度看，这代表着退化之后所产生的力量正在进行的状态。流向下意识的心之力量现在倒流回来，自我开始运用这些力量，这不是普通意义上的力量退化和返回，这其中由于包含创造力，所以会产生新的元素。

在原来的《浦岛太郎》故事中，这位由乌龟化身的美女就是新诞生的元素。但是，后来因为受到佛教思想的影响以及加入了动物报恩的情节，所以反而把这个重要的题目遗漏了。

之所以称之为“重要的题目”，是因为其中包括了乌龟化身的女性主动求婚的情节。故事一开始从与母亲关系密切的退化男子说起，当这个男性企图与母亲切断关系时，需要出现一个与母亲具有不同魅力的女性。换句话说，这个故事描述的是，当自我企图从下意识之中解脱独立的时候，这个自我必须首先从下意识中找出与母亲不一样的女性，并且与那个女性建立联系。

在西方式的自我确立过程中，代表自我的男性形象与母亲分离（象征性地杀死母亲）并且获得新的女性，这是一件非常重要的事情。但在《风土记》中的浦岛，并没有象征性地杀母亲的行为，而是龟姬突然出现，并且由龟姬提出求婚，浦岛在完全不了解对方的情况下答应了对方。可以说身为故事主人公的男性并没有通过英雄式的战斗“获得”女性，反而被女性所俘获。

这种男性的被动态度让人联想起第二章《不吃饭的女人》中的男性。浦岛在海上的孤独状态，可以说代表着一种退化状态。而《不吃饭的女人》中的男性，妄想娶一位会干活而不吃饭的女人，这也可以算为某种思想的退化。值得一提的是，这时一定会出现一位吞噬男性的女性角色。在《不吃饭的女人》中，女方的求婚具有重要的意义。龟姬虽然很美丽，但是从本质上讲，她也拥有非常极端的太母特质，可是浦岛并没有注意到这一点，所以才被拉到对方的世界里去。

土居光知在《歌人托马斯与浦岛之子的传说》中，用比较的方法对浦岛故事与西方的故事进行了研究。土居光知所介绍的民谣《托马斯莱玛》的故事与爱尔兰的《阿西尔传说》，都和浦岛的故事一样，描写女性采取主动的方式求婚。在托马斯的故事中，出现在托马斯面前的“绝世美女”对他说：“跟我在一起／正直的托马斯啊，跟着我／从此以后，你在七年之内，无论快乐还是辛苦，你都得侍奉我。”[①]正如土居光知所指出的那样，侍奉女神并不属于恋爱，这与前面提到的大地女神与随从小男神的关系一样，隐藏其内的心理与浦岛是一样的。

在《风土记》故事中，屿子接受龟姬的求婚而结婚，长时间过着与世隔绝的生活。出乎意料的是，永远的少年所迎接到的却是变成老人的悲惨结局。而在《万叶集》里叙述的是更为悲惨的结局。当浦岛打开玉箱子之后，他“不停地奔跑起来，并且挥动着胳膊大叫不止。他突然倒下身子，手足抽搐，不一会儿便晕了过去。只见他年轻的肌肤迅速泛起皱纹，青丝变成白发，最后气绝身亡”。对于一个迷上了与母亲类似的女性的少年来说，这样的结局在所难免。而少年在与龟姬相处的日子里，究竟过着怎样的生活，故事中没有具体介绍。但是我们可以参考另一位与乌龟相遇的少年的故事。

这位与乌龟相遇的少年就是赫耳墨斯。在希腊神话的众神中，赫耳墨斯因为充满各种矛盾而处于特殊的位置。在这里让我们聆听凯雷尼在《赫耳墨斯赞歌》中描述赫耳墨斯与乌龟相遇的故

---

① 土居光知，《歌人托马斯与浦岛之子的传说》，收录于土居光知、宫藤好美的《无意识的世界》，研究社，1966年。

事。[1]赫耳墨斯在家门口，发现了一只正在吃草的乌龟，“突然的相遇与发现，使赫耳墨斯的本性暴露”。他冲着乌龟笑着说：

> 这真是举世无双的幸福踪迹啊。见到你真高兴。
>
> 太棒了，这个可爱的家伙，你将是我的舞伴，宴会上的好友。
>
> 来得太好了，我心爱的玩具。
>
> 住在山上的人啊，你怎么会披着如此光彩夺目的龟甲。
>
> 让我带着你回家。帮我一个大忙。
>
> 我不会亏待你的。你来帮我的忙吧。
>
> 你待在家里多好，跑到外边，遇上这天大的灾难。
>
> 你活着的时候，也许拥有一个可以抵抗灾难魔力的甲壳。
>
> 但你死了之后，就可以弹奏出美丽的歌曲。

赫耳墨斯一边说着一边把乌龟抱回家，之后“切开乌龟的身体”，用龟甲做成了竖琴。

这里所描述的赫耳墨斯对待乌龟的态度，与我们故事中的浦岛正好完全相反。当乌龟出现在浦岛面前时，也许和赫耳墨斯一样属于一种“相遇与发现”。但是浦岛却轻易受到了乌龟化身的女性的诱惑，他完全没有看穿乌龟的本质，而跟着乌龟走了。而赫耳墨斯却完全相反，一见到乌龟就已经“把乌龟看透”。如果借用凯雷尼的话，那就是“赫耳墨斯在这只可怜的乌龟还活着的时候，就已经把乌龟看成绝妙的乐器。对于乌龟来说，这个绝妙的想法代表着

---

① 卡尔·凯雷尼著，种村季弘、藤川芳朗译，《迷宫与神话》（迷宮と神話），弘文堂，1973年。后列注释皆出自该书。

痛苦的死亡……赫耳墨斯这么做，绝对不是什么纯洁的行为，而是一种既阴险又毒辣的行为”。正如凯雷尼所说，赫耳墨斯看到乌龟，一边想着杀它制作乐器，一边说“你待在家里多好，跑到外边，遇上这天大的灾难”。这里所表现出来的带讽刺的残忍，表示“那讽刺的话语出自他的神性。他的存在与他的话语都是毫无人性的”。赫耳墨斯不愧是负责引导灵魂去冥界的神。

然而，我们的浦岛不论经过多长的时间，都无法像赫耳墨斯那样看透乌龟的本性。不过随着时代的发展，故事版本出现了一些变化，龟姬的形象也随之有所改变。接下来就要探讨这个问题。

4 乙姬——永远的少女

《风土记》清楚地描写了屿子与龟姬的结婚。但是在一般人熟知的《浦岛太郎》故事中，根本就没有让人联想浦岛与乙姬结婚的空间。有关浦岛的民间故事，仅形容乙姬小姐身边有许多漂亮的女子伺候小姐穿和服，而没有提到结婚的事情。为什么乙姬没有被视为结婚的对象，而演变为屿子与龟姬结婚的情节，又是从何时开始的呢？

有关浦岛结婚的情节，在平安时代的《浦岛子传》和《续浦岛子传记》中都曾经有描写。但值得注意的是，故事中都没有使用《风土记》中“龟姬”的形象。例如《浦岛子传》中描写“灵龟变成仙女”，就用仙女或者神女来代替龟姬的角色。故事中描写仙女“与杨贵妃和西施无异”，很明显这是受到了中国的影响。高木敏雄针对受中国影响的内容提出疑问。[①]他认为仙女变成乌龟去接近浦

① 高木敏雄，《浦岛传说之研究》，收录于《日本神话传说之研究》，1936年。

岛，根本就不是清高的仙女所做的事情。他对这一情节感到十分的恼火，因为“就算仙女被眉清目秀的浦岛所吸引，但是她又怎么可能抛弃那些仰视仙女的道士们，而变成乌龟潜往汪洋大海，藏身于波涛巨浪之中，猥亵地企求一位渔夫的欢心呢？这真是让人不能理解”。高木敏雄的说法与原始版本的《万叶集》所叙述的长歌很接近。而笔者认为，与其寻找原来的版本，倒不如关注龟姬的形象是如何随着时代的变化而变化的。也许这样做会更加有意义。

日本人心中仙女或天女的形象，就像高木敏雄所说的那样，必然与色欲绝缘，是纯洁无瑕的。久米的仙人故事也描写了这一点。但是日本人同时又认为恋爱的理想境界就是道教所提倡的理想世界。浦岛的故事可以说比较倾向于后者，受到类似《游仙窟》的影响，所以在后面加上了仙女登场的情节。然而就像前面所提到的那样，毕竟描写仙女与常人结婚的情节对于日本人来说比较具有冲击性，所以尽管将龟姬改为仙女，但是结婚的情节省略了。故事的作者为了切断原版故事中龟姬变成普通女性世俗的肉体形象，让仙女形象更趋近仙女，所以创造了一个常人无法与之结婚的乙姬形象，也就是说把龟姬中的龟与姬彻底分开。

在日本人的心目中，当想到一位没有肉体性，无法想象与她结婚的美人时，脑海中就会浮现竹姬的形象。这位美丽的女性与那位主动求婚的龟姬完全不同，她拒绝了五位贵人的求婚，飞升到月亮上。相对于龟姬潜沉于大海，竹姬则居住在天上。日本人所熟知的乙姬，就是将龟姬与乌龟脱离开来之后，加上竹姬的形象塑造出来的。

与竹姬类似的小说还有《羽衣传说》。在民间故事中则有《天人妻子》(《大全》118)，这一类的故事遍布整个日本。这种描写住在“天界”的女性出现在下界的故事，在全世界各地都可以看到。在西方的故事中，这些女性并不是来自“天界”，她们多半都是公主，因为魔法使她变成天鹅。这种《天鹅湖》类的传说故事，如同荣格夫人[1]指出的那样，历史非常悠久，从文献的角度来看，要以《吠陀经》的故事为最古老。这种美丽的女性形象存在于全世界的民间故事和传说故事中，例子真可谓不胜枚举。

现在介绍一个能够反映日本人心目中女性形象的特殊传说故事。这就是《风土记》中一个名为《奈具神社》的故事。有八位天女在真奈井沐浴。一对老夫妇见此情景把其中一位天女的衣服藏了起来，这位天女因此不能飞回天上，她只好做了这对老夫妇的养女。这对老夫妇因为天女的辛勤劳动，生活变得富裕起来。之后，他们赶走天女，而天女回不了天上，她边哭边走，当她走到一个名叫奈具的村子才定下神来。最后她就在那里落脚，故事终以“天女成为竹野郡奈具神社里的丰宇贺能卖命神”结尾。

这个故事的特别之处，在于其中没有出现天鹅湖式的恋爱，也没有出现结婚的情节。笔者认为这恰恰是日本故事不同于西方故事的主要特点。在《奈具神社》的故事里，女子在受到严重打击的情形下并没有出现王子，而她也不知为何就平静了下来，最后简简单单地成了神社供奉的神。如同浦岛的故事一样，其中没有结婚的场景。总而言之，日本人心目中的女性形象特征，就是其中的两个分离的形象：一个是住在天上的少女，她永远都不可能成为常人结婚的对象；另一个是有血有肉、住在海里的龟姬。而实际上，倘若要在日本的民间故事中找到一位与男子平等谈恋爱的女性形象，是一件十分困难的事情。

拒绝求婚，飞升到天上的竹姬与前面提到的那位日本的永远的

---

① 埃玛·荣格著，笠原嘉·吉本千鹤子译，《内化异性》（内なる異性），海鸣社，1976年。

少年堪称匹配的一对。可以说她是永远的少女。在此特别加上一段对竹姬的联想。这个联想来自于许多故事都提到的从黄莺蛋里生出来的竹姬。例如镰仓时代初期的《海道记》中描写竹林中的黄莺蛋里生出一个小女孩。老翁将这个女孩视为自己的孩子，一直把她抚养成人。因此这个女孩子被称为竹姬，也有称她为莺姬的。

莺姬这个名字让我们联想起第一章《黄莺之家》的故事。笔者因此产生以下联想：莺姬和竹姬，她们是否就是那位哀叹男性不可信赖，愤然离世而去的女性留下的孩子呢？她们与母亲一样美丽，但她们从母亲的体验里得知男性是不可信的。或者她们是为了解除母亲的“恨”，为了给母亲报仇而来到这个世上的。这么一想，就可以理解她们为什么能提出那么多不可能实现的要求，刁难那些位居高官的男性。她们之所以无视那些男性的迷恋，轻易离开这个世界，也许是去那个世界与自己的母亲相会。母女一起冷眼看着那些男性一个又一个地遭遇失败，说不定正暗自发笑呢。这不是“鬼笑”那样的捧腹大笑，而是轻轻地用袖子掩着抿嘴的笑，她似乎在说：“呦，真滑稽。”正因为有以前的“怜悯”，才会有现在的这种“滑稽”的笑存在。与其说那些帮助竹姬实现使命，甚至失去生命的男子是“悲哀”的，倒不如说是“滑稽”的。日本女性并不只是隐身离去那样软弱地活着。

日本人心中的女性形象包括两个典型：一个是早期的龟姬，另一个是后期那位不能与之结婚的乙姬。龟姬之所以要转变成乙姬，其中的一个重要原因，也许就是受到儒教“男女七岁不同席”的影响。再加上佛教思想的影响，添加了乌龟报恩的情节，着重强调动物报恩，同时将龟姬竹姬化，最终产生了乙姬的形象。

5 内在世界与外在世界

当我们将讨论的重点再次回到浦岛的故事之后，便会发现其中还有许多没有解决的问题。之前主要探讨了乙姬形象的转变过程，现在则讨论其他的部分，然后结束本章。

在《风土记》中，屿子听从龟姬的话，与龟姬结婚，之后留在龙宫三年。那里的三年等于人间三百年，所以当浦岛回到人间以后果然出现问题。在浦岛的下意识中，自从他开始遇到女性起，他的时间感就已经与这个世界分离了。深层心理学家们经常提醒我们下意识没有时间性，而我们也经常在梦中体验到这一点。梦里混合着过去和现在，在转瞬之间拥有长时间的体验也不是什么稀奇的事情。有关这一点，《僧宫的净土》（《大全》，正宗新话类型18）[①]中描写时间逆转的情节就越发耐人寻味。故事叙述渔夫拜托村人翻修屋顶时，自己却到"海底僧宫之净土"，在那里结婚生子，后来连孙子、曾孙、玄孙都有了。最终因为想家，渔夫回到原来的村子，这时他家的屋顶才只修葺了一半。彼世界的漫长时光在此世界却只是修葺一半屋顶的短暂时段。这让我们联想起了著名的《邯郸一梦》或者《御伽草子》中对龙宫的描述。从龙宫东面的窗户可以看到春天的景色，从南边的窗户可以看到夏天的烈日，从西边的窗户可以看到秋天的落叶，从北边的窗户可以看到冬天的皑皑白雪。这代表龙宫不受时间法则的约束。另外前面曾经提到的镰仓时代的《水镜》《古事谈》中的浦岛故事，当描述从龙宫回来的浦岛时，他不是"异常健康"，就是"宛如幼童"，这恰恰表现了下意识世界的

---

① 《日本民间故事集成》（日本昔話集成）被列在浦岛太郎这一类故事当中，但是在《大全》中则被独立出来成为一个新的类型。故事是在新潟县南浦原郡葛卷村采集到的，类似的故事并不多。

无时间性。试想一下，永远的少年们待在下意识世界的时间要比现实世界长，所以在他们的脸上很难看出岁月的痕迹。

总而言之，如同故事中所叙述的那样，已经忘却时间的浦岛终于想起回家。在《风土记》中龟姬对此感到十分惋惜和悲伤。“如果你还不打算最后抛弃贱人，想与我见面的话，就一定要保护好这只箱子。切记千万不要打开它看。”龟姬说完这些话后，浦岛被允许回家去了。他回到故乡方知道已经过了三百年。“打听得知此时已经经历了七代人”（《浦岛子传》）。除了《日本书纪》有比较简短的记述以外，其他有关浦岛的故事几乎都谈到浦岛回家以后，发现龙宫的短暂时间在人间已逾百年。除此之外还都提到了玉箱子的情节。

曾经去过另一个世界的人回到现实世界而想继续过那个世界的生活，是一件很困难的事情。对于心理治疗专家来说，“另一个世界”等于下意识的境界。当与患者一起进入下意识的世界时，最为重要的就是必须与现实世界保持联系。如果不能做到这一点，就会犯与浦岛一样的错误。从这一点来看，《风土记》里山城国故事所描写的另一个世界便没有忘记与现实世界保持联系，这就很值得关注。这个故事便是《宇治的桥姬》。故事描写了被龙王看中，并当上他的女婿的男子，一直不吃龙宫的食物。他总是爬到岸上吃东西，最后终于得以回到现实世界。有关吃了另一个世界的东西便不能回到现实世界的观念，还可以在伊奘冉尊的故事、黄泉户吃的故事以及希腊神话珀耳塞福涅的故事中看到。《宇治的桥姬》故事的男主人公注意到了这一点，他始终没有失去与现实世界的联系，不可不说用心良苦。为了继续与现实世界保持联系，有毅力坚持不吃另一个世界的东西（非常重要的一点），对于那些永远的少年来说，恰恰是最困难的。

可以说在这一方面浦岛完全没有在意。他受到龟姬的诱惑并与她结婚，而想家了什么也不顾及就径直回去。值得关注的是，故事中有关龟姬把“不能打开的玉箱子”送给浦岛的情节。龟姬之所以这样做，大概是希望浦岛能够建立信守禁令的意志力。当在退化状态中产生创造力时，为了使新要素产生，当然需要个人付出相当的努力，然而，可以说浦岛在这一方面太不努力了。

可以说日本人的特点之一，就是不能明确地区分外在世界与内在世界、意识与无意识的境界。其中一个证据就是在历史记述中可以找到的浦岛回乡的故事。在《日本后纪》淳和天皇天长二年（825年）的记载中写着：“今有浦岛子者归乡，其人于雄略天皇御宇年间入海，至今三百四十七年也。”这里之所以要特意写上三百四十七年，是因为最早记载该事件的《日本书纪》记载了雄略二十二年（478年）发生的此事，所以才被推算出来。至于为什么要在三百四十七年后重提此事，其原因还不明了。[①]有关这个问题在此暂且不提，但不得不提的是，这种故事竟然出现在历史书中，显然是一个很重要的问题。这也许恰恰体现了日本人的一大特点，容易把外在现实与内在现实混淆起来。相对于浦岛轻松地从现实世界到达另外一个世界的故事情节，《歌人托马斯与浦岛之子的传说》中的托马斯却恰恰相反，他异常艰辛。“他经历四十个白天和四十个黑夜，趟过没膝的血海。他见不到太阳和月亮，只能听到海浪的声音”。在伊奘冉尊访问黄泉的故事中，伊奘也同样历尽千辛万苦才到达黄泉。在巴比伦神话里也详细地描写了女神亚斯他录去地府找她的丈夫时，在地府所经历的一切，其中也提到了与前文的故事

① 有关这一点，阪口保、高木敏雄在前面所提到的书中也有类似论述，在此割爱。书中引用的《日本书纪》中相关论断，取自高木敏雄的《浦岛传说之研究》。

相类似的艰难场面。总而言之，对于日本人来说，自由出入另一世界与现实世界的障碍出奇的少。

在外在世界与内在世界、另一世界与现实世界的往来障碍如此之少，正反映了日本人自我存在方式的特点。在第一章中所介绍的西方在建立自我的过程中要杀死母亲，这体现了意识与下意识之间有明确的区分。西方人拥有把握事物的能力，也就是说能够明确地区分自己与他人的不同。相对于此，日本人的意识处于暧昧的分界点上，整体上并没有达到分化的状态，这一点正好反映在浦岛的故事中。这也是许多外国的民间故事研究家为什么认为日本的民间故事和传说十分类似的原因之一。

与第一章“禁忌房子”一样，玉箱子所代表的是“禁止”的意思。正如前面所提到的那样，破坏禁令的人会因为必须克服困难而拥有力量，使自己更上一层楼。但是浦岛在这方面却做得很差，所以他变成老人也是理所当然的事。也许《万叶集》诗人所描述的死亡情景更适合浦岛的情况。有关这一点近松的《浦岛年代记》提供了另外一种解释。近松认为这是一个经过许多润色的浦岛故事版本，因此与原来的版本的浦岛故事有很多不同之处。这个版本的浦岛故事描写浦岛最后是在自己的意志支配下打开玉箱子的。在此简要介绍一下这个版本故事的大概内容。浦岛本来就知道玉箱子里装有写着“八千岁寿命”的纸条，但是为了惩罚坏人，证明自己是真正的浦岛，所以才打开玉箱子。阪口保称这个浦岛是“有意志的浦岛”。这个浦岛做了一个尝试，即试图摆脱长时间的少年形象。然而，这个故事也没有浦岛与乙姬结婚的情节。

如果不是近松极力主张彻底改变浦岛这个故事，便很难使故事有喜剧性结局。岛崎藤树、武者小路实笃等都试图写新的浦岛故事，描绘出一个与民间故事完全不同的浦岛与乙姬，但是这里先不涉及这个问题。附录7中的那个版本的故事结尾也很有研究价值，将会在下一章中专门探讨。总而言之，这个版本的浦岛故事最初是以传说的形式出现的，后来随着时代变迁，才逐渐发展成我们所熟知的民间故事。从乙姬的形象变化中，可以清楚地看出日本人心目中的两种女性形象。最后以《日本书纪》有关雄略天皇二十二年纪事作为本章的结尾吧：

> 秋七月，丹波国余社郡管川人瑞江浦岛子泛舟垂钓，获大龟。龟逐幻化为女，浦岛子受妇诱惑而随之入海。至蓬莱山遇众仙。其事详见别卷。

第六章

异类女性

民间故事中有一种专门描写异类妻子的故事类型。这类故事描写本来不是人类的东西，化身为人类女性的样子与人类男性结婚。如同前面所提到的那样，日本民间故事中描写结婚的特别少，因此这类故事就显得很特别。不过需要指出的是，这类故事大多是以离婚作为结尾的。可以说与多以结婚作为喜剧结尾的西方故事大相径庭。

在异类妻子的故事中，出现的有蛇、鱼、鸟或者是狐狸、猫等各类动物。可以说世界上只有日本与其邻近的民族才有这种异类妻子式的故事。因此它对于研究日本人的心理是一个十分重要的素材，尤其从婚姻能否成立的角度分析，很有学术价值。现在从众多异类妻子的故事中选择《鹤妻》(《大全》115）进行分析。之所以选择这个故事，其原因之一是木下顺二将这个故事改编成了戏剧《夕鹤》，所以许多人都对这个故事非常了解。《鹤妻》类型的故事相当多，在日本各地几乎都有分布。附录8的故事是在鹿儿岛县萨摩郡采集到的。现在就从这个故事入手进行探讨吧。

1 鹤 妻

《鹤妻》的主人公名叫嘉六，他与前面提到的浦岛一样，也是母子俩住在一起，而这一点恰恰是值得我们特别注意的。嘉六的母亲已经70岁，所以他也应该有相当的岁数了，不过他仍然是单身。故事叙述他去街市买棉被。这是否表示家里需要一些"温暖"呢？但是因为嘉六把买棉被的钱拿去救一只鹤，所以什么也没有买，两手空空地回到家。他认为"就算今天晚上再冷也应该这么做"。而他的母亲也没有因为他那样做而责备他，只是对他说："是这样啊，你做得对。"这一段描述虽然很简单，却生动地显示出母子俩的生活即使很贫穷，但是心肠都特别的好。

虽然类似的故事有各种不同的情节描写，但是它们大多有一个共同之处，那就是主人公虽然贫穷，但是为了救鹤而牺牲了许多个人利益。这种穷人救助鹤，后来鹤为报恩而帮助主人致富的故事情节描写，应该包含了佛教做好事有好报的思想。在类似的故事中，只有少数几个故事虽然写了报恩，却没有提到结婚。所以这个故事一开始虽然与浦岛的故事十分相似，但是因为后面提到了结婚，所以结婚就成为这类故事的一个特点。

鹤化身成女性的样子来找嘉六。在这个故事中，鹤好像很自然地变成女性，而不像西方故事的主角，因为魔法等外在的力量变身。这种描写方法也是《鹤妻》的一个特点。在后文提到的其他的异类妻子的故事中，也可以发现这个特点。现在探讨一下这只化身成女性的鹤。在日本，鹤因为其优雅的飞翔姿态被人们推崇为灵鸟。传说鹤把稻种衔来交给人类，才开始有了稻谷播种的历史。中国人视鹤为吉祥鸟。"鹤千年，龟万年"的思想从中国传到了日本。不过这个故事中的鹤并不代表这个意思。故事只是利用鹤的优雅姿态塑造了一个美丽温柔的女性形象。描写鹤夫妇情深的《鹤之宫》故事里的鹤形象，应该也与鹤妻牺牲自我的形象有相同之处。

嘉六的妻子是一个获救的鹤所化身的女性。此故事也是描写这桩婚事由女性首先提出。但是男性的应对方式却与前文所提及的龟姬的求婚方式有所不同。浦岛是被动接受女性的求婚，而嘉六却很清楚自己的生活状况，认为不能娶这样的美女，因此就简单地拒绝了。这里所表现的是男性对现实的清醒认识，正好为故事结局与浦岛不同做好了铺垫。

结婚后没有多久，妻子就钻进柜橱三天三夜，并且吩咐丈夫千万不要打开柜橱的门。这时男子遵守禁令，而女子则在里面纺织。有关女性“纺织”的意义，在前面第二章和第三章已经谈及。这里出现纺织的情节，让我们从鹤妻联想到山姥。现在尝试把第二章最后谈到的联想延伸至本章。

《黄莺之家》中那位带着对男性的不信任隐身而去的女性，因为想与人类交流，宁愿接受“不吃饭”的条件，再次来到人间。本以为这一次能够成功，但是因为被男子偷看而震怒，显露出黑暗的一面，最后被人类的智慧所赶走。她对男子的怒气和怨恨通过竹姬得以消解。之后她又想来到这个世界，这次化身为鹤的她，终于找到了一位可以信任的男子，他既温柔又值得信赖。因此她就像故事所描述的“靠牺牲自己”来帮助丈夫。丈夫虽然很心疼她，但始终没有破坏过她的禁令。她终于织好了所需要的布，希望自己的命运也像织好的布一样，朝着更好的方向发展。当时的她一定很高兴，因为她终于有了一段快乐的婚姻。

然而她一不小心便掉进了陷阱，因为男子产生了“欲望”。本来织好的那匹布只要能挣到两千两银子，他们日后的生活就会有保障。可是当买布的领主说：“你再织一匹吧。”一开始他的回答很让人感动：“是，等我回去与妻子商量之后再答复您。”而领主又说：“不用问了，你就答应下来吧，我马上付给你钱。”于是男子便答应下来。当妻子听到丈夫让自己再织一匹布时，她既没有生气，也没有悲伤，只是继续牺牲自己。在新潟县两津市所采集的类似故事中，清楚地描写男子“因为产生欲望而要求妻子再织一匹布”。

男子在贫穷的时候忍受寒冷而救鹤，那时的他是为了鹤而牺牲自己。然而结了婚，有了钱之后，他的态度就发生了巨大的变化。人们多半会因为有钱而使欲望加深。欲望深的人，不安的情绪也会加重。强烈不安的人是无法遵守约定，安稳地在那里等待的，丈夫因而破坏了约定。下面将要讲的话似乎是陈词滥调，这个丈夫在结婚之前，即穷小子时期会因为女性而奉献自己的一切。一旦结了婚或有了钱以后，就把妻子的奉献看作是理所当然的。这恰恰是日本男性的一大特点。笔者因此认为，通过剖析民间故事，很容易发现日本男性在日本式心理结构中，是如何产生负面行为的。

令人感叹的是，此男子重蹈《黄莺之家》的覆辙——破坏禁令。而女子并没有生气，更没有责备男子破坏禁令，她只是留下一句话便离去:“但你已经看到我的身体，对我有了成见，所以我必须离开这里。”女子此举是因为自己的原形被男子发现，强烈的羞耻感促使她毅然离去。在许多类似的故事中，都提到女子因为自己的原形是鹤，所以当这个事实被发现以后，她们都选择了离去。鹤妻与龟姬所代表的象征意义是一致的。总而言之，对于这类女性来说，当自己的原形、本性或者真实的裸体被男子发现以后，她们就不能再与他们生活在一起了。为了让他们夫妇能够永远在一起，故事让女性完美地“隐藏本性”。在鹤妻以及与之类似的故事中可以发现，故事开头就已经为这个突然出现的女子是鹤埋下了伏笔。男子因为触犯禁令，首次发现妻子的本来面目，因此大为震惊。他认为这件事导致夫妻非分离不可。这个看起来那么爱自己妻子的丈夫，却没能设法阻止妻子的离去。

现在将此类故事与西方民间故事女性化身为动物的题材进行比较。在此就举格林童话中的《乌鸦》（KHM93）为例。此处免去具体的介绍，只大略提一下故事梗概。这个故事描述公主因遭到母亲的诅咒而变成乌鸦。乌鸦住在森林里，有一天，一名男子来到森林，她把自己如何变成乌鸦的事情告诉了男子，请求他搭救自己。开始男子因为不听乌鸦（公主）的忠告而失败，后来乌鸦帮助他成功，男子因此对她表示真诚的爱意，乌鸦得以变回公主。故事最后以两人结婚作为结尾。如果将《乌鸦》的故事情节与日本的《鹤妻》进行比较，就会发现这两个故事的情节竟是完全相反。《鹤妻》首先描写男子帮助了鹤，而《乌鸦》则先为公主受到母亲的诅咒变成乌鸦埋下了伏笔，接着男女相遇使故事情节的发展产生了巨大的不同。如同表7所显示的那样，如果把焦点放在女子原貌是什么的问题上，日本故事中的女子原本是鹤，而西方故事中的乌鸦原本是公主。前者是以“隐藏原形”为前提，与男子结婚的；后者则因乌鸦说出“自己的身世”，而得到男子的帮助。至于掀起故事高潮的情节，一个是女子干活养家，另一个是由男人救公主。在故事结尾部分，日本的故事以悲剧结局，女子（鹤）因为露出原形，不得不与丈夫离婚而离去。西方故事则以喜剧收尾，男女主人公最终结婚。如此详细的比较之后，便会惊讶地发现两个故事简直就是一个模式，两个完全相反的结局。现出原形与结婚的前后关系正好相反。这的确是一个值得关注的问题。

有关两者比较的问题，有待后文再进行论述。下面让我们先分析《鹤妻》的故事是否能够成为日本民间故事中异类妻子的典型，在下一节中将概括地探讨其他异类妻子的故事。

表7 《鹤妻》与《乌鸦》的比较

原貌	起	承	转	合
鹤	女子来找男子	因女子求婚而结婚	女子的工作（受到男子的怀疑）	女子因为暴露了原来的面目而离婚
乌鸦	男子遇到乌鸦	乌鸦把自己本来的面目告诉男子，请求他帮忙	男子的工作（得到女子的帮助）	因为男子实现了自己的理想而结婚

与《鹤妻》相类似的故事，多半以鹤妻离去（或者死亡）作为故事的结尾。但是附录8中的故事则描写嘉六后来去找鹤妻及两人相遇，后面还将就这个问题进行探讨。现在先概括地介绍其他异类妻子的故事。

2 异类妻子

前一节探讨了女子化身为动物的民间故事，日本的《鹤妻》与格林童话的《乌鸦》在结构上有差异，最根本地体现为《鹤妻》由鹤变成女子。而《乌鸦》则由女子变成乌鸦。有许多日本的故事描写动物变成女性与人类结婚，但西方却几乎没有类似故事，因此可以说异类妻子是日本独有的故事类型。研究世界民间故事的小泽俊夫发现，只有在邻近的韩国能够找到与《鹤妻》类似的故事——《龙女》。在眼前的现实条件之下，小泽俊夫认为："当全世界对民间故事的研究更加深入的时候，也许借此会有更多的了解。但是现在还没有办法估计到底还有没有其他的类似故事。"他还认为："仅从现在的情况来看，这一类故事仅能从日本以及与之邻近的民族间可以找到。”①

现在让我们首先了解一下《日本民间故事大全》到底收集了哪些异类妻子的故事。《日本民间故事大全》将异类妻子分为许多项目。从110到119，包括了《蛇妻》《蛙妻》《蚌妻》《鱼妻A、B》《龙宫妻子》《鹤妻》《狐妻（A亲昵型、B一个妻子型、C两个妻子型）》《猫妻》《仙人妻子》《吹笛女婿》。其中《龙宫妻子》《仙人妻子》《吹笛女婿》中的女性分别是龙宫的公主、天女、天竺大王菩萨的女儿等，并不属于动物。由此可以认为不是任何动物都可以变成女性的，其中只有少数几种动物得以在故事中出现。在《鹤妻》类型的故事中，有少数几个故事是用山鸡、雉鸡代替鹤出场。在异类结婚的故事中，也有描写动物变成男性与人类女性结婚，他们的动物类型有在异类妻子中出现过的蛇与蛙。因此可以说蛇与蛙既可以变成男性，也可以变成女性，它们具有投射两种性别的能力。

因为异类妻子的故事很多，如果一一举出将过于烦琐。下面仅以《日本民间故事大全》中列举的，具有代表性的故事为基础，尝试着做概括性的探讨。正是由于这个原因，下面所做的探讨不是统计性的，而是只抓住某个概括的倾向，所以举出下面的故事就已经足够。另外还会在适当的时候加进一些类似的故事作为参考。如果从整体上看这些故事，就会发现除了《猫妻》《龙宫妻子》《吹笛女婿》以外，其他故事都与刚才指出的《鹤妻》之特点极为相似。有关例外的部分，将在后文进行探讨。现在先探讨这些故事的相同部分。

---

① 小泽俊夫，《世界的民间故事——日本人与动物的婚姻故事》（世界の民話——ひとと動物との婚姻譚），中央公论社，1979年。

如同表8所示，这些故事的共同之处在于都是以女性“隐藏本来面目”作为前提，而在结婚之后（其中有是否生孩子的差异）因为发现女性的本来面目而双方离婚，可以说这就是日本式异类妻子故事的主要情节。

另外的一个特征是女性提出求婚。如同前面一节所提到的那样，故事并没有把结婚作为故事的结尾，而是以结婚作为故事的开始。有关女性的求婚，除了《鱼妻》以外，其他的故事基本相同，这也是一个重要的故事情节。有关女性求婚的问题，不仅能够在《黄莺之家》类型的故事中可以看到，而且还可以在《浦岛太郎》故事中看到。这种积极的女性形象很值得关注。大多数的故事都描写动物因为得到男性的救助，为了报恩而化身为女性，委身于该男子。但是在《蛇妻》故事里却没有出现救助的情节，只描写女性突然现身求婚。在《蚌妻》故事里虽然没有出现救助的场面，但是女性出现之后说：“因为与你有个约定，所以现在来了。”直到女子与男子分别的时候，才说出之前是因为报恩而来。从浦岛太郎的故事可以知道，《黄莺之家》与《浦岛太郎》中突然求婚的情节，属于比较单纯的古代故事形式。后来因为受到佛教故事的影响才加进了报恩的情节。

故事几乎无一例外地都加进了女子对男子立下禁令的情节。值得注意的是，在《狐妻（A亲昵型）》中，女子不许丈夫看自己生产的场面，男子遵守了。她在生完孩子九个月之后，才对丈夫说自己是由狐狸变的，男子以为她在开玩笑，没有理睬。而女子故意化身给男子看。后面的故事情节便是女子留下的孩子后来成为伟大的人，可见这个故事的结尾与其他的故事不一样。这样一来，甚至让人感觉整个故事都与其他的故事不同。这可能是因为男子没有破坏女子立下的禁令的情节起到很重要的作用。总而言之，这个故事过分强调了女性的本来面目。

表8 异类妻子图表

《大全》分类	女性主动求婚	女性的禁令	发现女性本来面目	离婚	小孩子
110 蛇妻	0	不许看生孩子的场面	0（偷看）	0	一个（为了孩子把一只眼珠留下）
111 蛙妻	0	×	0（跟踪到娘家去）	0	无
112 蚌妻	0	×	0（偷看）	0	无
113A 鱼妻	×	不许看洗澡的样子	0（偷看）	0	三个孩子有两个活下来（男子娶了后妻，孩子因此下落不明）
113B 鱼妻	0	×	0（偷看）	0	无
115 鹤妻（亲昵型）	0	×	0（问娘家在哪里）	0	无
116A 狐妻（亲昵型）	0	不许看生孩子的场面，男子遵守	0（女子自己说出来）	0	一个孩子，后来成为伟大的人
116B 狐妻（一个妻子型）	0	×	0（孩子发现母亲的本来面目）	0	一个孩子（后来成为富翁）
116C 狐妻（两个妻子型）	0	×	0（露出尾巴）	0	一个孩子（成为不会哭的孩子）

在禁令方面，《蛇妻》《狐妻（A亲昵型）》故事中妻子都不许丈夫看自己生产的场面。这让人联想到丰玉姬的神话故事。《鱼妻A》中的女子不允许丈夫看自己洗澡的样子，这与前文的《鹤妻》一样，都描写了妻子因为被看到裸体而感到羞耻。这恰恰体现了女性不愿意被看到赤裸真实的一面（《大全》115类型中，作为代表的《鹤妻》故事并没有提到禁令的问题）。《蛙妻》中叙述妻子因为生孩子要回娘家时说："你如果问我去哪里，那就会给我们俩带来不幸，所以拜托你不要问。"（故事采集于新潟县两津市）在女性没有明确立下禁令的故事中，最后都是因为男性的"偷窥"而发现了女性的本来面目。这虽然不是什么明显的罪行，但事实上，男性还是做"错"了事情。

本书第二章略微提到"偷窥"所代表的意义。这种冒犯女性禁令而"偷窥"的行为，可以追溯到伊奘诺尊、伊奘冉尊的神话故事。在去往黄泉国路上寻找妻子的伊奘诺尊因为冒犯了妻子伊奘冉尊的禁令，点着了火，借着火光窥视妻子，结果他看到了妻子腐烂的尸体。见状逃跑的伊奘诺尊遭到了伊奘冉尊的追杀，理由是受到了"侮辱"。后来伊奘诺尊将巨石放在黄泉国比良坂，终于阻挡了伊奘冉尊的追杀。从此两人再也无法相见。在《蚌妻》《鱼妻B》的故事中，描写丈夫偷看妻子做饭，当发现妻子蹲在锅上小便的时候大吃一惊，这与伊奘诺尊、伊奘冉尊的故事一样，代表男子看到了本来不应该看的女性阴暗的一面（也可以说是肮脏的一面）。

许多故事题材都涉及"偷窥"而发现了女性本来的面目，但《蛙妻》却有所不同。这个故事描写妻子回娘家参加法事，而丈夫却偷偷跟在后面，他看到妻子进入深山里的水池，然后又听到蛙鸣。他往水池里投了一块石头便回家了。妻子回到家里说："他们做法事的时候，不知道是谁扔了一块石头而惹出了许多麻烦。"妻子第二天便离家出走。这个故事并没有明确说明妻子就是青蛙所变，只是描写妻子因为自己的身份被识破，而离家出走。在类似的故事中，也有描写丈夫明确地说："我不可能跟青蛙生活在一起。"随后便把妻子赶走。令人印象深刻的是，面对本来感情很好的丈夫，因为妻子是青蛙，要赶走妻子的局面，身为青蛙的妻子竟没有一句怨言。

当女子暴露出本来面目以后，所有的故事都无一例外地描写了夫妻因此离婚。在这个时候，与其说是夫妻两人分离，倒不如说几乎所有的故事，都描写女子因为其身份被发现后无奈地离开。在与《蛙妻》类似的故事中，很少描写由男子开口赶走女子的情节。例如故事《鹤妻》，婚后生活几乎都是描写妻子织布、做饭以及做其他的许多事情。由此可见结婚、工作、离婚这些主动的工作都是女子所为，而男子始终处于被动的地位。将这个问题与前面的《乌鸦》比较之后，就显得更加明显。可以说这种异类妻子的故事就是女性的故事，而《乌鸦》则是男性的故事。

夫妇离婚之后，有的故事提到了留下孩子，有的故事则没有提到。而在有小孩的故事中，又分别有两种结局，即小孩子后来得到幸福和后来遇到不幸。在小孩子后来遭到不幸的故事《蛇妻》中，描写蛇妻离去的时候，为了养育小孩而把自己的眼珠挖出来留下，但是这个宝物却被村人抢走，蛇妻因此大怒，暴发洪水淹没了整个村子。在故事《鱼妻A》中，则描写男子娶了后妻，而前妻留下的孩子却"下落不明"，这些不幸也许是因为离去的女子所留下的怨恨产生了作用的缘故吧。

值得注意的是，在《狐妻（A亲昵型）》和《狐妻（B一个妻子型）》中，故事A描写小孩靠着母狐留下的一根能够生出奶水的笛子长大，最终成为"伟大的人"。而故事B则描写小孩靠母狐留下来的玉而后成为富翁。这类故事要表达的是，虽然人类在了解了事实真相以后，不能再继续这个婚姻，但是拥有狐狸血统的孩子却很优秀。可以说故事对狐狸给予了很高的评价。现在再列举《丰玉姬》的故事供读者参考。丰玉姬告诉其丈夫不可以偷看她生孩子的样子，但是因为禁令遭到冒犯，致使其鳄的本来面目被发现，所以她留下孩子独自回归海底。而这个被留下来的孩子就是草茸不合尊——日本第一位天皇（神武天皇）的父亲。因此可以说，丰玉姬的血统得到了很高的评价。由此看来，人们对异类妻子的“异类”存在各种不同的看法。有人认为它们是低于人类的存在；而有的人则将它们置于比较高的地位（有时甚至超过人类）。前者的态度可以在《狐妻》以外的其他动物的故事中看到；而后者则包括了接下来要探讨的故事《仙人妻子》《龙宫妻子》。

以上就是对表8所列举的异类妻子的分析。现在要探讨的是表之外的例子。首先让我们看一下《猫妻》的故事，这是一个最后以快乐的结婚作为结尾的特殊例子。有一个人很穷，年过四十还是单身一人。他很喜欢隔壁富翁赶出来的一只猫，他对猫说：“你要是人就好了。”猫便为他舂米，帮了他很大的忙。猫觉得自己身为畜生，并不能很好地报恩，因此它去伊势参拜，结果“神仙让之变成了人类”。回来后猫与这个穷人结了婚，两个人努力工作，最后成为富翁。

这的确是一个很少见的日本民间故事。把它与西方故事比较，可以发现两个故事的模式完全不同。在西方故事中，人类因为魔法而变成动物，之后再变回人类而结婚。当然故事《猫妻》是否能够代表日本民间故事还是个问题，因为至今为止，只有在岩手县远野市采集到这个故事。虽然笔者怀疑这个故事是否由现代人创作的，但是最后结论还有待于进一步考证。

《龙宫妻子》《吹笛女婿》《仙人妻子》这几个故事都很有研究

价值。现在首先把焦点放在动物妻子的模式上进行简单的探讨。这些故事的妻子分别是龙宫公主、天竺大王菩萨的女儿、天女。其共同点是都来自异乡，而且拥有高于人类的地位。《龙宫妻子》描写龙宫公主与常人结婚后，被一个阔少爷看中，非娶她不可。阔少爷给她出了很多难题，而龙宫公主以自己的智慧给他以打击。终于两人结婚，夫妻过上幸福的生活。虽然这个故事也属于异类妻子的故事，但是所强调的重点却和前面与动物结婚的故事完全不一样。首先《龙宫妻子》所强调的问题不是能不能结婚，而是强调"异类"所拥有的特殊智慧。因此可以说，《狐妻》故事的模式处于普通的异类妻子故事与《龙宫妻子》故事之间，因此异类妻子的故事不一定都是以离婚作为结局。我们不能忘记还有这样的故事存在。

《龙宫妻子》《吹笛女婿》都描写了成功的异类婚姻，而这两个故事与前面动物妻子的故事差异之处，在于其结婚时并没有"隐瞒"本来面目。前文提及的异类妻子的故事中不论她们有什么样的优点，由于先前是隐瞒本来面目结婚的，所以只要被发现就非离婚不可。有关这一点在《龙宫妻子》中表现得十分明显。例如男子到了龙宫，他对龙王说："我想娶你的女儿。"这说明此男子是在知道女子的真面目的情况下主动提出求婚的。这与动物妻子中大多由女性提出求婚的情节正好相反。在《吹笛女婿》中，天竺大王菩萨的女儿因为听到了日本第一吹笛能手的笛声之后，爱上了吹笛人，这时对方也已经知道了大王菩萨女儿的真实身份。

《龙宫妻子》与《吹笛女婿》都是以喜剧作为结局。它们与西方故事之不同表现在两人不是因为结婚而得到幸福，而是先结婚，之后因为女性的努力而得到幸福。因而这是一个女性的故事，而不是男性的故事。虽然日本的故事只有两个以喜剧结尾，但它们对研究日本人的心理助益很大。当然也不能忽视，在异类妻子的故事中，这类故事少于那些最后夫妻分离的故事。《日本民间故事大全》证明《吹笛女婿》的故事只分布在东日本，这是一个很值得关注的问题，有今后进一步探讨的价值。

在男性还是女性工作的内容方面，《仙人妻子》主要描述男性在工作，可以说与西方故事比较接近。有一个叫三毛岚的年轻人因为得到正在沐浴的天女脱下的衣服，所以与天女结婚。当时他已经知道天女的真实身份。当天女生了三个孩子之后，因为重新得到她原来的衣服而得以回归天上，三毛岚也一路追到了天上，他遭遇天女父亲的百般刁难，然而都在天女的帮助之下得到了解救。至此该故事都与西方故事的模式相类似。后来情节发展描写三毛岚没有听天女的忠告而听信天女父亲的话并因此失败，最终导致洪水暴发，三毛岚后来变成了犬饲星，而天女则变成了织女星。这个并非以喜剧结尾的故事与西方故事的模式不同，可以说故事《仙人妻子》的模式恰恰处于日本动物妻子的故事与西方类似故事之间，由于这个故事遍布日本全国，因此很难判断它是否为外来的故事。

以上分析了日本异类妻子故事的特点。如果与世界上的类似故事比较，会有什么样的结果呢？下一节将把异类女婿的故事也考虑进去，即从世界上的异类婚姻故事入手，探讨日本故事的特征。

3 世界的异类婚姻

前一节对日本的异类妻子故事进行了概括性的探讨。相对于这些故事，也有一些异类女婿的故事，但这里不准备做详细的介绍，[1]

① 有关《蛇女婿》和《蛇妻》的研究，可以详查拙论《日本民间故事的心理学解释》（日本昔ばなしの心理学の解明），收录于《图书》（図書）1981年1月号，岩波书店（著作集第五卷）。

只是从整体的角度将日本与外国的异类婚姻故事进行比较。有关异类女婿的问题，主要是沿袭第三章在讨论《鬼女婿》时所做的结论。在那部分曾经列举西方的《美女与野兽》，事实上异类女婿的故事存在于全世界。在日本有《猿女婿》《蛇女婿》。然而就如同日本的异类妻子与西方的《美女与野兽》类故事的差异一样，日本的故事描述的是动物变成人类（或是动物的本来面目）与人类结婚，并没有因此得到幸福的婚姻；而西方的故事描写的则是男子因为魔法而变成动物，后来因为女子的爱而变回人类，最后以结婚的喜剧形式结尾。

如果以研究《鹤妻》的方式研究异类女婿的话，可以发现其中也有许多值得关注的地方，但这里暂且不提。现在加上异类妻子的话题，从整体的角度去探讨日本民间故事中异类婚姻故事的特点，并且找出具有代表性意义的问题。在此之前首先要提出的话题是，在日本的异类婚姻故事中，异类女婿最后多半被杀死，而异类妻子则没有被杀，只是离去而已。这种明显的男女差异，将在下一节做深入的探讨。

研究世界民间故事的小泽俊夫，在进行比较研究的时候，也把研究焦点放在了动物与人类的婚姻上。[①]他企图通过动物与人类的婚姻，了解世界民间故事的差异。笔者在分析日本民间故事的时候，就像一开始到现在所说的那样，是将焦点放在婚姻上（不仅限于动物与人类的婚姻）。在接触了小泽俊夫的研究之后，发现自己的这个问题意识在民间故事研究家的眼中也不应该是个荒唐的问题，所以笔者个人的信心也因此有所增强。小泽俊夫不仅研究日本与西方的故事，而且还研究包括非洲、巴布亚新几内亚、因努伊特人等在

② 小泽俊夫，《世界的民间故事：日本人与动物的婚姻谈》，以下皆出自同一本书。

内的民间故事。因此可以说他的研究取材广泛，视野也比较宽阔。以下就原封不动地介绍小泽俊夫的理论，首先简短介绍小泽采集到的因努伊特人的故事《与螃蟹结婚的女人》。

一个猎人有一位很美丽的女儿。女儿拒绝了许多年轻男子的求婚，在父母完全不知晓的情况下，女儿与一只巨大的螃蟹结了婚。螃蟹因为很害羞，所以总是躲在女儿的帐子里，不愿去有人的地方。冬天来临，猎人因家里捕到的猎物越来越少而抱怨女婿的时候，有三只海豹在大雪天被扔进了屋里。这实际上是螃蟹变成人的样子捕获到的。后来女儿生了一对双胞胎，这时螃蟹还是不愿意现身于其他人面前。母亲出于好奇心掀开了女儿的帐子，只见女婿有“两只大大的眼睛竖立在头的两边，而且是一个满脸皱纹的矮子”。母亲因为受到过度惊吓而死去。“从此以后再也没有人去偷看螃蟹与女儿睡觉的样子。螃蟹与妻子从此过着幸福的生活，他为家里捕获到了许多猎物。”

正如小泽俊夫所指出的那样，这个故事的特点在于人与动物之间几乎没有太大的隔阂。当父母知道女儿嫁给了螃蟹之后，没有显示出太大的惊慌。这与日本故事一旦知道女婿的真面目之后，就要离婚并且杀死女婿的情形不同，父亲只是对女婿的打猎能力表示怀疑而已。母亲受惊而死，也不是因为对方是螃蟹（她本来就已经知道了），而是因为女婿的模样太可怕。母亲死后再也没有其他人去偷看螃蟹，螃蟹从此与妻子过着幸福的生活。在日本的故事中，往往会因为偷窥，了解到动物的真实面目，此后会产生许多问题。在这种故事中，与其说人与动物是异类，倒不如说是同类为妥。

日本的《猿女婿》（《大全》103）也同样把人类与猿放在同等的地位，这也可以说是把人类与猿（并没有提到猿变成人的样子）视为同类。日本与因努伊特故事的差异在于，日本的故事一开始就能够很自然地叙述人与猿的关系，但是当女儿想要嫁给猿的时候，因为家长不愿意把女儿嫁给猿，就把猿杀了。可以说这是因为人类清楚地意识到猿属于异类之后，为了维护自己的尊严而采取的行动。在这一点上，从本质上可以说西方没有异类婚姻。西方故事都是因为魔法，人才变成了怪物或动物，因此人类与动物之间有很明显的区别。可以说日本的观念存在于因努伊特与西方的中间地带。

有关异类婚姻的详细分析可见小泽俊夫的《世界的民间故事》。小泽俊夫将异类婚姻的比较结果，用图表示出来，现在原原本本地介绍给大家（图7）。

A把动物与人类看作同类，属于古代人的一体观。A’则属于因努伊特、巴布亚新几内亚等自然民族的观念，是对A的观念的沿袭。它认为“人类与动物之间的变身是很自然的现象，不应把人类与动物的婚姻视为异类婚姻，而应将其视为比较接近同类的婚姻”。相对于此，B以欧洲为中心，那里信仰基督教的民族则“认为人类会因为魔法而变成动物。所谓人类与动物的婚姻，实际上还是人与

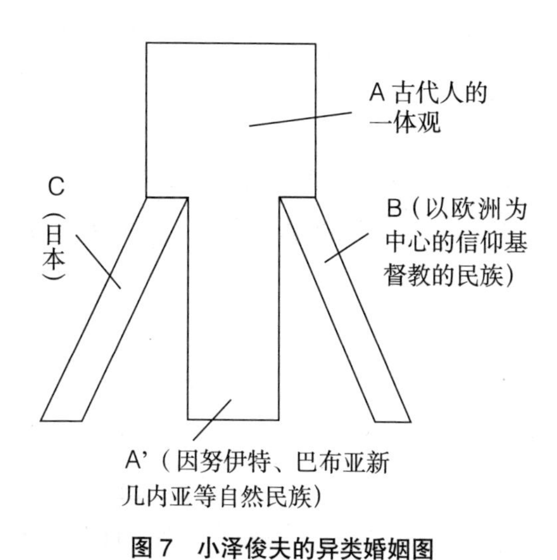

图7　小泽俊夫的异类婚姻图

人之间的婚姻，因为人是由魔法才变成动物的。后来通过爱情的力量才解除了魔法，变回人类之后结婚是很自然的”。在西方，人类与动物的异类性是一种无法超越的存在。属于C的日本则处于B与A'的中间位置（虽然小泽俊夫的图并不是这样，但实际上应该把C放在A'与B的中间位置）。C认为动物不需要魔法就可以化身，在人类与动物的婚姻里，包含了A'的动物观。但是在异类女婿的场合，却因为夫婿是动物而将它杀死，反对其结婚。另外在异类妻子的场合中，人类知道妻子是动物之后，无论如何也要离婚，从这一点来看，人与动物的分界点是被严格防守着的。

由此看来，日本的民间故事在世界上十分特殊，它的结构模式处于欧洲信仰基督教的民族与包括因努伊特在内的自然民族的中间位置。鉴于日本是亚洲非基督教信仰国家最先吸收欧洲文明的国家，从这个事实上看，日本的民间故事非常有研究价值。也许正是由于处于中间位置，所以才有这种可能。这让人觉得通过分析民间故事的结构，探讨日本人的心理是相当妥当的一种方法。

4 人与自然

我们已经了解到日本异类婚姻的民间故事在世界上占有特殊的位置，但如何从理论上对其进行阐述呢？让我们沿着前面的思路继续探讨。

让我们先看一看前一章提到的《浦岛太郎》，特别是最后的结尾部分。有关浦岛的传说和民间故事多半都以浦岛成为老人或者死亡为结尾，但附录7的版本却稍有不同。当乙姬把玉箱子交给浦岛时说：“必要的时候，才可以打开这个箱子。”浦岛回到家乡遭遇着各种困难，他打开箱子，随即变成了一只鹤。当他飞到母亲的坟墓时，乙姬变成了一只龟，守候在海岸边。故事最后说“那首赞美龟鹤共舞的伊势音头曲调，大概就是由此发展而来的”。这个故事的结尾部分很值得我们关注。在西方故事中是由动物变回人类（原本就是男人或者女人），并且以人类结婚作为结尾；而日本的故事却相反，最后是人类变成动物，故事的结尾弥漫着一种幸福的感觉。

可以说这是受到中国“鹤千年，龟万年”的影响。同时也可以认为人类回归自然是一件值得庆贺的事情。这样的解释也可能不太清楚。本章关于《鹤妻》的结尾也可以算作类似结论。当鹤妻逃走之后，嘉六因为想念她而走遍了日本各地，最后靠着一位老人的指点，找到了鹤之国（老人的出现很值得关注，有关这个问题在第八章将进行探讨）。虽然嘉六好不容易才找到妻子，但他并没有住在那里，也没有把妻子带回来。最后“嘉六接受了一番款待之后，还是坐着老人的船回家了”。这是一个让西方人十分费解的结尾。相信西方民间故事的研究专家会产生这样的感觉：“为何日本的民间故事就这么结束了？”让他们感觉故事好像还没有结束。[①]

然而对于日本人来说，这是一个十分完满的结尾。虽然人与鹤曾经有过密切的关系，但人毕竟是人，鹤也需要回到鹤的世界。这是一个“各有天地”而共存的世界，这里完全没有支配与被支配的关系。

小泽俊夫指出，这种动物妻子因为被丈夫识破身份而被否定，甚至离婚的异类妻子的故事，是一种属于日本的特殊类型的故事。当然也可以从日耳曼民族的传说故事中找到类似的故事。德国诗人哈伊内在《精灵的故事》中写道：“当精灵与人类恋爱时，非但不

---

① 鲁茨·雷利希，《德国人眼中的日本民间故事》，收录于小泽俊夫的《日本人与民间故事》。

希望对方把这件事传出去，而且也不希望对方询问自己的姓名、故乡、民族。他们不会将自己的真实姓名告诉人类，所以十分明显，他们用的都是假名。”接着他介绍了下面这个故事。

公元711年冯·克勒威大公的独生女儿贝尔多丽克斯，在父亲死后继承爵位成为城主。有一天，莱茵河上一只天鹅拉来了一艘小船。小船里坐着一位容貌俊秀的男子，他佩带着黄金刀、角笛和戒指。贝尔多丽克斯爱上了这名男子，并且与他结婚。这时男子告诉她，绝不可以询问他的部族和以前的事情，否则两人非分离不可。他说自己的名字叫赫里阿斯。两人生了许多孩子之后，妻子终于忍不住问丈夫从哪里来。赫里阿斯立即离弃妻子，乘着白船而去。妻子为此十分懊恼和悔恨，在当年便去世了。然而她给三个孩子留下了三件宝物，这分别是黄金刀、角笛和戒指。直到今天他们的后裔还生活在那里。克勒威城的塔顶描绘着天鹅的图案，人们因此而称其为天鹅塔。

严格地说，这个故事不是民间故事，而应该是传说。路德认为：“传说故事与发生地点有密切的关系，这也许是为了加深传说的可信度。所以传说总是与特定的区域联系在一起的。”[①]这个故事正是如此，它不像那种“很久很久以前……”式的故事，本身没有特定的时间与特定的场所，它有清楚的时代、场所和人名。但是在这个故事中出现的男性——赫里阿斯是假名——属于异次元的存在，在这里他不能让人知道他的本来面目。甚至只是因为被问了名字就要离开，这充分证明他的异次元存在。他很可能是自然界的精灵化身为人类的样子。如果把日本民间故事中出现的动物视为自然

① 马克斯·路德著，野村泫宗译，《民间故事的本质——很久很久以前有个地方》（昔話の本質ーむかしむかしあるところに），福音馆书店，1974年。

象征，那么就不难发现日本的故事与日耳曼的故事十分相似。尤其是赫里阿斯离去时，留下宝物以及子孙因此而兴盛的情节，更是与日本的故事类似。例如《蛇女婿》，又被人们称为绪方三郎传说。该传说描写蛇女婿离去之后，留下的孩子（绪方三郎）日后成了有名的大英雄。

虽然日本的民间故事与西方的传说类似，可是西方的民间故事却多半是以喜剧结尾，而日本则强调小孩遭遇不幸或者根本不提小孩，仅仅以悲剧的形式收场。有关这方面的差异，还需要更为细致的分析和研究。例如路德就认为，“民间故事描绘的结局，是一种概括性的齐头式的结尾。而传说故事则有各种不同的结尾”。[①]西方民间故事的喜剧结尾就是一种“齐头式”的结尾，而日本的民间故事则不是这种美丽的“齐头式”结尾。按照西方的标准，因为日本的民间故事不是喜剧结尾，所以将它们视为传说故事也是很自然的事情。

文章已经有些偏离主题，现在从整体的角度对异类婚姻做出解释。故事《浦岛太郎》最后将一切都归于自然。如果我们把异类婚姻中的异类也视为相对于人类的“自然”，认为它们是一种自然存在又会怎样呢？人虽然也是自然的一部分，但是也具有反自然的一面。人类与自然的关系是非常微妙的，甚至是难以理解的。小泽俊夫图中的A’群几乎没有涉及人与动物的差异性，可以说是将人类视为自然的一部分，属于与自然合为一体生存的文化观。相对而言，B群认为人类不可能与动物结婚，所以属于将人类与自然分离的文化观。位于中间地带的C群，也就是日本，属于很微妙的一群，最初的时候将人类与自然视为一体，但是在某一个时点，则将人类

---

① 马克斯・路德，《民间故事的本质——很久很久以前有个地方》。

与动物分开，认为人类与自然不同，而且还想去了解自然。但是所谓的自然却不愿意人类去了解它，因此人类与自然处于一种若即若离的暧昧状态，在调和之中共生共存。在这一点上，B群中的人类将自己与自然之间的关系完全切断，但是通过自身中存在的“自然”（人类化身为动物），与自然恢复关系。这里最重要的问题是如何与自然恢复关系，或者说如何再次实现人与自然的统合。动物化身为人类，并且与人类结婚就是这一问题的最好体现。

倘若从人类心理学的角度看，这里所描述的人类与自然的关系，就相当于意识与下意识的关系。倘若借由民间故事的结构去认识人类心理结构，那么可以将本章的《鹤妻》和格林童话的《乌鸦》做一个比较。如同第一章诺伊曼所指出的那样，“《乌鸦》中的男性英雄形象代表着西方的自我确立过程。描写公主因为母亲的咒语变成乌鸦，明确表示了母女的分离过程。如果与第三章所探讨的母女结合的过程做比较，可以发现《乌鸦》一开始就为我们提示了一个不同的心理条件。男性英雄为了拯救被诅咒的女性，必须完成自己的使命。人类与自然分离，儿子（女儿）与母亲分离，意识与下意识分离，都表示着相同的意义。这是一件伟大的事情，也是一件被诅咒的事情。解除咒语代表着确立了的真正独立的自我”。

前面已经强调过多次，这就是西方的心理发展模式，那么日本的情况又是怎样的呢？如同第一章所指出的那样，如果希望通过日本的民间故事中的女性形象来了解、观察日本人，那么《鹤妻》就是最好的素材。《鹤妻》中的女性没有切断与自然的关系。她不仅保有与自然的关系（将其保密），而且试图在人类世界中确立自己的地位。所以日本人确立自我不需要像西方人那样，必须切断与下意识之间的关系。鹤妻自己提出求婚，靠自己工作建立家庭地位。但是“自我”的弱点在于“知道”这种行为的出现。鹤妻“知道”

自我之中有一部分属于自然。一旦“知道”部分被强调得过于强烈的时候，就必定与自然切断关系。此时用故事中出现的男性形象来代表这种切断关系的过程，而女性对此没有任何反抗，只是静静地离去。与其说这是回归自然，倒不如说是出于无奈。

如果将附录中《鹤妻》的结尾视为日本式的喜剧结尾的话，那么可以做出以下解释：西方故事是在人类与自然切断关系之后，再次与已经部分改变性质的自然统合（和已经与母亲分离的女儿结婚），恢复原来的完整性。在日本的故事中，“自然”并不属于单纯的人与自然一体的概念，而是将人与自然视为不同的物体。无论是西方还是日本，都描写了自我在确立的过程中，经历“知道”所带来的痛苦。西方用“罪恶”去解释，而日本则用“怜悯”感情来表达，这两种态度构成了两种文化的基础。

出现在这个世界的“女性”最终还必须回到“自然”中去，这是一件很遗憾的事情。但是如果从喜剧的角度看的话，我们会期待女性的再度重来。为了找出日本民间故事中拥有这种形象的女性，必须详细地了解女性回去的那个世界的结构，以及女性再度重来的耐力。有关前一个问题，将在第八章探讨。下一章主要通过日本民间故事喜剧代表作《没有手的姑娘》，探讨女性的耐力问题。

第七章
有耐力的女性

确实正如前面多次指出的那样，日本的民间故事很少以幸福的婚姻作为故事结尾，当然也不见得完全没有这种故事。上一章所涉及的几乎都是那些好不容易结婚，但最后还是不得不悲伤地离去的女子。这一章则主要探讨那些成功结婚，并且最后获得幸福的女性。下面从这一类故事中挑选出最具代表性的故事《没有手的姑娘》（《大全》208）作为研究素材。

这里之所以举《没有手的姑娘》为例，是因为后面将要谈到欧洲存在着与日本《没有手的姑娘》几乎完全相同的故事。当你读过《没有手的姑娘》（附录9）以后，再去读格林童话《没有手的姑娘》（KNM31），一定会因为两个故事如此相似而感到吃惊。需要指出的是，本书为了分析日本民间故事，曾经列举许多外国民间故事与之做比较，但是到目前为止，还没有哪一个故事不仅故事的主要情节相似，而且连一些细微部分都相当一致的。几乎所有看过这两个故事的人，都会认为它们源出一辙。柳田国男认为虽然格林童话中的《没有手的姑娘》与日本的故事几乎完全一样，但是他告诫我们不能因此轻易地得出其中有“传播”关系的结论。[①]其实笔者并不在意两者之间是否存在“传播”关系，笔者所关注的问题是，如此相似的故事为什么同时能够被两种不同文化背景的地域所接受。《没有手的姑娘》这类故事广泛地分布在日本与欧洲各地，然而当我们仔细分析、比较格林童话与日本的故事以后，就会发现由于文化的差异，它们之间实际上有着一些非常有趣的不同之处。下面首先让我们将附录中日本的《没有手的姑娘》作为基本素材进行探讨。

1 没有手的姑娘

前面已经提到日本的《没有手的姑娘》与欧洲的故事极为相似。虽然下一节会针对两者的不同之处进行比较，但是为了加深欧洲故事在读者头脑中的印象，笔者在这里简单地介绍博尔特和波立夫卡针对欧洲的《没有手的姑娘》所做出的故事类型的分类。[②]（A）女主角双手被砍断，是因为（A1）女儿不答应父亲安排的婚事。（A2）父亲把女儿卖给恶魔。（A3）父亲禁止女儿祈祷。（A4）母亲忌妒女儿。（A5）小姑在丈夫面前中伤女主角。（B）国王在森林（庭院、小屋、湖泊）遇到女子，并且不在意她的残疾，娶她为妃。（C）女主角和她生的孩子被赶了出去，这是因为（C1）婆婆、（C2）父亲、（C3）母亲、（C4）小姑、（C5）恶魔等伪造国王的信件。（D）因为奇迹发生，女主角在森林中获得了双手的再生。（E）国王再次遇到她。

现在让我们带着欧洲故事的印象，再来看一看日本的故事。附

① 柳田国男，《论民间故事》（昔話のこと），收录于《定本　第八卷》，1962年。
② 博尔特和波立夫卡（J.Bolte und G. polivka），《悲惨故事注释》（*Anmerkungen zu den Kinder und Hausmárchen der Brüder Grimm*）（5Bde，Leipzig，1913–1932）。

录所收录的故事采集于岩手县稗贯郡。类似的故事在日本各地几乎都有分布。如果使用前面的分类方法分析日本的故事，那么日本的故事几乎都属于（A4）、（B）、（C3）、（D）、（E）故事情节。故事是从女主角的母亲在她四岁时去世，继母因之出现说起。继母因为讨厌这个女儿，所以时常设法把她赶走。欧洲的故事描写母亲因为忌妒而砍断女儿的双手，在这里母亲是女儿的生身母亲。而日本故事的母亲则被描写为继母。如同第四章所指出的那样，《日本民间故事大全》中有关继子类的故事以及现在的《没有手的姑娘》，都是描写继母虐待女儿，而女儿最终获得幸福的故事。值得注意的是，日本《没有手的姑娘》一类故事必定有继母虐待女儿的情节，而欧洲的同类故事却未必有这个前提条件。

第四章曾经简单提到继母代表放大了的母性的负面形象。但是需要注意的是，第四章《天鹅姐姐》中继母的行为与本章中继母的行为有很大的不同，具有不同的象征意义。虽然这两个继母都希望女儿死去，显示出想把女儿拉回母亲世界（这就是所谓的死亡世界）的力量。但是《天鹅姐姐》的母亲是把女儿扔进大煮锅里，而《没有手的姑娘》的母亲则把女儿的手砍断。前者把女儿扔进大锅与后者“砍断”的行为，具有不同的象征意义。许多类似的故事都描写母亲本人把女儿的手砍断，但是日本《没有手的姑娘》的故事却描写父亲把女儿的手砍断，这十分明显地代表了不同的意义。这两个故事试图表达负面的母亲将女儿逼到绝境时其内心深处的阴险，但是《没有手的姑娘》实际体现的是父性机制，“砍断”行为所代表的恰恰是这种父性的运作机能。

附录故事中描写父亲“总是对继母唯命是从”，听从继母的话，而将自己的亲生女儿赶出去。这表示父性已经完全归属于母性之下。这种服从于母性支配的残忍的父性最典型的代表之一便是日本军队，而故事中父亲毫不留情地将哭喊着的女儿的手砍断，却表示着砍断亲情的缘分。而女儿因为与双亲的缘分被砍断，所以不得不一个人孤独地出走。

如果探讨继母在这里所代表的意义，就可以发现如同前面所说的那样，实际上无论是生身母亲还是继母，都代表着负面的母性形象。而在《没有手的姑娘》的其他流传版本中，有的描写继母亲自将女儿的手砍断。这不仅显示了负面的母性，而且还显示出母亲形象中还包含着父性的成分。这不是通常单纯因为母亲爱子心切，导致小孩成长受到阻碍的问题，而是母性支配着父性的那种力量，试图砍断与子女的关系，并且置其于死地。此时的子女必然会深深地陷于孤独和苦恼，在相当长的时间里，他们都无法与别人建立关系。

手被砍断代表着缘分被切断。但是除此以外还有许多其他的意义。本人曾经在一次会议上谈到《没有手的姑娘》这个故事，当场提问了三位女性："你如果没有了手，首先会想到不能做什么事情？"当时得到的回答是："不能抱孩子""不能做饭"和"不能翻书"。从这些不同的回答中可以看到每个人的不同个性。日本的故事描写女主角因为要抱住正在往下滑落的小孩而突然生出双手，而布列塔尼的类似故事（《世界的民间故事》6）则描写微风帮助断手的女孩翻阅膝上的祈祷书。这样的描写让人感到，"不能翻书"也是一种值得关注的问题。从这种描写中可以发现，没有手的人所失去的是与外界的联系和人与人的互动，由此造成了严重的沟通障碍。

姑娘因为双手被砍断以及被双亲遗弃，失去与外界的联系，并且不得不面对严重的孤独，如果这是第六章的故事主人公的话，她可能会选择在这个时候"隐身离去"回到原来的国度。然而这个女性没有可以回去的“母国”，她已经与母亲切断关系，她所能做的只有忍耐。与母亲切断联系，独自生存是一件很困难的事情。尤其在母性占绝对强势的日本，应该是更加困难的事情。类似的故事有的描写继母趁父亲不在，把老鼠抓来杀死，谎称是女儿的私生子，父亲因此被惹怒。虽然这里谴责的是女儿的私生行为，但是从象征的角度看，她的母亲可能感受到女儿有私生的可能。也就是说她感到女儿内心可能有不合义理的因素。对于日本这个国家来说，所谓的不合义理的因素，就是下决心与母亲切断联系，自己独立生存。这个想以全新方式生活的女儿，虽然因此被赶入孤独的世界，然而她却因此遇到了“乘着骏马的高贵男子”，这种场面在日本的民间故事中是相当罕见的。

“相貌堂堂的年轻男子”把她带回家，男子的母亲是一位心地善良的人，她厚待这个女孩，而且还同意她与儿子结婚。“与母亲切断关系”的她，在这里遇到了“温柔的母亲”，这一情节非常重要。因为她身为女性，不可能与母性完全切断关系，如果不是因为再度遇到这个母亲，她过不了多久就会死去。这个故事的主人公因为孤独而得到幸福，再度唤醒了其母性，她拥有了幸福的婚姻，还有了小孩，然而幸福却无法长久。

女孩生了孩子后非常高兴，想把消息告诉出远门的丈夫，这时继母介入，故意破坏了他们之间的联系。正是这个负面母性的出现，导致了夫妻关系在沟通上出现裂痕。在当代日本社会，类似的情况实际存在。欧洲的故事多半描写婆婆改写媳妇的信件。因为婆婆对儿子与媳妇之间的传话进行“篡改”，最后夫妻关系恶化的情形经常发生。这个情节具有现实意义。但是从普通人的角度看，这位曾经否定母性，接着又因为再度肯定母性而结婚生子的女性，往往会因为再次接触负面的母性，而威胁其与男性结合的状态。如果回想在继母还没有进入她的生活之前，也就是四岁之前她曾经感受过的真正的正面母性，正是这种反复体验正面和负面的母性的经历，对女性的心理发展产生巨大的影响。

因为继母的干扰破坏，女儿不得不带着孩子一起离家出走。她所能做的或者说她只能做的就是忍耐。她没有因此抗辩过，她只是对婆婆说："母亲，我无法报答您对我这个不全人的恩惠。虽然离开是很痛苦的，但是如果这是少爷的意思，我也没有什么好说的，我现在就走。"因为没有手能够抱小孩，所以她只能背着小孩离去。此时她的表现清楚地突现出了她巨大的忍耐力。她所要承受的孤独和苦恼与那些被双亲赶出家门以及隐身离去，或选择回到母国的女性相比，要沉重得多。

民间故事中这种类似情景反复重演，总是让人感到富含深意，而《没有手的姑娘》则给人留下更深的印象。这里并不是单纯的重演，而是向更深层次的迈进。最初，没有手的姑娘由于父亲的背叛而失去了对他人的信任感，而在孤独中她经历了善良的母亲和丈夫，之后又遭到丈夫的背叛（她当时这么认为），再次体验了更加深层的痛楚。有些人因为忍受不了第一次孤独而死；也有一些人因为忍受不了第二次孤独而选择了离婚。但是经受这些痛苦是企图切断母女关系的女性所必须承受的命运。

当姑娘离开夫家以后，重新生出双手的情节十分感人。到现在为止一再忍耐，遭到各种虐待的她，因为发觉背上的小孩就要滑落下来，便不由自主地试图用手去扶。这种在不可能的情形下所产生的主动行为，居然变为可能，没有手的姑娘竟然能够用自己的手，抱住了自己产生的全新的可能（小孩），此时她终于体验到了做母亲的感觉，第三次与母性建立了良好的关系。在整个过程中她始终没有切断与母性的联系，也没有切断与外界的联系，这使她最终拥有了主导的力量。

由于有了这些变化，便有了恢复与丈夫关系的可能。当丈夫找到她的时候，她正在“诚心诚意地祈求上苍”。这个情节十分重要，具有很深刻的意义。不管她是否经受过深深的孤独，在求生存和求发展的时候，都需要宗教在其后支撑。曾经详细分析过格林童话《没有手的姑娘》的冯·弗朗茨认为“深刻的宗教经验可以帮助女性脱离这种困境”。[①]他将格林童话《没有手的姑娘》的经验与遁世隐居者进行比较，发现人在孤独时往往可以找到神与自己以及与自己心灵的联系。日本的《没有手的姑娘》也是如此。就没有手的姑娘与宗教的联系而言，在日本与欧洲的同类故事中可以看到，一个人与外在的联系缺乏，便导致内在联系的丰富。换句话说，那些本来就很内向的人，往往很难成功地与外界建立联系。

没有手的姑娘（虽然这么说，但是现在她已经长出手来了）最终又与丈夫相遇，两人高兴得抱头痛哭，没想到眼泪滴落的地方，竟然开出美丽的花朵。这表示他们在因承受了痛苦以及此刻与丈夫的再度重逢所感受到的快乐，其深刻的程度都要比一般的要强烈得多。以往一直积压在内心深处的感情，终于可以向外界“开花”了。她不再没有手，从此可以充分与外界建立联系。可以说这里所出现的开花情节，与前面章节指出的情节一道体现了日本民间故事“回归自然”的特点。

故事终于有了幸福的结局。继母和父亲终于受到当地领主的处罚。可以说女主角因为切断了与“家人”的联系而获得幸福。下面要探讨的是另一个版本的《没有手的姑娘》的故事，这个故事描写

---

① 冯·弗朗茨著，秋山里子、野村美纪子译，《童话与女性心理》（メルヘンと女性心理），海鸣社，1979年。

女孩重新获得双手，与家人恢复了关系。

2 东西方“没有手的姑娘”

前文探讨了日本的《没有手的姑娘》。接下来将它与格林童话中的《没有手的姑娘》进行比较。

有一个做面粉生意的商人很穷。他所有的财产只剩下一座风车和院子里的一棵苹果树。有一天，他遇到一位陌生的老人，老人对他说：“如果你把风车后面的那个东西给我，我就帮你成为富人。”他开始以为老人指的是苹果树，便爽快地答应了，双方约定三年后老人来取约定好的东西。但出乎意料之外，老人指的并不是苹果树，而是风车后面站着的商人的女儿。生意人从此确实变得非常有钱，三年以后恶魔（老人）果然如约出现。女儿是一个虔诚的基督徒，她沐浴净身之后，用白粉在自己站立的周围画了圆圈，使恶魔无法靠近。恶魔非常生气，他命令商人把女孩用来净身的水端走。商人只得遵照恶魔的要求去做。但女儿流下的眼泪还是洗干净了她的双手，于是恶魔又命令商人把他女儿的双手剁了，商人内心里很不情愿，恶魔要挟他说，如果不按自己说的做，就带走他以顶替女儿。商人很害怕，无奈之下央求女儿让他剁去她的双手。女儿只好同意。结果商人真的把女儿的双手剁了。此时女儿的眼泪再次洗净了她的手腕。最后恶魔见情势于己无利而返。商人为此感谢女儿使他致富，表示要一辈子好好地待她，而女儿却对他说：“我不可能永远留在这里，总有好心人会收留我的。”说完就离家出走了。

女儿看见国王的果园里长着好吃的梨，于是她向上帝祈祷，天使出现了，帮助她摘梨。园丁把这件事禀告了国王。得知此事的国王第二天就接见了她，国王听了女孩的陈述，十分同情她的遭遇，于是国王把她带回城堡，为她制作了银制的假手，两人随即结婚。一年以后国王外出打仗，已经成为王妃的女孩在这段时间生了孩子，国王的母亲立即写信将这个消息告诉国王。没有想到恶魔干扰送信，导致王妃与小孩子不得不离开王宫。到此为止，故事情节与日本的故事基本相同。王妃到森林祈求上帝帮忙，于是天使出现，引导他们来到小屋。母子两人受到天使的精心照顾。由于王妃十分虔诚，所以在上帝的帮助下，重新获得了双手。这时战争结束了，国王回到城堡，当他得知王妃的事情以后非常痛苦。为了寻找王妃，国王开始到处奔波。

七年以后，国王终于找到王妃和孩子两人居住的小屋。当国王睡着的时候，王妃把小孩带到国王的面前，她对孩子说："这就是你的父亲。"由于孩子一直以为父亲在天堂，所以与母亲争执起来，这时早已醒来的国王听到了母子的对话，便立刻传旨要见说话的人。结果发现她就是王妃。于是国王把母子两人带回城堡。他们重新举办了婚礼，从此过着幸福美满的生活。

总而言之，这个故事与日本的故事结构十分相似。但是最大的差异在于，在欧洲版的《没有手的姑娘》中父亲在切断双手时扮演了重要的角色。因为与恶魔有约定，父亲把女儿的双手切断。恶魔是西方故事中经常出现的角色。恶魔在书信上捣鬼，当女孩遇到困难时，她便向上帝求救。父亲－恶魔－上帝，这些男性的存在，使这个故事具有很大的意义。相对而言，日本故事中的母性则具有重大的意义。后面还将进一步探讨两者的不同。现在需要引起我们关注的是，假设日本的《没有手的姑娘》是外来故事。虽然前文提到的欧洲版的故事有很多版本，但是日本所流传的却只有继母与女儿的版本，根本没有发现其他版本。那么是否可以推论，这个版本最适合日本人。可能其他版本的故事虽然流传到日本，但是经过日本人的改造以后，变成了现在这个版本。

欧洲版本中《没有手的姑娘》的故事，有的描写生母切断了自己女儿的双手，也有的描写婆婆用书信破坏年轻夫妻的关系。地中海巴罗阿雷斯群岛的《没有手的伯爵夫人》(《世界的民间故事》13)，描写父亲把女儿卖给恶魔，而女儿向圣母马利亚求救。在《没有手的伯爵夫人》中，她身后的圣母马利亚的母性存在超越了天父基督的形象。可以说这种关系位于格林童话中的父亲–女儿关系轴和日本民间故事母亲–女儿关系轴的中间。将来在对全世界的民间故事进行更加深入细致的研究时，也许这个视角可以为研究人员提供一个新的课题，说不定还能因此绘制出一张能够反映各地文化差异的图表。当然这些都将是以后的事情。虽然全世界都有类似的故事，但是由于这些故事都存在文化差异，所以可以证明它们都是当地原有的民间故事，而不是通过外面传播进来的。笔者不打算追究这些故事是否与传播有关，在此只打算将格林童话与日本的故事进行对比。

当我们将日本的故事与格林童话进行比较的时候，首先注意的一个共同点，就是两个故事中女主角的忍耐力及其被动的地位。她们在被砍断双手、被夫家赶出来的时候，虽然都表示出同样的态度，但是在其后支撑女主角的力量则完全不同。正如前面所介绍过的那样，格林童话是由父性支撑，而日本故事则由母性支撑。这可能源自于故事开始时的父–女、母–女的故事结构。然而当我们把焦点放在文化差异上时，就会发现在母性原则占优势的日本和父性原则占优势的西方国家，女性的生存方式是完全不同的。在以父性原则占优势的西方，故事是将男性形象作为（不论男女）表现自我的方式。而在母性原则占优势的日本，则是将女性形象作为表现自我的方式。民间故事《没有手的姑娘》展示了通用于日本男性和日本女性的生存方式。

格林童话中的父亲把女儿卖给（声称他并不知情）的恶魔。在其他类似的欧洲故事中，还有的描写因为父亲讨厌女儿专心于祈祷，所以把女儿的手砍下来。格林童话中没有手的姑娘也表现出对宗教信仰的虔诚。也许西方的“父亲”不理解这种专注于内心世界的行为（世俗的父亲与天父基督相互作用），专注于外在世界的父亲为了金钱而牺牲女儿。相对而言，日本的女儿其不幸源自于继母。原本与亲生母亲有幸福关系的女儿，在四岁的时候因母亲的死亡，不得不“自然”地切断了与生身母亲的关系，开始接触负面的母性。这两个故事的开端各不相同，切断双手的原因，一个是出于父亲的意志，一个是因为母亲的死。两者的差异代表着西方文化与日本文化的差异。

两个故事都是由父亲做出“切断”的决定。但是促成其行为发生的，一个是恶魔，另一个是继母。两者的共同之处在于，女儿对此没有表示任何反抗，只是被动地接受。而格林童话中女儿在完全了解内情的情形下，依从父亲的意愿，而在离家出走时，对一再挽留她的父亲说：“我不可能永远留在这里。”强烈的个人意志的表述，值得特别关注。她虽然被动，但是能够通过话语清楚地表达自己的决定。相对而言，日本故事中的女儿则是在睡梦（下意识）中被“砍掉双手”，并且满怀着悲伤离开了自己的家，到处流浪。日本的故事一方面使用暧昧的方式表达女儿的决定，另一方面充分描述了她的悲伤与怨恨。

格林童话中出现了天使解救孤独女儿的情节。天使是基督天父的使者，善良的天使与世俗的父亲以及邪恶的恶魔形成了鲜明的对比。在日本的故事中，死去的生身母亲、婚后善良的婆婆与凶狠的继母也形成了鲜明的对比。其故事的特点在于它没有将西方的天使、恶魔的组合加以比较，故事中没有超现实的存在，而它只是将世俗凡人的组合及相互之间的关系进行比较。正如前一章所指出的那样，日本的民间故事中没有魔法，所以很容易将现实与非现实世界混淆起来，自然地产生西方所谓的超自然情节。这一点可以从生出双手的情节中看出来。格林童话中的女儿是因为虔诚和神灵的恩惠才生出双手。日本的故事则描写当女儿要伸手扶住背上滑落的孩子时，因为身体的自然动作而生出双手。

现在让我们把话题再一次回到格林童话故事。在这里出现的父-女关系中，最值得关注的是父女结合赶走恶魔的情节。女儿因为长大而必须离开父亲，实际上是一件很痛苦的事情。但她此时又不得不离开接受恶魔的父亲。在这里，父亲已经失去了守护者的身份，基督取代了父亲，女儿转而接受天父基督的守护。如果基督无法保护女儿，导致女儿被恶魔击败或者女儿无法与父亲成功分离，那么女儿便永远无法自立。后者会导致父女相奸，或者父亲想与女儿结婚，但女儿拒绝而离家出走。故事的后半段会演变成类似欧洲《没有手的姑娘》那样的结局。女儿因为天使的帮助而保全性命，并与国王结婚。但是幸福并没有持续多久，国王外出打仗（这里也表明男性专注于外界的事情），国王与王妃分离，两人的沟通因为恶魔而受到破坏。

东西方《没有手的姑娘》都没有以婚礼作为故事的结局，而是描写婚后丈夫因为工作而继续远行，夫妻的沟通出现问题，因而导致不幸。可以说故事确实表达了人世间的真理。年轻夫妇就算相爱相知，但是他们之间的沟通也会受到（他们不知道的）邪恶的干扰而出现障碍。可以说正是因为两人相知才产生的悲剧。丈夫与妻子看到对方的书信后，在震惊之余，方醒悟当初应该怀疑书信的真假。但是这种沟通不良对于女性的心理发展有一定的积极意义。邪恶能够切断夫妻间的联系，然而夫妻间的关系会因此得以进一步加强。

现在再让我们把视角放在女主角方面。当她的丈夫提出不合理的要求时，通常情况下可以提出疑问或者确认。但女主角却没有这么做，只是接受丈夫的话（她相信这就是丈夫的话），默默地忍耐孤独。这与西方民间故事中的典型男主角的行为大相径庭。西方民间故事的男性主角往往追究真相，与恶魔搏斗，击退恶魔，而女性则被动地接受现实和祈祷。不过后来情况好转，她的手重新生长出来，而且与丈夫再度相逢。西方故事的女主角不是为幸福而战，而是等待幸福的出现。可以说这是一个孕育的过程。它也是西方女性特有的一种生存方式。其实这也是日本男女共通的生存方式。

无论夫妻多么相爱相知，然而一旦双方感到孤独无法向对方倾诉，或感到不能忍受时，就会以“再婚”的方式尝试再次得到幸福。这应该是普遍存在于东西方的真理。日本的故事没有提到再婚，而西方的故事明确地提到了国王与王妃“再一次举行婚礼”。这就是再婚的一种形式。对于婚姻来说，所谓的“邪恶”几乎是必然的。一旦夫妻关系被切断了，是否可以通过再婚重新找回幸福，这关键在于他们能够承受多大程度的孤独。同时也在于他们背后是否有坚定的宗教信仰。在西方有基督的存在，而在日本则有所谓“自然”的存在。

3 幸福的婚姻

可以说《没有手的姑娘》最后以再婚的形式，把幸福的婚姻作为故事的喜剧性结尾。如果试图在日本的民间故事中寻找喜剧性结尾的故事，可以从“继子谈”类的故事中找到许多。在《日本民间故事大全》中，从《米福粟福》(205A)到《继子与鱼》(222)，一共收录了二十几个“继子谈”类型的故事。读过这些故事以后会发现，前妻之子受到继母的虐待，后来得到幸福婚姻的故事，和以继母受到报应为中心的故事各占一半。后者包括描述继母因迫害行为暴露而受到惩罚，以及继母想杀死前妻之子，结果误杀了自己的小孩。前者包括前面已经提到的《没有手的姑娘》、《天鹅姐姐》(第四章)等，后者则有《继子与鸟》(216)、《继子与笛子》(217)。这两种类型故事的差异不仅仅在是否结婚，还表现在以下所指出的差异之处。

一般来说，“继子谈”中描写结婚情节的故事都比较长，情节起伏跌宕比较有趣。其他的故事则相对比较简短、平淡，大多将重点放在继母如何虐待前妻之子上。在我们将两个主角名字类似的民间故事《米福粟福》(205A)和《米埋糠埋》(205B)进行比较之后，就会发现其中的差异。许多外国研究人员批评日本的民间故事与传说故事很相似，或者批评它给人以没有故事结尾的感觉。然而，如果他们看了“继子谈”的婚姻故事以后，便会感觉这些故事很有西方故事的味道。这类故事中的某些故事与《没有手的姑娘》一样，与西方故事极为相似。例如《七只天鹅》(214)、《姥皮》(209)、《米福粟福》等。这些故事与格林童话中的《六只天鹅》(KHM49)、《千皮》(KHM65)、《灰姑娘》(仙履奇缘)(KHM21)非常类似。正如关敬吾所指出的那样，《米福粟福》是把两个故事合二为一，它的后半段与《仙履奇缘》非常相似。由于两者的类似度非常高，不禁让人怀疑《米福粟福》是外来故事。如果它确实是从国外传播进来的故事，那么值得注意的是，日本为什么只接受这一类故事，却从来不接受那些描写男性英雄之类的故事。当然，也有可能这两个故事本来就十分类似。但是无论如何，可以肯定的一点就是，日本的民间故事里也有描写受到继母迫害的女儿最终获得幸福的这一类故事。

就像对《没有手的姑娘》所进行的分析一样，受到继母的迫害而后来得到幸福的女儿，代表女儿在体验负面的母性之后，最终获得了自立。从女儿因此获得自立这方面来看，可以说继母促进了女儿的成长。所以从整体而言，"继母"应该是正面的存在。换句话说，母亲很有必要对女儿显示一下这种负面形象。如果缺乏这一点，只是把母亲"正面"的一面显示出来，女儿则无法获得自立。自古以来，日本的民间故事就充满着这样的智慧，故事中描写与母亲分离的女儿能够忍受一切，最后"再婚"得到幸福。这个过程恰恰体现了这种智慧。正如前面所指出的那样，这样的女性形象代表了日本男性和女性共同成长的过程。而下面要稍微探讨的则是那些以男性作为主人公的例子。

前面所提到的"继子谈"类型的故事中，以男性为主角，出现结婚情节的，只有《灰仔》(《大全》211)。如同关敬吾所指出的那样，如果划分故事类型的话，与其把这个故事归到"继子谈"类里，倒不如把它归到"结婚谈"里更为合适。《日本民间故事大全》中的《灰仔》，描写主人公间千子原本是领主的儿子，因为继母施奸计而被赶出家门。他离开家时，从父亲那里牵走了一匹好马，拿了一些华丽衣服。在半路上，他换上了一套老人穿着的破旧衣服。他来到一个富翁家打工，专门烧火做饭。因为他卖力气而受到夸奖。富翁要带他去看戏，而间千子没有去。主人走后，间千子换上了华丽的衣裳，骑着马来到戏院。所有的人都以为天神降临，只有富翁的女儿说："那是我们家的灰仔，看左耳朵上的黑痣就知道了。"富翁听了女儿的话，认为此话亵渎了神灵，而对女儿大发雷霆。某天，富翁又到戏院看戏，富翁的女儿故意假装把草鞋落在了家里，于是回家取草鞋，此时已经换好衣裳的灰仔无奈，只好骑着马带着她一起去戏院。富翁以为“今天神明夫妇一起驾临”而对他们跪拜行礼。

富翁的女儿从此惹上了相思病。女巫给她看病时说：“有缘人”就在家里。女巫让全家人都站在女儿面前，灰仔最后换上华丽的衣裳，骑着马出现在众人面前。富翁大吃一惊，希望灰仔能当他们家的女婿。于是富翁给两人举办了盛大的婚礼。婚后灰仔希望能回自己家看看，新婚的妻子告诉丈夫途中不能吃桑果。灰仔没有听从妻子的吩咐，因吃桑果而死。他的马将灰仔的尸体驮到了他的家，他的父亲把尸体放到酒坛里。妻子知道丈夫一定是死了，所以带上起死回生的水去找他。她用这种水救活了自己的丈夫。当她准备带丈夫回家时，丈夫的父亲说间千子是他们家的独生子，不能带走。妻子说，那么父亲也跟着一起走吧。间千子说：“我们不能同时供养两个父亲，以后我会回来给父亲送钱。请父亲收养一个好继子吧。我要到救我命的妻子家生活。”于是两人一起回到妻子家。“直到现在还过着幸福快乐的生活。”

男主人公间千子（灰仔）在这个故事里表现得非常活跃。故事中还有结婚的情节。尽管如此，它还是与西方的典型英雄故事有很大的区别。灰仔的行为与其说是英雄之举，倒不如说是魔术师的把戏。他并没有击退怪物，消除灾难，只是使用魔术师的变身法活跃在故事中。不过，能够识破这一切的是富翁的女儿，故事情节因为女儿的意志而逆转，以至于让人怀疑故事的后半部分的主人公是否为女儿。故事最后描写灰仔主张父亲收养继子，而自己坚决要到妻子家当女婿。正是由于这样，给人以女性才是这个故事的真正主角的感觉。灰仔妻子的活跃程度让人联想起第四章的《姐姐与弟弟》

中的姐姐。这个故事也是在冲永良部岛采集到的。因此，两个故事也许有一些关联。灰仔的妻子扮演着《姐姐与弟弟》中提到的魔术师的角色。这让人感觉《灰仔》和西方故事中王子与公主结婚的情节有很大的不同。

《灰仔》故事所描写的婚姻并非马上带来幸福。两人婚后随即分离，虽然时间很短，但是再次欢聚之后，才以喜剧的形式结尾。可以说这种形式与《没有手的姑娘》一样，因为由女性当主人公的故事经常会描写“再婚”的情节，所以让人感觉这就是以女性为主人公的故事。虽然故事的题目叫《灰仔》，故事一开始描写主人公灰仔因为继母迫害而离家出走，的确能让人联想起西方的英雄故事。然而后半部分则让人感觉故事的主人公变成了女性，也许这才是日本民间故事的一个特点。

再来看一看其他以男性为主角的婚姻故事，例如同样在冲永良部岛采集到的《马之子殿》(《大全》121《烧炭富翁》)、《邻居寝太郎》(《大全》125《博徒女婿》)、《鸠提灯》(《大全》126)，就会发现这些故事的主人公都具有魔术师的特点。《马之子殿》的故事描写名叫马之子殿的主人公非常贫困，因为利用了邻居老翁的智慧，他幻化成各种身份，最终娶了富翁女儿的故事。十分明显，他是通过魔术而得到这些身份以及婚姻的。《邻居寝太郎》《鸠提灯》都是描写懒惰贫穷的男子略施技巧，娶到邻居富翁家女儿的故事。有关懒惰所代表的含义，笔者已经在其他地方进行过专门的论述，[1] 在此不再重复。不过笔者当时还没有就这些主人公为什么都具有魔术师般的特点进行过研究。这些魔术师几乎都是通过玩弄一些近乎毒辣的手段而得到幸福，但故事却把他们当作英雄似的进行描述。

---

① 拙著《民间故事的深层》之《怠惰与创造——懒惰三兄弟》(第四章)。

所以在以“幸福的婚姻”为主题的日本民间故事中，很难找到典型的“英雄形象”，这可以说是日本的民间故事或者日本人心理的一个特征。当然也可以说，日本的英雄实际上是前面所提到的能够“忍耐”的女性。由于日本的男性一直没有切断与母亲的联系，所以最后只得拥有一种类似魔术师的形象。日本神话中的英雄素盏鸣尊、日本武尊等都具有很强的魔术师性质，可以说代表了他们同样的心理。

这里稍微谈谈，以男性为主人公最后得到幸福婚姻的故事——《田螺儿子》(《大全》134)。前面一章提到异类婚姻时，曾经指出过这类婚姻通常不会有幸福的结局。但是《田螺儿子》可以说是唯一的例外（这个故事在《大全》里没有被归到“异类女婿”类里，而是被归到了“诞生”类之中）。故事的内容是这样的：有一对老夫妇因为没有子嗣而向田中的水神祈求。结果求得了一只田螺。田螺儿子想娶富翁的女儿为妻，老父亲认为根本不可能。他劝儿子放弃这个念头。田螺借住在富翁家，晚上偷偷把米嚼碎，把它抹在富翁女儿的嘴边。田螺因此栽赃富翁的女儿偷吃了他的米。田螺因此娶到了富翁的女儿。在举行春天祭奠的时候，田螺站在妻子的脑袋上，以守护神的身份出现，结果被乌鸦啄食掉到水田里。妻子见状悲伤地哭起来，没有想到“水田的水分流到两旁，中间站着一个相貌堂堂的年轻人”，这就是她的丈夫。富翁知道此事后也很高兴，愿意“再一次正式收他做女婿”。这对年轻夫妻“成为富翁，从此田螺先生也受到了人们的尊重”。

这的确是异类女婿拥有幸福婚姻的稀少例子。但是从整体上看，《田螺儿子》与《灰仔》有许多极为类似的地方。故事题目都是以男性主人公的名字命名。描写男主人公通过施巧计得到了妻子。婚后虽然没有马上得到幸福，后来因为女子的努力而得到了真正的幸福（《田螺儿子》是以丈人“再一次正式收他做女婿”体现女性的努力的）。这是两个故事的共同点。《田螺儿子》的题目，让人联想到这是一个描写男性的故事，而它却与《灰仔》一样，中间加进了女性的话题。富翁女儿对于“田螺”施巧计娶到她的行为，没有半点怨言。之后又恪守贞洁，当田螺掉到水田里时，妻子难过得流泪不止。出现这样的“能忍耐的女性”形象，不禁让人感到故事背后的真正推动者实际上是女性。

通过以上论述可以得知，日本的确有婚姻类故事，而在这类故事当中，女性扮演着极为重要的角色。那些看似以男性为主的婚姻故事，其背后必然有“能够忍耐的女性”的存在。如果结合第一章《黄莺之家》来考虑，那么可以模拟这样的情节：那位因为男性的背叛而心怀悲伤隐身离去的女性，经历多次化身之后，再度回到了人间世界。这次她终于下决心与母国分离，靠着坚忍不拔的忍耐力在这个世界获得了幸福。这种“忍耐的女性”形象，对于了解所有的日本男性和女性都具有重大的意义，也可以说表现出了日本人的自我形象。对于日本人来说，女性和被动绝不代表柔弱。

然而，也有很多人对这种忍耐的女性形象不以为然，尤其是现代人。《灰仔》中出现的女性并不是被动的，她不属于那种忍耐型的女性。她能够在所有人都被灰仔蒙骗的情况下，独自看破灰仔的本来面目，这种智慧使她得到了最后的幸福。这种识破对方本来面目的情节正好与前一章“隐藏本来面目”相对应。田螺儿子表示想娶富翁家的女儿时，老父亲说这是根本不可能的事情。但是，田螺儿子竟然买通看门人上富翁家施伎俩。最后还是富翁的女儿自己说：“倘若如此，那我就嫁给你吧。”“倘若如此”此话意义非常深远，它表示富翁的女儿与一般人不同，她已经看出田螺的本来面目。因此当她表示“那我就嫁给你”时，是基于女性智慧所做出的积极行为，它与忍耐不是一个层次。第九章还将探讨这类女性形象。在此之前，先探讨上一章所提到的鹤妻隐身而去的那个世界的情节，这一部分必须在第九章《有自我意识的女性》之前先做探讨。

第八章
老翁与美女

第六章探讨异类妻子故事时曾经指出，故事中那些出现在人间世界的女子最终是要回到她们那个国度的。我们有必要了解她们的那个国度。本章特别以《日本民间故事大全》中“龙宫童子”（223）类型的故事为例来说明这个问题。故事描述一位男子因对龙宫有恩，被邀请到龙宫，一位漂亮的女子送给了他一个肮脏（或者说丑陋）的孩童。而这个孩童则是可以给人类带来财富的孩童。柳田国男很早便对这类故事产生兴趣，曾经发表过著名的论文《海神少年》。[①]石田英一郎曾发表过《桃太郎之母》[②]探讨《海神少年》中“小孩子”与类似于母亲的女性之间的关系。日本民间故事所描写的龙宫世界，确实体现了日本人的深层内心世界。柳田国男在《海神少年》中提到：“日本的龙宫并不只是另一个国度。在那神秘的大海中，负责传递信息的通常不只是一个年轻的女子。她怀抱着一个不可思议的孩童，他们俩努力与前来沧海的人结下缘分。

① 柳田国男，《海神少年》（海神少童），收录于《定本　第八卷》。
② 石田英一郎，《桃太郎之母》（桃太郎の母），讲谈社，1966年。

对于日本国民来说，海是永恒的母亲国度。”日本人的“永恒的母亲国度”到底是什么？为了探讨清楚这个问题，笔者将列举“龙宫童子”类型故事中的《火男的故事》（采集于岩手县江刺郡，附录10），柳田国男的《海神少年》也曾经探讨过这个故事。只是火男故事中的主人公所探访的世界不是海底世界，而是山中的洞穴。虽然山与海截然不同，但是从它在人的心理上所形成的远离现实的深远度而言，海与山实际上并没有太大的差别。因此，我将这个故事归到“龙宫童子”类的故事里。现在就从《火男的故事》开始进行探讨。

1 火男的故事

故事一开始介绍在某个地方住着一对老夫妇，他们没有子嗣。他们的生活没有新发展的可能性。在有些故事里作者便会安排类似桃太郎、竹姬等意想不到的小孩出现。而这个故事则描写了老翁上山打柴，他发现了一个洞穴。他原本想用柴火堵住洞口，结果柴火掉进了洞里。接着老翁索性把三天打的柴火都扔进了洞里，但还是没有堵住。实际上这个洞要比老翁所想象的大得多。

这个故事开端的部分与心理学所描述的退化现象完全吻合。本书第五章曾经论述过退化的意义。《火男的故事》中把柴火扔进洞穴的行为，典型地表现出内心精力流向下意识的状况。所谓“三天打的柴”中的三，代表着动力。故事描写这些柴火是为了填满洞穴而扔进去的。大多数“龙宫童子”类型的故事，都描写男主人公为了供奉龙宫之神，把花或者柴火扔进去。后来因为龙神要还礼，才招他们去龙宫。十分明显，这种有意图地供奉龙神的行为，属于具有创造性的退化行为。

柳田国男针对主人公为什么能够访问龙宫的问题提出了自己的观点：“十分自然我们会关注这样的问题。为什么几万、几十万人中，只选这个人去那个幸福的国度游玩。”柳田国男对此做出的解释有两个。[①]其中的一个原因是“这个人拥有特殊的德行”，比如说因为孝顺而被邀请去龙宫。另一个原因是“做过某种慈善的事情”，包括《浦岛太郎》式的动物报恩，再则就是与《火男的故事》相似，因为奉献了柴火而受到邀请。柳田国男指出：“虽然这类故事在别的地方几乎没有发现过，但是在日本与南方诸岛则广泛流传，并且故事情节有各种美丽的变化。其中有一类故事叫作“卖花龙神”。我对这一类故事特别感兴趣，故事情节变化多端。它也是我二十年来研究的课题。”柳田国男把它们称为“卖花或柴火”类的故事，认为它们属于日本及其周边的原始故事。

这一类故事所描写的主人公因向大海（或者地下世界）奉献了某些东西，因而得到回报，在其他国家的民间故事中几乎不存在。《日本民间故事大全》在AT555中收录了与日本的“龙宫童子”相似的外国故事。例如格林童话中的《渔夫与妻子》（KHM19）。故事描写一个渔夫因把钓上来的比目鱼放回大海（实际上是一个被魔法缠身的王子），比目鱼因此使他实现了许多愿望的故事。这属于动物报恩的故事。此外还有一个不同类型的格林童话故事《三片羽毛》（KHM63），描写男主人公去地下王国是为了获得更多的东西而非因为贡献某种东西，被邀请到地下王国游玩。为了获得东西而去和被邀请而去，是两个完全不同的概念。著名的俄罗斯民间故事研究家契斯托夫曾对日本的民间故事《猿之生肝》（《大全》35）发表看法，他认为“整个故事是从水下王国的角度

---

① 柳田国男，《海神宫考》（海神宫考），收录于《定本　第一卷》。

展开的”。[1]它的角度与现在正在探讨的这个故事《三片羽毛》完全相同。到地下世界为的是获得某种东西，这种行为十分明显是从地上世界的角度出发的；而接受有意图或者无意图的人所扔进的花或者柴火，为了还礼而邀请那个人去玩的情节，则明显“是从水下王国的角度而展开”的。从这里我们可以看出日本民间故事的一个特点。根据心理学的理论，这种行为方式表示日本人在看那边世界（非现实）时（特别是与西方比较之下），不是从意识的角度而是从下意识的深层次角度出发的。当然所谓的“看”，是一种很明显的行为，几乎不属于下意识。所谓下意识角度这种说法，本身就是一种自我矛盾的表达方式，所以称为“半睁眼看”更为合适。在这个故事里，人的眼睛半睁半闭时要比睁着双眼的人更能够看清这个世界。

现在再将话题转回《火男的故事》。当老翁把三天所砍的柴都扔进洞穴后，眼前出现了一位漂亮的女子。她为了柴的事情，向老翁道谢，并且邀请老翁“到洞穴里来玩一玩”。当故事将笔墨深入到下意识境界，便会创造出一些寓意深远的形象。本人认为这里出现的美女与《黄莺之家》出现的那位女子有一定的关联。不同之处在于《黄莺之家》的男主人公是在没有任何心理准备的情况下突然遇到美女。“龙宫童子”类故事中的男子大都做了许多的工作，他投入柴火或者花之后，得到了女子的邀请前往地下世界。《火男的故事》中描写道，老翁看到洞穴里的房子“让人眼睛一亮”。房子的旁边整齐地堆放着柴火。老翁因为受到邀请而进入那户人家，与住在那里的人们打招呼。

② Q. L. 契斯托夫，《为什么俄国读者可以理解日本的民间故事》，收录于小泽俊夫的《日本人与民间故事》，Gyosei，1976年。

这个洞穴里所居住的人代表着很深的意义。除了那位迎接他的女子之外，还有一位“相貌堂堂的白发老翁”和一个被告之“可以带走”的“孩童”，一共三人。这个“孩童”长着一副无法形容的丑陋的面孔，而且手不停地抠着肚脐。白发老翁、美女、丑陋的孩童这三个人的组合很值得研究，有关这个问题后面将深入探讨。需要指出的是，这三个人在“龙宫童子”类故事中并不一定都出现。例如《日本民间故事大全》列举的“龙宫童子”的代表性故事中，只描写了乙姬和一个有着“朝天鼻还流着鼻涕”、名字叫土方的男孩，并没有提到老翁。不仅该故事如此，在冲永良部岛采集到的一个故事也是只描写了老翁和美女，却没有提到孩童。故事的主人公得到的礼物不是孩童，而是“美食玉”——“只要把它摆放在祖先牌位前，就能够随心所欲变出各种美食的海底宝玉”。分析各种版本的类似故事，故事组合多为老人与美女、美女与孩童，而提到三个人的则只有《火男的故事》。

特别值得关注的是，《火男的故事》当中出现的“长着一副难以形容的丑陋的面孔，而且用手不停地抠着肚脐眼”的孩童。柳田国男也在他的《海神少年》当中探讨过为什么“龙宫童子”都长得“奇丑无比”的问题。柳田国男发现这些孩童的名字多半叫由克乃或者丸多克。柳田国男认为：“由克乃或者丸多克的名字意义不明，不应该算作真的人名。”《火男的故事》当中的主人公，其名字叫表多克，在日本只要说“表多克”，马上就能够反应出这是火男。“这个表多克只要噘起嘴就能吹出火来，所以表多克就成为他的名字。”这些孩童不仅没有一个真名，而且“污秽不堪、奇丑无比”，然而他们却能够给故事的主人公带来财富。因而这是一种矛盾的存在。孩童代表下意识产生出来的东西。从意识的角度看，这个东西一开始可能被认为是丑陋不堪，但经过适当处理之后，它会产生出超越原初意识所判断的价值。肥后地区的类似故事，称孩童为鼻涕小先生。柳田国男认为："鼻涕孩童的后面加上先生的称谓，代表着这个老翁有着普通人所没有的好德行，他表现出虔诚，是因为他从对方那里得到了特殊的恩惠。"这的确是很有道理的高见。我们必须对这个奇丑无比的存在，抱着"虔诚、恭敬"的态度。

老翁亲切地对待这位孩童，而贪心的老妇人的态度却很恶劣。因为孩童的肚脐能掉出小金块，老妇人想得到更多的金子，而用火钳子往孩童的肚脐上戳，孩童因此死去。在这个故事中，犯错误的是贪婪的老妇人。但其他的故事描写老翁的态度也发生了变化，最后导致孩童消失。例如在新潟县见附市采集到的故事，其主人公不是老翁，而是一位贫穷的男子，因为他给乙姬送花而被邀请去龙宫。乙姬告诉他："这个孩童长着朝天鼻，还流着鼻涕，但是你若能好好地待他，他就能让你心想事成。就把他送给你当孩子吧。"男子因此得到这个名字叫土方的孩童。男子果真因为土方而变得十分有钱。但由于土方实在太脏，让他"擦鼻涕""换干净衣服"他都不听，最后男子说："我现在不需要你了。你要不要回去呢？"土方因此离开，而男子的生活又回到原来的贫穷状态。"他在惊讶之余，又再度过着以前的生活。"在这个故事中，主人公开始将土方视为宝贝，但当他有了钱之后，就不能再忍受孩童丑陋的外表，结果因此失去了幸福。

如果分析《日本民间故事大全》中"龙宫童子"类的故事就会发现，几乎所有的故事都描写主人公或者其亲人因为世俗成见而失去从龙宫得到的宝物。更多的故事中虽然主人公并不势利，却因为他的弟弟、妻子等人的贪心而失去宝物。格林童话中的《渔夫与妻子》也属于同一类故事，它们都是描写因为欲望过多，最后失去一切，属于有教育意义的故事。然而反过来看，人类的"欲望"恰恰是促进人类文明发展的动力，正是因为那些想要得到一些什么或者想要轻松一些的欲望，才能促使文明发展，人类的意识体系也是因此才得以建立。人生就在于如何把握“欲”与“无欲”之间的平衡。而日本民间故事似乎太过于强调“无欲”的部分。《鹤妻》的故事就是因为男子的“欲望”，悲剧才得以发生。有关这个问题笔者在第六章已经谈过。

格林童话虽然有《渔夫与妻子》类的故事，但是与日本的同类故事相比，还是有很大区别的。如果对比前面提到过的《三片羽毛》《火男的故事》就会发现，这两个故事的主人公都是去地下世界。《三片羽毛》的主人公从地下世界那里获得了许多东西。地下世界的青蛙来到地上之后，变成了美丽的公主。整个故事的重点放在“这边世界”（地上世界）。从“那边世界”（地下世界）来的公主得到“这边世界”极高的评价，最后公主入住“这边世界”。而“龙宫童子”类的故事中，从“那边世界”被带到“这边世界”的孩童，不管时间多长，还是带有“那边世界”的特性，当他看到“这边世界”贪婪的人的欲望，他不得不与之分离，回到了“那边世界”。换言之，日本的“龙宫童子”类的故事具有十分浓重的下意识。当人们具有强烈的下意识属性时，虽然在意识的境界中可以得到利益，但是当无法忍受一定程度的意识化之后，还是要回到下意识的境界中去。《三片羽毛》中到下意识世界旅行的意识世界的英雄，不仅从那里得到了一些东西，而且成功地将它们与意识整合。“龙宫童子”中被招到下意识世界的英雄（实际上根本算不上英雄），虽然从“那边世界”（下意识世界）得到了什么，而且将它们短暂地带到“这边世界”（意识世界）中来，但最终还是要回到“那边世界”。对于日本人来说，下意识境界具有非常大的吸引力。

2 老人意识

虽然我们从“龙宫童子”类的故事中可以看到海底王国具有很大的吸引力，被带到地上王国的东西最终还是要回到海底王国。但是仔细分析之后就会发现，这实际上是从第一章《黄莺之家》以来，就一直反复出现的情节。出现在“这边世界”（现实世界）的东西，很快又回到“那边世界”（非现实世界）。如果将“这边世界”（现实世界）等同于意识、“那边世界”（非现实世界）等同于下意识，从这个角度比较日本与西方的故事，就会得出同前一节最后部分相同的结论，日本的民间故事显示出日本人的自我，即意识的脆弱性。结合前一节开始部分提到的“半睁眼看”的观点，就会发现海底王国并不单纯地等同于下意识。日本人将海底王国加入到意识中去，形成了一种暧昧的整体意识。这的确与西方人建立的自我意识不同。如果回想第一章介绍的诺伊曼有关自我确立的理论，就会发现两者之间的差异非常明显。诺伊曼提出的英雄形象与西方人的自我形象相当吻合，如果不认同诺伊曼提出的形象为人类唯一绝对的自我形象，那么就会发现，“龙宫童子”类故事所显示的人物内心结构并不代表“脆弱的自我结构”，同时它还使我们看到了非常有价值的信息。要深入探讨这个问题，就必须了解海底王国人与人之间的关系，下面先把焦点放在老人形象上。

《火男的故事》所描写的“相貌堂堂的白发老翁”担当着大家长的角色。龙宫老者的角色不仅存在于“龙宫童子”类的故事中，而且还散见于“浦岛太郎”类的故事。日本神话《海幸与山幸》被认为与这类民间故事有密切关系。在《古事记》的记载中，就有海底王国居住着年老的“海神”的说法。有一种说法认为海神是丰玉姬的父亲。虽然在《火男的故事》中没有明确地说明这一点，但是我们不难推测白发老翁与美女大概/可能就是父女关系。在前面第四章提到的《姐姐与弟弟》里面也出现过一位帮助姐姐的“白发老人”，他虽然不是住在海底或者地下世界，但他却拥有不属于“这边世界”（现实世界）的异次元智慧。因此，可以说这个老人与海底王国的老人一样，具有同样的性质。

在《日本民间故事大全》的“浦岛太郎”类型故事中，有一个从新潟县见附市采集到的故事。说的是有一位男子上山砍柴，遇到仙人们在下棋，他放下斧头在一旁观战。在胜负难分时刻，仙人们离开棋盘吃午饭。男子也去吃饭。饭后，男子观战一直到决出胜负。这时他才发现自己的斧头柄已经朽烂，看上去就像百年朽木。当他回到村子时，发现一切都变了样，打听后才知道自己竟是那位当年前去大昔山砍柴一去不归的人。这是一个描述在异乡体验异常时空的故事。故事里下围棋的仙人（棋局历时一百年），似乎代表着住在那边国度的老人。老人们放在棋盘上的每一颗石子，让人怀疑是否与这边世界的百年历史兴衰有关。

这些不可思议的老人在日本以外的其他国家的民间故事中也有出现，可以说这是全人类的普遍形象。虽然很难用统计方法对这些形象的出现进行计算，但可以肯定，日本出现的频率要比西方多。西德的民间故事研究专家雷利希认为，日本民间故事的一个特点就是，“经常有老人登场”。[1]当然他所指的日本民间故事中的主人公，通常是老翁或者老妇人。这说明对老人的重视便是日本民间故事的特点之一。西方的民间故事很少把老人作为故事的主人公。之所以日本的民间故事会把老人作为主人公，也许是为了表现住在“那边

① 鲁茨·雷利希，《德国人眼中的日本民间故事》，收录于小泽俊夫的《日本人与民间故事》。

世界”的老人形象。诺伊曼理论认为西方人通过英雄形象表达自我。那么笔者认为，是否可以用这个理论解释以老人为主人公的故事，将老人视为意识的象征呢？这样的解释是否更加适合日本人的情况？当笔者产生以上想法的时候，欧美荣格派的学者们已经提出了超越诺伊曼学说的理论。荣格派的著名分析家希尔曼在1970年发表了有关老人意识的论文，[①]此后他又不断地充实、发展自己的理论。下面简单地介绍希尔曼的理论。

希尔曼对老人的研究，源自于他对永远的少年的兴趣。在第五章已经对永远的少年进行过论述，但只是对少年与母亲关系的探讨，所强调的也只是永远的少年的负面形象。荣格派的分析家从一开始就倾向于从负面形象的角度分析永远的少年。而最近希尔曼开始尝试着从另一个角度分析永远的少年。如果用图来表示他的思想的话，那么年轻人则被分为三种类型，即儿子、英雄、少年。[②]其中儿子、英雄与母亲有着极大的关联。屈服于母亲的是儿子，征服母亲的是英雄。这里的母亲具有象征的意义，如果用前面章节与本章节的方法，儿子与英雄的分界点就是能否象征性地杀死母亲。希尔曼主张相对于儿子和英雄，少年不是与母亲而是与老人有密切的关系，因此他称少年与老人是复合式的存在。希尔曼认为应该视少年与老人具有共同的一个原型。他指出将老人视为原型的时候，还必须将无法与他分开的少年也考虑进去。同样，将少年视为原型的时候，也必须将老人的属性考虑进去，两者就是这样无法分开。所以将他们视为一个原型——既可以称其为老人，也可以称其为少年。这种原型的特点就是，两个相对

① 希尔曼（J. Hillman），《老人意识》（*On Senex Consciousness*）（Spring Publications，1970）。

② 希尔曼，《伟大的母亲、她的儿子、她的英雄和她的孩子》（The Great Mother, her Son, her Hero and the Puer），见《父亲与母亲》（*Fathers & Mothers*，Spring Publications，1973）。

立的形象共存于同一个原型之中。

通常认为老人与少年的共存是不可能或者不可理解的事情，但是中国文化中富含这类文化形象，而深受中国影响的日本人对此也并不陌生（老人文化对于理解中国文化至关重要）。例如大室干雄的《围棋的民间故事学》[1]就列举了许多老人具有少年形象，少年具有老人形象的例子。本节介绍的"浦岛太郎"类型的故事中，也描写了老人下围棋的场景。围棋与老人之间有紧密的联系。大室干雄在他的《围棋的民间故事学》中提到《庄子》中徐无鬼的故事：黄帝去具茨山寻找大隗神仙，途中不知去向，于是向牧马童子问路。童子对于去往具茨山的方向和大隗神仙的所在地知之甚详，黄帝感到惊讶，便问他"是否知道治理天下的道理"。童子说自小就在六合之内神游，不料患上瞀病，遵循长者的教诲，忘却尘世一切，病患果然有了好转，现在正准备到六合之外神游。童子说："治理天下不过就像我这样罢了。"黄帝听后再三叩首拜谢，连连称童子为天师，之后退去。大室干雄称这位具有老人智慧与无邪童心的童子，"像是一位高龄者"，也许这就是一个老少共存的形象。

让我们暂且将这个形象放在心里。现在所要说明的是，希尔曼所指的老人意识究竟是什么。希尔曼认为，老人意识的第一个特点就是具有两面性。老人意识既拥有以长者姿态表现出的恪守成规的一面；又拥有破坏成规，颠覆顽固性的一面，而后者所表现的恰恰是少年的特性，两者共存并且缺一不可。老人意识一方面具有顽固、冷酷不变的形象意识，同时内心里却燃烧着自我破坏的火焰，两者之间存在着强烈的张力，正是这种意识的特点之一。

由于老人意识具有这样的两面性，所以在面对"痛苦的真

---

① 大室干雄，《围棋的民间故事学》（囲碁の民話学），Serika 书房，1977年。

实”“冷酷的现实”时，能够发挥隐藏在背后的智慧。老人意识能够保持着一个冷酷的距离从地底深处观察和探究这个世界，有时它会以完全相反的视角去观察事物，并发现其中的结构。老人意识通常会从死亡的角度去看待生存，这就是为什么容易出现悲观或者遁世的世界观的原因。它会将一切视为虚无，冷酷不变、毫不通融地保持规律和秩序。但是，如果一直专注于不变，就会导致思想僵化，产生感情上的忧虑和无力。当青年时期遭受强烈的老人意识侵入时，会体验到极度的忧虑和无力，甚至容易自己选择死路。

如果把老人意识与第一章介绍的诺伊曼的西方自我等同于意识进行比较，其中的特点会更加明显。由于西方的自我也是通过男性形象表示，所以为了有所区别，将其称为英雄意识。如果老人意识代表地底下的黑暗，那么英雄意识就应该是天上的太阳。就像杀死怪龙的神话所象征的那样，英雄自己切断与母亲的联系，用明确的意识切断与一切事物的联系。但英雄随着年龄的增长，后来者居上，便会占据现在英雄的位置，这是“进步与发展”的特性使然。它正好与老人意识的凝固性形成鲜明的对照。以进步和发展为目标的英雄意识，对文明的发展做出了贡献。相对于英雄意识经常受到死亡与凋零的威胁，老人意识与“发展”无关，正因为老人意识本身就是从死亡之中产生的，所以它不会受到威胁。

当老人意识的凝固性与不变性到达巅峰的时候，其内里隐藏的少年会突然发挥作用，产生自我破坏，导致出现没有规律的事态。希尔曼在论述老人意识的形象时，曾经列举了罗马神萨敦（Saturn，被认为与希腊的克洛诺斯为同一个神）的例子。古代罗马举行的萨敦节（农神节）祭奠，就是典型的打破老人凝固性的例子。萨敦节的日子里，人们会打破一切常规，例如停止办公务，停止处罚罪犯，所有的奴隶暂时获得自由。人们全身心地投入疯狂热闹的祭奠中。在进行了具有强烈破坏性的活动之后，一切恢复正常，老人意识再次复活。这种行为的特点就是，它并不属于“进步”，但是不变性与激动性却非常完美地调和与存在着，这恰恰代表着老与少的共存。

面对女性，英雄与老人意识的差异表现得尤为突出。正如诺伊曼所说的那样，在确立英雄意识的过程中，必须经历杀母，然后迎接其他女性的历程。相比之下老人意识则不需要女性。事实上，民间故事中那些显示出智慧的老人，多半都是一个人出现。罗马的萨敦神的形象是冷酷和顽固无力的，因此他成为官宦或者独身者的守护神。但是萨敦也存在着老人意识的两面性。他同时也是体现丰收和象征放纵的神灵。对女性表示出完全的无力和放纵，正是老人意识的特征，冷酷与放纵相互交错，渐渐将性的想象世界逐步扩大，可以说这是通过想象来弥补现实的性无力。在谷崎润一郎晚年的作品中也可以看到这种倾向。

当老人意识拥有女性伴侣的时候，这个形象将是阴郁的女性形象。萨敦原本是独身者，但后来却与女神鲁阿（Lua）一起接受朝拜。希尔曼认为“Lua”这个词是Lues（疫病）的字源，代表着老人意识中的女性伴侣将黑暗和疫病带到这个世界。它象征着老人意识背后的阴郁情绪，这个黑暗面加上前面所提到的放纵，给人以将一切都强拉入地底世界的感觉，这个老人意识的女性伴侣形象让人不禁联想起恐怖的山姥。

《火男的故事》描写老人与美女住在一起，体现了老人与少女共存的情形。有关这个问题，下一节还将进行探讨，这正是老人智慧的弱点以及导致老人伤感的地方。态度顽固、冷酷不变的老人，其实也有容易伤感的一面，老人的这方面一旦被触及，有时便会盛怒，有时则会在不经意间流露出软弱的一面。通过这种介入，可以使看似不变的老人意识出现预期的变化。现在就从这种观点出发，探讨下一节中的老人与少女。

3 父女结合

《火男的故事》描写美女与白发老人住在一起，这种老人与少女的结合，同样也可以在其他的民间故事或者神话中找到。民间故事《浦岛太郎》就提到了乙姬和类似其父亲的龙神。另外与《火男的故事》类似的日本神话《海幸与山幸》也提到了丰玉姬的父亲海神。《日本书纪》中写道："玉姬见到彦火出见尊时，惊讶地回过头去，向父母禀报……"文中提到了父亲与母亲。而《古事记》和《日本书纪》的另一段在描写"禀报"时，却只提到了父亲海神而没有提到母亲。这充分证明父女关系的重要性，而母亲则处于次要的地位。《海幸与山幸》中虽然父亲很痛快地答应了女儿的婚事，但女儿最后还是回到了海底世界，可以说父女之间的结合力非常强大。

谈到父女关系，很容易让人联想起老人意识的代表、希腊神话中的克洛诺斯和阿芙洛狄忒。按照希腊神话的说法，克洛诺斯将父亲乌拉诺斯的阴茎切断，让精液流到海里，因此生出阿芙洛狄忒。虽然其中的血缘关系很难断定，但是从心理学的角度看，克洛诺斯用父亲的精液生出阿芙洛狄忒的情节，就可以断定阿芙洛狄忒就是克洛诺斯的女儿。丰玉姬是海神的女儿，而阿芙洛狄忒也是诞生于海中。希尔曼对克洛诺斯和阿芙洛狄忒的故事做出了如下的解释：老人意识使性的想象世界扩大，这些性的想象会因为老人意识的压抑力量而被切断，并且流向下意识的世界。但是性想象不会就此停滞在那里，而是以"父亲的女儿"的形式再次出现，所以天神乌拉诺斯与大海的结合物，代表综合天神的性和大海之深邃的幻想，最后回归老人意识之中。克洛诺斯与阿芙洛狄忒代表着父女结合最典型的例子。身为父亲女儿的美女，代表着不变的冷酷意识背后存在的柔软性。

表9 亲子结合

母	父	母	父
‖	‖	‖	‖
女	女	子	子

父女结合的心理意义就像前面所探讨过的，父子、母女的结合代表着人类意识的两个极端。前者代表男性意识的确立，后者可以说并不能称之为“意识”，它只是一种与自然接近的存在状态。在这两个极端之间，如同表9所表示的那样，母子、父女的结合恰恰处于两个极端的中间。可以说这是一种具有补偿性的存在。荣格认为欧洲基督教文化的意义在于强调父子轴，所以为了补偿才出现了母子轴。[①]所谓的补偿机能，不只是完全相反的存在，其中多半具有某些相同点，再加上相互间相异的部分。而从父子关系的角度看，母女关系则正好是完全相反的存在，相互之间并不具备补偿机能。而在母子结合的关系之中，所谓的儿子即男性具有发展的可能性（确立男性意识的可能性），这正是两者的共同之处。再加上背后的母性作为支撑，正好形成一种补偿机制。我们也可以用这个观点解释母女结合的关系。总之，父子关系对于母性存在起不了补偿作用，但是父女关系中的女儿，则可以与母性有共同点，这正好能够

① 荣格，《心理学与炼金术》。

使背后父性威严的一面发挥作用，形成补偿机制。如果采用欧洲那种以父性意识为中心的思维方式，那么表9由左到右，正好代表着意识的发展过程。但是当我们按照前文提出的互补的观点看问题，从父性意识的发展观念中解放出来之后，就会发现每个存在都有各自所代表的意义。下面根据互补的观点，探讨一个代表父女结合的民间故事。

日本民间故事《阿月阿星》（《大全》207）是一个描写继母与女儿的故事。正如第七章所指出的那样，故事中并没有出现结婚的场景。这是一个强调父女关系的故事。这一类故事很多，而且很有意思，然而在此姑且不提，我们只把焦点放在父女问题上。故事描写了一对姊妹，姐姐叫阿月，妹妹叫阿星。姐姐为前妻所生，妹妹为继母所生。继母三番五次想杀姐姐，但是都因为妹妹的搭救而脱险。最后两人离家出走，她们在外得到领主的救助，住在领主的家里。有一天一位瞎眼的老翁来到家里，向她们乞讨，老翁唱了这样一首歌：

> 愿意改变天和地，只要阿月、阿星幸福。
>
> 如果有阿月、阿星，乞讨也行。
>
> 锵、锵……

姐妹由此断定这就是她们的老父亲，所以双双抱住老翁。阿月的眼泪掉进父亲的右眼，阿星的眼泪掉进父亲的左眼，父亲的双眼因此复明。领主为此非常感动，让他们三人永远住在他的家里，从此父女三人过上了幸福美满的生活。正如第七章所指出的那样，这个故事令人印象最深刻的是，故事使用继母的负面女性形象，促使女儿离家独立，最后以父女结合作为结尾。这个故事体现了当母性过于强烈的时候，会通过父亲表达出补偿作用的母性之爱，祝福女儿的幸福。虽然这里有类似母女结合的条件，却没有出现结婚的情节。这与西方民间故事的模式相比较，存在根本性的差异。西方民间故事的模式往往是这样的：父亲因为喜欢女儿而百般刁难求婚者，但求婚者排除万难，最后娶到女儿。可以说民间故事《阿月阿星》是代表日本父女结合力量的典型例子。

笔者认为亚洲的民间故事通常存有以父女结合来补偿母女关系的情节。事实也的确如此。下面所要介绍的故事就充分地显示了这一点。这个故事是巴基斯坦的民间故事，故事名为《谁供养你们》[①]（*Who is the Provider*）。

国王有七个女儿。七个公主都长得标致、靓丽。尤其是第七位公主，不但格外漂亮，而且厨艺全国第一。国王每天早上都要问七个女儿，“你们的食物是谁给的啊？”六个公主都会说：“是国王。”只有最小的女儿不作声。有一天，国王逼迫小女儿一定要回答，小女儿答道：“是神。”国王大怒，将女儿赶到森林里。女儿遇到一位笛子吹得很动听的年轻人，让他当随从。他们一起踏上旅程，去寻找漂亮的房子。旅途中年轻人发现河里有美丽的红宝石，他断定上游一定会有什么好东西。于是他们溯流而上，果然上游有一座宫殿。宫殿里有一个头与躯干分离的美女，她的头滴着血，流到河里，变成了红宝石。年轻人见状逃了出来，他的脚踢到了一块木板，正好使木板上美女的头与躯干连接在一起。这个女子开口对年轻人说，她是妖精公主，名叫“红妖精”，因为拒绝这个宫殿的主人魔神的求婚，被魔神囚禁在此。每天早上魔神出去时，便把她放

---

① 《亚洲儿童民间故事》（*Folk Tales from Asia of Children Everywhere*），由联合国教科文组织亚洲文化中心赞助出版（The Asian Cultural Center for Unesco，Federal Publications，1997）。

在木板上切断头。晚上魔神回来后，再把她的头与躯干接起来。她知道魔神的灵魂藏在鹦鹉身上，所以她让年轻人杀了鹦鹉，把魔神赶走，随后两个人一起去找公主。红妖精与公主成为亲如姐妹的好朋友。因为红妖精要出远门，所以她为公主建了一座宫殿。宫殿建好以后，红妖精邀请了许多客人来庆贺，其中也包括公主的父亲。当国王吃到公主做的菜时，不禁为小女儿不在身边而难过。国王向红妖精说起失去小女儿的经过，并希望能够在死之前见上一面。这时公主出现了，她说："这一切难道不是神赐予的吗？你连女儿都找不到，我却得到了这样的宫殿和宝物。"父亲不得不心服口服。从此父女俩过上了幸福快乐的生活。

这个故事没有出现公主结婚的情节，而是以父女幸福快乐地一起生活作为喜剧结尾。这与日本的《阿月阿星》同属一个模式。而另一个巴基斯坦的故事只提到父亲和七个女儿，却没有提及母亲。这就像丰玉姬的故事一样，表示父女结合的程度以及母性的缺乏，甚至母性被忽视。国王的七个女儿，有六个女儿安于父女结合的安定性而没有做出任何反抗，但是第七个女儿却有所不同。虽然很遗憾，我们不能从故事中确认她所说的"神"究竟是什么，但是可以感到故事的整体给人以男性神的印象。由于七公主不是从血缘的关系角度看待父女的结合，而是从天父神与女儿的角度看待父女关系，所以故事的结尾用了那种意味深长的话，解释父女结合的重要性。

因为父亲震怒而离家出走的女儿，虽然遇到了有魅力的年轻人，但没有与他结婚。这就像典型的父亲的女儿[①]——希腊的雅典娜女神保持单身一样，具有强烈父女结合性质的女性。她只能让同

---

① 即有恋父情结的女儿。——译注

龄的男性充当她的随从（在现实世界里，这类女性的伴侣通常名为丈夫，实为随从）。民间故事《谁供养你们》中的年轻人是个吹笛好手，无独有偶，越南民间故事《丑船夫》[1]也是一个描写紧密的父女结合的故事。故事中同样出现了吹笛好手，皇帝的女儿因为听到笛声而坠入情网，但是由于父亲的反对，只能以单相思为故事结尾。日本的《吹笛女婿》(《大全》119)所描写的年轻吹笛人的婚姻故事，虽然与父女结合没有直接的关系，但是吹笛者的出现，很值得我们关注。笛声穿越城池，突破了父亲严密的防护，一直传到女儿的心里。恰恰就是这种渗透力，创造出了这类故事吧。不过在巴基斯坦的故事中，吹笛人没有成为公主的恋人，而只是成为她的随从。

被魔神囚禁的年轻妖精实际上是公主的身份，表现出另一种形式的父女结合。正如前面所论述的那样，这是一个典型的囚禁少女的故事。直到吹笛人解救年轻妖精之前，故事的模式都与西方故事相同，但是结局却有所不同。巴基斯坦民间故事《谁供养你们》打破了父女结合，也可以说父女结合对父子、母子结合起到了辅助的作用。也可以说它通过国王与公主、魔神与妖精、天父神与公主不同形态的父女结合形式，演示出父女结合的净化过程。而这一点恰恰对理解东方式父女结合的重要性起到了非常重要的作用。虽然这里所谓的神是指天父神，但他却不是西方父子轴上的天父。我们必须认识到此处所指的天父神，对于故事主人公——女儿来说，实际上就是她背后的父亲。

在这里父亲形象所具备的意义，并不是前面所论述的，只是单

---

① 新加坡日本人学校，《祭奠与民间故事》(祭りと民話)，1977年。该书由新加坡日本人学校的老师们合作编写。该书收录的十五个故事中，有三个故事《丑船夫》《成为椰子树的女神》《恋爱的美女》都描述了强烈的父女结合的情节，给人留下了很深的印象。

纯地为补偿负面母性而存在，而是具有保护女儿以及超越其上的意义。就如同魔神与红妖精的关系一样，有时父亲的保护会剥夺女儿的自由，而更高层次的父性则可以破除这种负面影响，赋予女儿独立生存的力量。女儿只有受到这种更高层次父性的保护，才有可能得到幸福。在明了父女结合的意义之后，再来探讨一下日本民间故事“龙宫童子”中海底世界的人际关系。

4 海底的三元结构

柳田国男认为日本人心目中的“永恒的母亲国度”居住着白发老翁、美女、丑童三个人。如同石田英一郎在本书一开始时提到的，要真正理解“永恒的母亲国度”的结构，除了将焦点放在母子结合方面以外，还应该在两者之间加进老人的角色，形成三对角关系，只有这样去观察“永恒的母亲国度”才妥当。但是正如第五章所论述的，如果从日本人的心理角度看，则往往认为把焦点放在母子结合上方为妥当。然而笔者认为，只有将这种母子关系作为认识基础，再加上与之对立的具有补偿性质的父女结合的关系，由三者结合形成的结构，即前面所说的三对角关系，才是最让人满意的结构。如果我们从血缘关系的角度看待祖父-母亲-儿子的关系，那么就会发现这是一种女性夹在两个男性中间的三对角关系。这很容易让我们联想起父亲-母亲-儿子的关系，但是这种关系并不会形成“自然”的三对角关系。由此可见这种三对角关系的特点。也就是说，所谓的父亲-母亲-儿子的关系，因为父亲与母亲没有血缘关系，所以不像祖父-母亲-儿子的关系那么“自然”。有关三对角关系的问题，还可以参考第二节与第三节的论述。现在则通过三对角与其他文化的比较，进一步认识三对角的实质。

只要提到三对角，几乎所有的人都会立即想起基督教的三位一体吧。圣父-圣子-圣灵三位一体的唯一神观念，是基督教教义中重要的组成部分。但是为什么这个三对角会成为一体呢？这对于我们这些非基督教徒来说很难理解。本节笔者之所以用“海底的三元结构”为题，而不是用三位一体，完全是因为笔者充分地把握，将日本海底国度的神视为三位一体。荣格认为，从心理学的角度探讨基督教的三位一体是很重要的课题。我们甚至可以说荣格本人就是用毕生精力研究这个问题也不为过。[①]这里之所以把重点放在心理学方面，是因为笔者不打算从神学或者哲学的角度探讨三位一体，而是把焦点放在人的心灵所能体验到的问题上。接下来介绍荣格的理论以及与我们现在讨论的问题有关的论述。

荣格指出“三对角的形态属于宗教史中的原型中的一种”。三对角早在基督教出现之前就占有重要的学术地位，它甚至可以在古代宗教和神话中找到。在巴比伦文化前期，就有阿努（Anu）、恩利尔（Enlil）、伊亚（Ea）三位神，形成了三对角的关系。阿努是天空之神。恩利尔又称为贝尔（Bel），是风之神，同时也是阿努的儿子。[②]伊亚是水神、深渊之神，也是智慧之神。荣格还列出其他巴比伦文化后期拥有三对角关系的例子。例如欣（Sin）、夏马西（Shamash）、阿达德（Adad）。他们分别为月亮、太阳和风之神。这

---

① 荣格，《从心理学的角度看三位一体》（*A Psychological Approach to the Dogma of the Trinity*），见于《荣格作品集》第十一卷《心理学与宗教：东方与西方》（*Psycholog and Religion: West and East*）（Pantheon Books，1958）。本书后几章出现的荣格理论，均出自于这本书。这篇论文的概要在汤浅泰雄的《荣格与基督教》（ユングとキリスト教）中有比较详细的介绍。人文书院，1978年。

② 有关巴比伦诸神的血缘关系众说纷纭，但是比较集中的看法认为恩利尔是阿努的儿子。荣格认为恩利尔是阿努的儿子的说法可能有错误。笔者在此参考的是胡克（S. H. Hooke）《中东神话》（*Middle Eastern Mythology*，Penguin Books，1963）以及克拉玛（S. Kramer）等《古代世界之神话》（*Mythologies of the Ancient World*，Anchor Books，1961）。

正好与日本神话中的三贵子，即天照大神、月夜见、素盏鸣尊这三位代表太阳、月亮和风的神相对应。笔者认为这是非常有研究意义的问题。

荣格指出巴比伦文化在哈姆拉比王权建立之后，将三对角的形态与人类的王权意识相结合，赋予王权极大的权威。换句话说，就是把三神崇拜改为对阿努和马尔杜克（Marduk，伊亚的儿子，击退怪物的英雄神）的二神崇拜。而哈姆拉比王则以这两位神的“传谕者”的身份统治王国。这是在暗示阿努-马尔杜克-哈姆拉比的三对角关系，通过人类的国王与神的结合，巩固王权统治。

类似的思想在埃及也可以见到。埃及主张神-法老-卡阿（Ka）的三位一体。卡阿被认为是天神父亲和国王儿子的结合体。卡阿是一个人的灵体，对于人来说，他是一个类似双胞胎的存在。人类一生都有他伴随在左右，以此维持生命。卡阿是为人死后的再生服务的。荣格认为卡阿与基督教三位一体中的圣灵非常相似，基督教的圣灵是父子结合的产物。荣格认为这也许是因为基督教传入埃及的时候，埃及人用卡阿的概念认识了圣灵的缘故。

实际上将女性形象投射到担当中介角色的圣灵上是十分自然的事情。基督教初期的诺斯替教派有时用“母亲”来解释圣灵。诚然父-母-子是最自然的三对角。在巴比伦文化后期的三对角中，欣-夏马西-阿达德变成了欣-夏马西-亚斯他录（Ishtaru）三对角。亚斯他录女神作为第三位神出现。亚斯他录是巴比伦神话中极为重要的大女神。石田英一郎在探讨母子神的时候，就涉及亚斯他录［在腓尼基称之为阿施塔特（Ashtarte）］。不过荣格并没有就这个问题做专门的研究。关于这三位神的血缘关系，学界众说纷纭，因此很难有一个明确的答案。然而笔者所关心的则是三对角中拥有一位女神的位置，这恰恰与日本民间故事中海底国度的三对角遥相呼应，而这正是本文所要探讨的重要问题。

如果仔细观察基督教的三位一体，就会发现这个三对角竟然把我们很自然地考虑到的母亲排除了，构成了圣父-圣子-圣灵的关系。父-母-子是自然的三对角关系，但是这个自然的三对角很难形成整体的唯一神的形象。我们知道，非多神教的一神教基督教的特点之一，就是利用父-子的同质性男性加上圣灵，将自然排除在外，形成一体化了的唯一神。三位一体神的形象不允许对立存在，因此需要同质性之间的调和，才能够实现一体化。这时圣灵属于一种"气"，他不是通过母亲的肉体所诞生的，圣父与圣子是通过气、灵、圣灵得以结合。

正如后文将要介绍的，荣格认为要补偿这个男性的三位一体形象，需要有女性的存在。与其说是三位一体，倒不如说用四位一体的形象才更能表达出他所说的整体性。但是在此之前不能忽视将自然排除在外，通过人类的反省力（其中也包括下意识部分）创造出男性神形象的欧洲文化。欧洲文化使圣父圣子结合的产物圣灵拥有了生产力和生命力，而圣灵的特点之一，就是排除母性。在男性原则中，父子关系只有通过圣灵才能够得以上升。不仅如此，父子关系高于母女关系。如果用这个观点解释基督教文化的精神，就可以继续用三位一体的观点看待人类发展的历史。关于这一点，荣格有以下精辟的论述。

通常父亲被认为是第一人，同时也是创造者。如果没有意识到儿子的存在时，人们就不会对此产生怀疑，而将父亲视为唯一的存在。这时没有批判和伦理方面的纠葛，父权完全不会受到损害。同时父亲周围的其他人也不会产生分裂（splitting）的意识。荣格将他曾经调查过的埃尔贡山（Elgon）住民的生活方式，作为这种"父亲文化"的典型。埃尔贡山的住民认为，他们的创造主是一位创造至善与至美的神，他们过着非常乐观的生活。但是到了晚上则为之一变，出现“另外一个世界——黑暗的世界”，乐观的人生观变成了恐怖的人生观，夜晚成为一个充满邪恶的世界。黑夜过去以后，就会再度回到善与美的世界。黑夜世界的一切纠葛被一扫而空，可以说这就是最原始的父亲文化。

下面探讨的是儿子的世界。当人们首次意识到因分裂产生黑暗世界的时候，一个新的时代便由此展开。父亲不再被认为是绝对的，原来还有与父亲相对立的存在，从这时开始人们会对父亲产生疑惑。

这是一个充满矛盾的世界。虽然一方面还有对过去的父亲时代的怀念以及希望被援救的愿望，但是因为人类的意识是不可逆转的，所以已经不可能再度回到原来的世界了。

在第三个阶段即圣灵阶段，父亲与儿子之间出现共同的第三者，使得儿子心中产生的疑惑与矛盾统统被画上休止符号。圣灵成为统合这三者恢复为一体的要素。在最初的父亲唯一的阶段，发展到加入儿子的二元阶段，以至再发展到通过圣灵的出现，将三者合为一体的三元阶段，使多元体达到最高的顶端。如果我们用这三阶段说类比人类的发展阶段，可以说第一阶段是下意识的依赖阶段。从第一阶段进入第二阶段时，幼儿必须放弃自己的依赖性。而从第二阶段进入第三阶段时，则需要放弃带有排他性的自立性。

荣格的这种理论对于我们理解西方的自我确立过程以及基督教的精神史来说，具有非常重要的意义。但是，正如前文已经多次重复的那样，我们不能就这样原封不动地接受西方自认为优秀和唯一的理论，并且也不能用它解释所有的人类发展的现象。当然，能够认识到这种理论为西方人提供强大的精神支撑，是很有必要的。让我们暂且把对基督教三位一体的心理学研究放在一边，接着继续探讨日本的海底世界的三对角关系所具有的意义。

不能将祖父－母亲－儿子的三对角，视为一体，因为这中间混杂着所谓的男女异性成分。但是如果从血脉相承的同质观点来看，这中间应该具有某种程度的一体性，因此我们可以用荣格的理论解释三对角所代表的“发展”过程。首先所谓的母亲阶段可以与前文提到的父亲阶段相匹敌。虽然父亲阶段与母亲阶段在唯一绝对部分十分相似，但是父亲阶段是通过“法”作为守护力量，维持分裂状态下产生的绝对的善。相比之下，母亲阶段则始终处于善恶难分的混沌状态，而且将全体视为一体，两者因此存在着巨大的差异。可以说这是一种乐观的理论，在一体感中得到肯定。

当母亲阶段转化为儿子阶段的时候，与父亲阶段转化为儿子阶段有一些类似。这时会产生母子间的对立，也就是说儿子对母亲产生疑惑。但是又不同于父子间对立的那种锋芒毕露，母子间的对立往往因为母亲的包容力，包容了对立、疑惑、矛盾等，使母亲能够在暧昧的整体性中获得胜利。由于她能够维持一种微妙的平衡，所以不需要类似父子关系中的圣灵作为中介，母子的两角关系要比父子关系安定，不需要第三者（也可以说是一种介入）的中介。这也从另一个角度说明了，为什么很多神社都选择祭拜母子神这种组合的原因。

前文已经多次提到，母子关系轴对于理解日本人的心理十分重要。但是只有加上祖父形成三对角之后，才能确切地解释人类的“发展”过程。母子关系的确有很高的稳定性，但当儿子的男性特质过于强烈时，这种稳定性往往给人以被束缚的感觉，这时两角关系会发生改变。由于没有办法成为三对角关系，所以只能全面否定母性，象征性地杀母亲。西方的自我就是经过这样的过程建立起来的。当然还有一种不那么剧烈的解决办法，那就是加进一位可以补偿母性强烈作用的男性，也就是祖父。这样做不仅不会破坏母子关系轴，而且能够在背后支撑原本在关系轴中处于弱势的男性。

祖父-母亲-儿子的三对角包含了三种两角关系，老人与少年、父亲与女儿、母亲与儿子。将三种关系所包含的意义叠加起来，就不难理解本书所涉及的理论了。根据这种观点去分析西方人的自我与日本人的自我，就会发现西方的男性英雄形象所代表的自我，是由天上三位一体的唯一神所支撑。而日本人的自我则是由海底的三对角所支撑。由于这个三对角不是一体的，所以日本人的自我，有时显示老人意识，有时显示女性意识，有时则显示少年意识，可以说呈现出这三种意识的混合状态。此处提到的女性意识将在下一章探讨。在此之前先针对三位一体与四位一体的问题，进行简单的探讨。

5 第四元结构

正如前一节所论述的那样，荣格研究基督教三位一体在心理学方面的意义，认为三位一体在人类精神发展史上具有阶段性的角色，他对三位一体给予了极高的评价。但是荣格从自己的患者所显示的下意识结构以及世界神话、宗教，推论认为只有四位一体，才能够真正恰当地体现心灵的整体性。荣格指出人类的心灵整体性投射在人类所拥有的神（不是神本身）的形象上。正因为这个原因，荣格用具有整体性的四位一体的观点，研究基督教神话。正如上一节所论述的那样，在圣父-圣子-圣灵之外加入第四元，从而形成完整的整体性。荣格是从心理学家的角度，阐述人类心中产生神的形象的特点，但是他却被误解为反对基督教三位一体的教义，导致荣格与神学家之间的严重对立。虽然两者的对立被称为论战，然而实际上两者存在着根本性的不同。至于荣格的学说是否属于异端，不是本书所要探讨的问题，但是由于前文已经使用荣格的“第四元”探讨日本的三对角，所以必须对他的这个理论有所了解。下面就简单介绍荣格的学说。

荣格提出四位一体的概念，是因为他认为人类必定会在自己的内心感受到邪恶的存在。如果天父是一个绝对善的存在，那么应该如何解释神创造出来的世界会有邪恶呢？而那些重视理论整合的教会哲学家并不承认有恶的存在。他们用“缺乏善”（privatio boni）来表示恶。但荣格是以心理体验为基础建立自己的理论的，所以他无法接受神学家的理论。荣格认为只有恶这种对立物的存在，善才有可能存在。他引用圣经外典的神话故事和诺斯替教义，指出相对于天父之子与天父的光明面以外，在父亲与儿子之间还有代表黑暗面的恶魔的存在，恶魔也是神的儿子。但是善与恶的对立因为圣灵而得到了调和，正如图8所示。

神与恶魔是完全分离的。在三位一体的绝对善神与处于敌对状态的恶魔战斗时，人不可能只服从善神。如果从现实的人类心理的

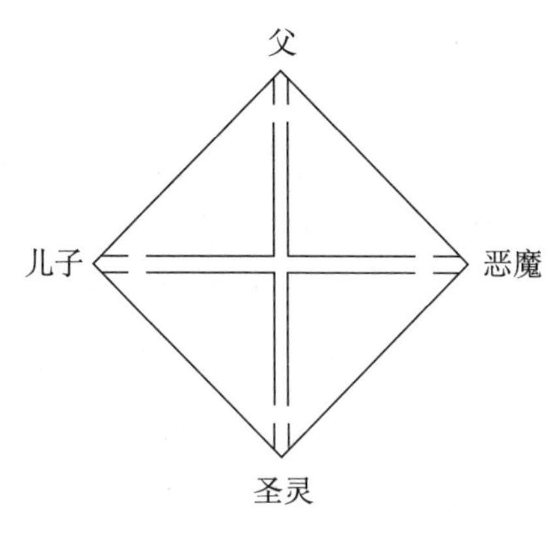

图 8　荣格的四位一体

角度看，虽然人类尝试着拒绝邪恶，但是不得不承认，有时会屈服于邪恶。与其说人类追求绝对的善，不如说人类所追求的是，能够在善恶对立中站得住脚的强大耐力。恰恰在这时，人类就能够体会到超越人类意识判断的四位一体的神的概念拯救了我们。男性原则支配着父-子-圣灵这一面，而父-恶魔-圣灵这一面，则被更高一级的女性原则所支配。可以说四位一体的神，是由父性和母性、男性和女性结合所产生的，这里的“结合”具有很高的象征意义。当圣灵促成这种结合时，有时会具有两性的成分，有时恶魔会与女性形象重叠，因此对于基督教的三位一体神来说，男性与女性结合具有很大的意义。

如果将这一点与那些在西方民间故事中经常出现的结婚情节联系在一起，用图像方式表示，它们之间的关系就将是这样的：地上人类的自我是以男性形象作为代表，这是因为人类的自我是受到天上三位一体的男性神所支配。而属于人类的男性则去地下世界，与那里的女性结婚，从而得到能够补偿天上三位一体的第四元的女性。为了补偿基督教具有公共性质的男性神，民间故事几乎都需要结婚的情节。

探讨了西方的第四元之后，也许回过头来我们会对日本的第四元产生疑问，然而事情并不是那么简单。对于西方来说，因为唯一的天神高高在上，所以一切事情都可以清楚地用二分法进行判断。正如刚才所论述的，在思考补偿性之前，就已经勾勒出一个很清晰的结构。但是对于日本来说，因为母性神的力量强大，而其特征就是不对事物做出明确的判断，所以很难说清楚，在这个体系之中什么是正统，什么是公共。正因为如此，照搬西方的图示模型很难解释清楚日本的问题。当然，如果用西方的图示模型解释日本的民间故事，那么可以说在海底三对角关系中，被邀请到海底世界的年轻男子多少具有第四元的功能。在西方文化中，相对于天上三位一体的神，地下的女性以上升的形式，通过第四元的身份出现。而对于日本来说，相对于海底的三对角，是由地上的男性以下降的形式，通过第四元的身份出现。可见两者对比，大有文章可做。西方的故事通过结婚情节，让三位一体变成了四位一体。但是在日本，那位好不容易被邀请访问海底世界的男性，虽然遇到了美女，但是他们却没有结婚，男子最后还是回到地面。我们该如何解释这种现象呢?

第一章的《黄莺之家》已经介绍过这种与美女相遇，最后以“空无”作为故事结尾的民间故事。由于《黄莺之家》具有日本民间故事的特点，所以被选为第一个进行介绍。如果说在那里探讨过的主题“空无”，贯穿本书全过程也不为过。相对于基督教的唯一绝对神，日本存在着绝对空无神。西方人的自我是由唯一绝对神支配、以男性的形象来表达的。而日本的自我则是以“空无”作为代表，换言之，就是没有自我。西方人常常指责日本人（东方人）没有自我，其根据也许就是从这一点而来的吧。

在天上支撑日本人的“无自我”的不是唯一神，而是日本神话中的“中空性”。有关这个问题，笔者在其他地方曾经进行过探讨，[①]这里就不再详细介绍。不过需要指出的是，在日本神话中占据重要位置的三对角：天照大神-月夜见-素盏鸣尊，其中处于中间位置的素盏鸣尊，就是象征完全“无为”的神，因此这是一个以“空无”为中心的结构。绝对空无就像西方被人格化了的唯一神一样，并不需要什么补偿性的角色发挥作用，因此，所谓结合的观

① 拙稿《〈古事记〉神话中的中空构造》(《古事記》神话における中空構造)，收录于《文学》第四十八卷第四号，1980年。

念，在此没有多大的实际意义。这种“空无”本身就是一种完整的结合。荣格用几何学的理论解释整体性，他曾经使用了正方形与圆形的原理，而正如第一章所指出的那样，圆形可以作为“空无”的象征。在圆形原理当中，不存在三位或者四位的问题。“空无”中不需要再加入其他的东西。如果实在要加进什么东西，那也许就是“结构化”吧。当然“空无”是排斥结构的，胆敢在空无之中加进结构，就如同在善神之中加进恶神一样。[①]

以日本的民间故事来说，地上的“空无”或者“无自我”的根基，其实都存在不可思议的三对角。这是老人、年轻女子、小男孩组成的“结构”。通过本章的论述，我们可以发现这个结构想方设法与地上的存在有着某种联系，如果把焦点放在其中的年轻女子身上，就会发现她经历过多次失败，她忍耐着一切，就是想与地上的世界建立联系。也可以说，这种三对角在无自我的世界当中，努力地试图建立老人意识和女性意识，这也许可以算作一种补偿吧。这种行为试图在无的世界中建立“结构化”的意识，这是一种与空无完全相反的存在。就像基督教精神史所描述的那样，通过女性原则的产生，促使两个完全相反的部分统合，从而形成四位一体的象征。在这里所谓的神秘的结合具有很重要的研究价值。而在日本则是试图将海底的三对角与地上的空无世界结合。可以说荣格的四位一体学说，找到了西方与东方文化当中共同的相似之处。这种理论缩短了东方与西方之间的距离。有关这个问题，将在下一章进行论述，现在则根据上面的探讨，做概括性的总结，以便抛砖引玉。

荣格的四位一体学说，遭到了基督教神学家的猛烈攻击。荣格曾经说过：“要是在从前，也许会被烧死了。”由此可见，他们之间

---

① “空无的结构化”就如同混沌加上眼睛、鼻子一样，是很危险的。

的争论有多么激烈。荣格的弟子曾经发表过一些文章，试图缓解两者的矛盾，[1]然而笔者认为，三位一体的神在神学领域是完全的神，他与具有邪恶成分的人类是完全隔绝的。这样的神的形象里根本没有邪恶存在，但是对于我们这些经常接触人类脆弱与邪恶面的心理治疗家来说，会因为这种神的形象过于完美而无法接受他。事实上对于接触各种各样人的我们来说，很有必要首先承认人类邪恶的一面，才有可能开展真正的治疗。肯定它的存在并不等于接受它。我们所做的总是试图从善恶的纠葛当中寻找出一条统合的道路。因此荣格心中所拥有的神的形象，其中必然含有邪恶的成分。打个比喻说，由于神学家本身带有的宗教性使他们已经到达了天国，所以神学家口中的神，是天国里的神，而荣格的神则是他在地狱里看到的神。毫无疑问，神学家口中的神是绝对完美的神，问题是这种完美神的形象，对于身处地狱的人们来说毫无效用。

日本民间故事谈到的空无与海底世界也具有类似的情况。因为绝对空无本身已经达到了绝对的地步，所以不需要其他任何东西。因此，只要能够去除“自我”，其他的所谓意识化都是不必要的。然而笔者认为，“意识化”具有十分重要的意义，也就是说，笔者主张必须在意识与空无的关系中，尝试着寻找全新的象征。如果将理论上的整合性与完整性作为问题进行探讨，就会发现老人意识和女性意识以及绝对空无的比较根本不存在什么问题。但是如果观察现实的日本与西方近代文明的接触，接受西方文明的成果给我们带来的恩惠，就会觉得这是一个有必要思考的问题。

---

① 比如说艾丁格（E. F. Edinger）的《三位一体与四位一体》（*Trinity and Quaternity*），收录于《分析心理学期刊》（*The Journal of Analytical Psycholgy*，vol.9，pp.103–115）。艾丁格在解释心理的整体性时，指出四位一体代表着结构性、静谧、永远持续的一面，而三位一体则代表着动力与发展的一面。

在“龙宫童子”类故事中，身为主人公的男子因为给海底世界送礼物，因而被邀请去那里玩。对于他自己来说，也许是因为感到现实世界存在不足，所以才期盼能够从海底世界带回一些东西。故事结局表示现实世界所留下的只有“空无”，与海底世界的交流并没有获得什么新的进展。当然我们可以用第一章的肯定态度去看待“空无”，但是必须指出，“空无”的优劣是不能简单地进行评判的。“龙宫童子”类故事所出现的海底三对角关系、对地上的“空无”起补偿作用的三对角结构、海底和地上这两个世界的结合，与西方世界同类结合的层次是完全不同的，这之间包含了人类精神史中的过去、现在和未来。有关这种结合代表现在、未来的问题，将通过这种实现了全新结合的女性作为例子，在最后一章进行探讨。可以说这个女性形象超越了本书从开始到现在出现的所有“怜悯”的女性形象。

第九章

有自我意识的女性

本书的第一章通过对东西方的“禁忌房子”的比较得出了以下结论：西方近代的自我与日本的自我存在着差异。这种差异在于日本的自我是以女性形象来表达的。接着本书又以这个观点分析了日本民间故事的特点，结果发现西方与日本自我形象存在差异的根本，是其背后存在的三位一体神与绝对空无神之间的深刻差异。虽然神的问题很重要，但是对于笔者来说，更为重要的课题则是自我和意识的问题。因此本章将通过日本民间故事中一个极端的女性形象，探讨日本人的心理问题。正如前一章所指出的那样，笔者以临床经验为基础，分析日本人的现状，最后得出这个代表日本人未来的女性形象的结论。

本章要介绍的是民间故事《烧炭富翁》（附录11）中出现的女性形象。这个故事是在鹿儿岛县大岛郡采集到的。故事在《日本民间故事大全》中，被划分到“产神问答”类故事，而不是划分到“烧炭富翁”类。总而言之，笔者所要探讨的问题与这些分类无关。《烧炭富翁》的特点之一，就是故事在整个日本列岛都有分布，而且经常是以传说故事的形式出现。柳田国男也注意到这个故事的重要性。他发表过《烧炭小五郎之事》[①]的论文，这是一篇包含许多真知灼见的名作，下面将把其中与本书有关的论点介绍给大家。现在首先让我们来看一看附录所介绍的这个故事。

1 烧炭富翁

《烧炭富翁》的故事在《日本民间故事大全》里被划分到“命运与致富”类，其中包括149A《烧炭富翁》（初婚型）、149B《烧炭富翁》（再婚型）、151A-1《产神问答》。这些故事的中心是描写一名女子（通常地位比较高），自告奋勇要嫁给一个贫穷的烧炭男子，叙述两人结婚以后成为富翁的故事。这段婚姻对于女性来说，初婚便称为初婚型，再婚便称为再婚型。如果故事加上主人公出生时的宿命论，则被称为“产神问答”型。故事因为呈现各种高潮跌宕的情节，因而被归入不同类型。在初婚型的故事中，出现数次结婚情节的有之，例如“鸿池家的女儿曾经嫁过十三次，但是十三个女婿都事先逃跑了”（德岛县美马郡）。“下关富翁的女儿谈过四十九个婆家，但是每次都没有缘分”（岛根县邑智郡）。因此可以说，这些故事虽然被划归“初婚型”中，但是严格地讲，并不算初婚。

故事《烧炭富翁》一开始便描写了两位富翁的孩子就要降生的情景。西家的富翁事先知道两家孩子未来的命运：东家富翁的女儿将有“一升盐”的富贵命，而西家的儿子则只有“一根竹子”的命。赋予孩子们这些命运的是尼拉神（龙宫神）。令人感兴趣的是，这个故事让我们感觉女主角东家富翁的女儿，是否与前文提到的海底世界有某种联系。西家富翁知道自己孩子的命运不好，为了改变

① 柳田国男，《烧炭小五郎之事》（炭焼小五郎が事），收录于《定本　第一卷》。

这种局面，想了一个弥补的办法：他与东家富翁约好，让自己的儿子与东家富贵命的女儿结婚。父母知道自己孩子的命运不好，试图补救是十分自然的事情，但是命运的力量通常都胜于人类的智慧。

本章最使人关注的是女主角再婚的部分。有关这一点笔者将在以后进行详细探讨。下面先略微探讨一下与本章主题有关的“小孩子的命运”问题。认为一个人的命运在他出生之前就已经注定的思想，不论东方、西方都实际存在。有关这个问题我们可以通过许多神话和民间故事看到。现在让我们先来看一看《日本民间故事大全》151B《产神问答》（马蝇与斧头型）的故事。有一个父亲知道自己刚生下来的儿子其命运是“在十五六岁时，会被马蝇蜇死”。父亲想，倘若儿子当农民，被马蝇刺死的概率则会比较高，于是让自己的儿子去桶店当伙计。转眼间这个孩子长到了十四五岁，有一天他正在工作，突然出现了一只马蝇，他随手使用制桶的工具打马蝇，没想到一不小心把自己的耳朵砍了下来，这个孩子因此而死。类似的故事很多，令人印象深刻的是父亲为了躲避马蝇而将儿子送到桶店的情节。父亲本来是出于好意，结果却害了孩子。著名的希腊神话中的伊底帕斯，他想要避开命运安排而做的努力，反而促使他最后无法摆脱命运的安排。这恰恰印证了路德的名言“试图躲开命运，反而更加接近命运”[1]。

从表面上看，《烧炭富翁》故事中的西家富翁为逆转儿子命运的计策虽然十分成功，但最后还是失败了。西家儿子和东家女儿的婚姻虽然按照父亲的意愿安排成就，但短暂地在一起生活之后，最后还是离异了。相对于妻子拼命经营婚姻的态度，丈夫却非常傲慢。最后妻子终于觉悟，把粮仓留给丈夫而自己离家出走。这个女

① 马克斯·路德，《民间故事的本质——很久很久以前有个地方》。

性形象实属难得。“一升盐”命的妻子接受“一根竹子”命的丈夫这种婚姻生活本身，就足以证明她是一个非常有忍耐性的女性。丈夫踢翻麦饭，她离家出走，完成了从一个忍耐的女性变为一个有意志力的女性的转变。与丈夫分手后，她凭借自己的意志力重新创造自己的生活。这个女性形象与本书前面所提到的所有女性形象迥然不同。女主角从母亲国度的龙宫得到了相当于“一升盐”的富贵命，如果把这个故事的范围再扩大一些，和第一章一系列有关女性的联想结合在一起，此时你会发现《烧炭富翁》中的这个女性，是迄今为止所有女性中的佼佼者，她终于成就了大事业。第一章里的那一系列女性，好不容易来到“这边世界”，曾经因为“这边世界”男性的违约而满怀怨恨离去。后来以异类的形象再度重来，但还是没有成功。再后来则以“忍耐的女性”身份出现，终于可以留在“这边世界”。但现在她终于不再忍耐，决定自己开拓一个新的天地。《烧炭富翁》中的女主角终于完成了永远留在“这边世界”的理想。在此需要特别指出的是，这样一位有意志力的女性由被动转变为主动，恰恰是这个故事最精彩的地方。

从她主动向烧炭五郎求婚，可以看到她的积极性很高。五郎拒绝道：“如果娶你这么高贵的人当妻子，会招来罪孽的。”她劝五郎道：“这是我自己愿意的。请让我当你的妻子吧。”在西方的民间故事中，很难找到这么积极的女性。西方的民间故事中也找不到与《烧炭富翁》类似的故事。虽然到目前为止，已经介绍过许多女子主动求婚的故事（例如第五章等），然而这些女子并没有经历过“忍耐”的过程，男性们也没有多加思考便接受了求婚的要求。这恰恰正是问题之所在。《烧炭富翁》故事中的男子出于现实性考虑，指出两人身份悬殊不便结婚，但两人还是克服了这个障碍最终结婚。

现在探讨女主角决心离开家时的情况。从《黄莺之家》到《鹤妻》，这些故事中的女子都离开了男子，其原因都是因为自己原来的面目被发现。不论是否因为男子违约而使这些女子暴露了真面目，她们都没有表示不满，只是默默地隐身而去。但是《烧炭富翁》的故事却完全不同，她的丈夫并不知道自己的妻子有“一升盐”的富贵命，也不知道她是一位与龙宫关系甚深的女子。女子出走是因为她看出丈夫不讲理的本性，所以才决定离开。拥有能够发现丈夫本性的力量，也与其拥有能够选择烧炭五郎作为自己丈夫的智慧有关。在这里她不是一位能够看破男子本性的女子，而是一个能够挖掘出男子本性的女子。她的积极性得以最大限度的发挥，是其智慧使然。

有关《烧炭富翁》女主角智慧的问题，故事描述她是因为听到“米仓神”的对话，得知烧炭五郎的命运。米仓之神也许代表着她内心深处的智慧。赐给她“一升盐”命运的是尼拉神，如果仔细分析，也许她与西家富翁儿子的婚姻，正是尼拉神的刻意安排。虽然故事并没有明确讲她背后还有一个命运之神，但是通过前一章的探讨，我们会感觉到她背后浮现出白发老人的身影。这位女子因为老人的智慧，而拥有在“这边世界”生存的力量。由此推论她是否就是龙宫乙姬的化身。从心理学的角度看，她与下意识境界之间有着深厚的联系。

第七章后半部分曾经提到过这种能够看破男性本质的女性智慧。在为数不多的描写幸福婚姻的日本民间故事中，其背后多半都有这种“女性的智慧”。在《烧炭富翁》中以米仓神人格化的形式表现这种智慧；在《田螺儿子》中，则通过被田螺求婚的女子说出：“如果是这样，那我就嫁给你吧。”在《灰仔》中，当大家都被灰仔换装所蒙蔽时，只有富翁的女儿看出灰仔的本性。在这里需要注意的是，尤其是《烧炭富翁》这种因为看破本性而结婚的故事，必然出现突破身份悬殊的情节。“一升盐”与“一根竹子”的差异属于内在的差异；而从“身份”的角度看，东家女儿与西家儿子的婚姻，算得上是门当户对。但是抛开身份观念，自愿大胆地嫁给身份完全不同的烧炭人，这种大胆的行为可以说独辟蹊径。她等于从正面挑战日本社会的重要支柱——“身份制”。可以说《烧炭富翁》（初婚型）的故事，特别强调了打破身份的问题。在《日本民间故事大全》中，作为《烧炭富翁》（初婚型）典型代表的《烧炭五郎》故事，其中的女主角是领主的独生女，而烧炭五郎则是“一贫如洗”的穷汉。虽然故事描写两人因为奉神的旨意而结婚，但是两人的身份差异的确十分明显。可以说这种不在意身份而主动求婚的行为，体现出一个全新的女性形象。

现在回到故事本身。话说两个人结婚后的第二天早晨，发现烧炭的灶里有许多黄金。有关这个问题，故事本身并没有进行过多的解释，这也许象征着这个不寻常的婚姻所带来的成果。不过其他类似的故事则多半如此描写：当妻子给烧炭五郎一块金子，让他去买米时，五郎问道：“这块小石头可以用来买米吗？”当妻子说明这就是金子时，五郎说，像这样的东西在炭窑里还有好多呢。原来炭窑里满是黄金，但五郎不知道黄金的价值。这里表示出女性所拥有的能够看出隐藏价值的能力。她让五郎认识这些东西潜藏的价值，扮演着教育五郎的角色。

故事结尾描写两个人都成为富翁，但是也有一些故事如同附录11一样，继续描写这位女子前夫的命运。拥有“一根竹子”命运的丈夫离婚以后越来越穷，在不知情的情况下来到烧炭富翁的家，妻子因为他是自己的前夫而厚待他，但他并不知道其中的原因。当富翁的妻子告诉他其实她就是他的前妻之后，前夫因为羞愧而自杀身亡。关于前夫的命运有各种各样的故事版本，仔细分析十分有趣。以下援引柳田国男的论述：

> 他因为见到分手的女人的样子而羞愧万分，倒在灶旁死了。妻子因为害怕被现在的丈夫知道，命令下人将他就地埋在灶的后边，从此他就成了这家的守护神。传说这就是灶神的由来。把死人埋在象征清净神圣的灶火旁，是一件十分奇怪的事情。但是在越后奥羽地区，到现在还保留着将丑脸面具摆放在灶台上的习俗。这个习俗之所以能够流传下来，应该有很深刻的理由。

依照柳田国男的高见，这个民间故事与前一章所介绍的《火男的故事》有关，因此我们不能不谈拥有“一根竹子”命运的男子。笔者仔细分析之后发现前一章出现过的那些丑陋孩童，与他有某些不可思议的重叠。单一的民间故事实际上包含着意想不到的多重结构，其中暗藏着许多秘密。有关这个问题，还将在第四节继续探讨。

现在言归正传，当女性形象发展到《烧炭富翁》故事的女主角之后，便确定了她处于本书所要探讨的所有女性形象的巅峰地位。第一章曾经指出过，日本人的自我形象是通过女性形象来体现的。日本人的自我不是打退怪物之后赢得美人心的英雄，而是经历过忍耐和生存考验之后，转变成为非常积极的女性，为那些不了解宝物价值的男性充当智慧的明灯，这样的形象才是最适合日本人的自我形象。如同后面所要论述的那样，与其说这种形象代表日本人现在的自我，倒不如说代表未来的自我更为贴切。下一节将要探讨这种女性所代表的自我和意识，在心理学上具有哪些意义。

2 女性意识

这里所指的女性意识并不是一种完全绝对意义上的女性意识。现在所要探讨的“女性意识”，指的并不是女性特有的意识，也不是女性所拥有的意识。前面已经很清楚地说明，它代表着男女共同拥有的自我和意识。之所以称它为女性意识，是因为用女性形象可以表达日本人意识的特征，而且还能够与第一章诺伊曼所指出的，男性形象代表西方近代的自我和意识的说法进行一个比较。

如同第一章所论述的那样，诺伊曼十分明确地划分了父权意识与母权意识。诺伊曼所得出的结论是：在现代社会不论男女都需要建立父权意识。不过诺伊曼也不否认母权意识的存在，不仅如此，他就母权意识的问题发表过专门的论文。[①]诺伊曼认为现代人必须建立父权意识。然而，在人类初期以及幼儿期都是母权意识占优势。而现代男性在出现精神危机和进行创造的过程中也都出现过母权意识。值得注意的是，虽然诺伊曼从人类“发展”的角度出发，认为父权意识的层次比较高，但他同时也认为，母权意识对“创造过程”产生过影响。诺伊曼将母权意识置于父权意识之下，但是在涉及创造的问题时，父权意识与母权意识的地位却出现了价值换位。在人类的精神出现危机的时候，也需要保留母权意识的权威。事实上笔者所主张的女性意识虽然与诺伊曼的母权意识有许多相似之处，但实际上两者是不同的概念。下面首先简单介绍诺伊曼的母权意识，接着再解释笔者的女性意识。

诺伊曼的母权意识可以与月亮联系在一起进行探讨。如果男性

① E. 诺伊曼著，松代洋一、镰田辉男译，《女性的深层》（女性の深層），纪伊国屋书店，1980年。以下出现的诺伊曼的论述皆出于该书。

意识象征太阳的话，那么照亮黑夜的月亮就代表母权意识。月亮不像太阳那样明亮，它只发出柔和的光芒。母权意识的第一个特点就是，它没有明确地与下意识切断联系，而是与下意识相互调和，共存共荣。有时候母权意识会出现多愁善感，这种多愁善感是对应下意识传来的信息以及绝妙的想法和启发而产生的。正是因为这个缘故，所以母权意识对于创造过程非常重要。

母权意识与"时间"和命运也很有关系。月亮阴晴圆缺的"时间"或者月食发生的"时间"都支配着人类。这个世界拥有自身的节奏，拥有固定的周期性，母权意识实际上在调整这种节奏。自然的节奏中有昼夜的区分，而父权意识的特征就是为黑夜带来光明，消除昼夜的差异。当昼夜都能工作时，才能有"工作效率"。要超越人类天生的节奏，发现辅助加快节奏的工具，让人类能够在短时间内到达远方。因为父权意识，人类以为自己可以支配世界而变得傲慢，所以很容易发生诸如交通事故那样的意外事件，反而破坏了自己的命运。母权意识具有很高的亲和性，不是破坏而是接受命运。在接受命运的时候，会因为命运的改变而获得幸福。了解了"等待"的价值时，便可以最大限度地发挥它的威力。父权意识不善于等待，他会通过战斗征服对方；母权意识则不会选择战争，而是代之以等待。例如，不论遇到什么样的逆境，都会选择忍耐、等待。人类是没有办法与命运抗衡的。诺伊曼做出了以下结论：

> 煮饭与烤面包，在这些被称之为做饭的女性原始秘密仪式中，必须有花时间等待的过程。等待食物在变热和煮熟的过程中产生形与质的变化。母权意识的自我很习惯等待，当时机来临之前，当一切尘埃落定之前，当月圆之前……也就是等待着下意识转变为意识。

母权意识的认知过程，就是在从受精到生产的过程中认识到意识的本质。无论如何，母权意识的特征就是被动。它首先表现在接受外来的侵略行为，而自己并不采取主动的行为。从受精到生产过程，人的整个人格——身心都会受到母权意识的影响。而从母权意识当中得到的东西，往往不需要用语言形容与说明，因为这一切都是不言自明的。对于那些有共同体验的人来说，他们对母权意识的认知，并不需要用语言说明。但是对于那些从未体验过母权意识，却又试图通过语言来理解它的人来说，母权意识是十分费解的，他们甚至认为母权意识毫无价值。母权意识就是这么被动，诺伊曼认为母权意识“不具备自我目标，总是采取等待的态度”。

母权意识的另一个特征就是相对主义。诺伊曼认为“这不是绝对唯一主义，而是理解变化无常的事物、宇宙和心灵体系的一种根本性的智慧”。父权意识的背后，实际上存在着唯一绝对的父亲——神。只有通过与对象切断联系以及抽象化的方法，才能够发现事物的绝对普遍性。而母权意识却与下意识有关。母权意识没有与对象切断联系，是一种依赖性、相对性的存在。

以上就是诺伊曼对母权意识的简单概括。虽然诺伊曼的理论与笔者的女性意识论有许多相似之处，但是也有许多相异之处。下面通过对《烧炭富翁》中女性形象的分析，说明为什么日本人很容易把诺伊曼所说的母权意识理解为必须有父权意识为前提才能够存在。事实上就像前文已经指出过的那样，笔者认为诺伊曼的母权意识的确是在父权意识的大前提之下确立起来的。根据这个父权意识，以两分法的思维，将父权意识与母权意识分为相互对立的两个方面。在这里存在着严格的父权意识优势的价值观——虽然在创造的过程中会出现逆转，但是女性意识并不允许这种明确的划分和对立。所以诺伊曼的那种明确划分并不适合于女性意识。现在姑且将这个问题放在一边，再来探讨另外一个问题。当我们知道《烧炭富翁》中的女主角所显示出来的女性特征与诺伊曼的所谓母权意识有许多相似之处之后，还需要进一步了解两者之间的不同之处，下面将就两者之间的异同之处一一加以分析。

女性意识与下意识有密切的联系，在这方面它与母权意识是一样的。《烧炭富翁》女主角依赖尼拉神与米仓神的情节就可以说明这一点。她有一双可以听到“米仓神”声音的耳朵。她放弃当富翁家媳妇的身份，嫁给烧炭的穷人。从外界的角度来看，这实属一种“反复无常”的行为。但笔者认为这是一种开拓新天地的行为。这个故事同时成功地描写了“时间”与“命运”的关系。当女主角出生的时候，尼拉神就为她设计了命运；当人类的智慧试图介入她的命运的时候，她顺从地等待“时机”的到来。但值得关注的问题是，她的“命运”中没有出现母亲。在母系社会中却没有描写母女关系，从表面上看，这是一件很奇怪的事情。在此笔者提醒大家注意，女主角的背后有尼拉神和米仓神。虽然故事没有提到他们的性别，但很明显让人感觉他们应该是男性神。这就让人联想到前一章所提到的老人形象。老人与女儿结合所产生出来的意识，是以女性的行为来体现的，这就是笔者所说的女性意识。简单地说，由于这种女性意识中包含了父权与母权意识共同的部分，所以女主角的行动表现出了果断和积极。

女主角第一次结婚时，完全听从父亲的旨意，的确显得很被动，但是她离婚的举动却显得十分积极和坚决。她也没有哭着回到父母身边。值得注意的是，虽然她决心去烧炭五郎家的行为背后有“米仓神”智慧的引导，但其离婚出走却是她自己做出的决定。这里所表现出的积极性与行动能力绝对与母权意识不同。笔者认为这恰恰是女性意识的特征。她与烧炭五郎结婚时非常主动，但结婚后却没有继续坚持这种主动性。她是靠着发现男性潜藏着的宝物而得到幸福。这并不是真正意义上的主动和积极的行为。因此，可以说她的行为中包含着被动与主动，而且这两者之间的界限是很难划清的。第一章当谈到西方的炼金术所代表的意义时，曾经使用表5对炼金术进行分析，其中提到男性和女性的象征代表主动与被动，而女性意识是排斥这种分类的。

这样的女性形象在日本的民间故事中并不突出，可以说这样的女性形象很符合日本人的意识——不分男女。民间故事经常有补偿公众形象的作用。如果站在这个角度看问题，那么可以用它代表未来，也就是说，它代表日本人未来的形象。如果再把这个范围扩大，将西方自我的未来也考虑进来，那么，可以说这个女主角的形象并不局限于日本，甚至对于世界整体都具有意义。从《烧炭五郎》的故事流传于日本来看，它的传播体现了中央公众态度的地方性主张。日本人因此创造出了这种美好的女性形象。

在以女性为主角的世界民间故事中，并不仅仅只有《烧炭富翁》故事存在从被动到主动的变化。这与第一章所提到的"禁忌房子"有关。前面已经提到过西方民间故事中破坏禁忌的多半是女性，当时列举了《三眼男》(参见附录3)的例子。故事中的女性遵从父亲的旨意结婚，但是违背丈夫的要求，违反禁忌，与其说这是从被动转为主动，倒不如说是从下意识转为意识境界。在某种程度上《三眼男》的女主角可以与《烧炭富翁》的女主角做比较。相同之处是两位女性都是遵从父亲的旨意结婚，但是因为婚姻不幸福，靠着再婚而获得幸福。但是仔细分析这两个故事，就会发现两者存在差异。《三眼男》女主角的前夫是怪物，所以故事中出现了赶走怪物的情节。因为要赶走怪物安排了王子出现，之后女主角与王子结婚，故事以喜剧的形式收场。仔细分析这个情节，就会发现这实际上是通过切断与下意识的关系而确立父权意识的故事。这是父权文化之下发生的故事。这同时也是在确立父权意识的文化中，女性自我和意识发展的故事。正因为如此，其中会有一些与我们所说的女性意识故事相似的地方。

女性意识与母权意识都属于相对主义的范畴，这种相对性使得女性意识能够与具有相反意义的男性意识保持某种联系，所以故事中会出现女性与男性结婚的情节。《烧炭富翁》虽然是日本民间故事中为数不多的、以幸福婚姻为结局的故事，但它同时又与西方民间故事中的男性英雄故事有所不同。《烧炭富翁》女主角与前夫的关系也很微妙，她没有像《三眼男》的女主角那样，把前夫赶跑。下一节将对这个问题中存在的微妙差异进行分析。希望能够通过这些分析，搞清楚日本人的自我和意识。

3 神圣的婚姻

本章一开始就指出，《烧炭富翁》所描述的幸福婚姻在日本民间故事中相当罕见。仔细阅读过《烧炭富翁》以及类似的故事，就会发现它与西方的民间故事不完全相同。西方的民间故事往往把结婚作为最终目标，描写主人公出人头地，然后以结婚作为故事结尾。在西方的结婚类民间故事中，虽然故事主人公不论男女都具有形形色色的身份，但是结婚的男性多半是国王或者王子之类的有着高贵身份的人，而结婚也明显代表着获得幸福。相比较而言《烧炭富翁》的女主角求婚时，她的对象烧炭人的身份很低贱而且很贫穷，而他们婚后得到了意想不到的黄金。还有许多类似的故事描写女主角与前夫再次会面的情节，由此可见，《烧炭富翁》中的结婚与西方故事中的结婚具有不同的意义，只是两者都赋予结婚以重要的意义。

虽然结婚具有高度的象征意义，但是仔细琢磨就会发现，实际上男女结合是所有动物都有的行为。结婚所象征的是持续种族繁衍的生物本能层次的意义。但是由于人类的结婚始发于本能层次，可以逐步延伸至精神层次，所以其象征意味可以达至高远的深层次世界。本能层次的男女结合是理所当然的事情，没有什么值得“说”的，在这里要探讨的是其中超越自然的部分。在西方的民间故事当中，通常故事女主人公的结婚对象身份非常高贵，为了结婚必须面对各种难题。尤其会出现逼迫女主人公与恐怖的怪物结婚的情节。当女性为故事主人公时，会出现类似《美女与野兽》的主题或“死亡婚姻”的情节。而日本的《烧炭富翁》中的女主角是与富翁的儿子结婚，这代表着不同的层次。结婚象征着两个不同性质的结合，为了突显其中结合的意味，两个人先要体验分离、切断的经历。在“死亡结婚”类型的故事中，会出现赶跑怪物和变身的情节，杀死怪物固然具有切断的意味，化身也代表着过去部分的死亡与再生，因此可以说其中也包含着切断的意味。

从意识的角度看，“女性意识”与下意识不会有过于密切的关系。但是，如果女性意识与下意识完全切断联系，就有可能变成男性意识。因此日本的民间故事不能像西方的民间故事那样，描写那些切断一切联系的男性。这种两难困境可以从《烧炭富翁》那里找到解决的办法。女主角最初遵从父亲的命令而采取了被动的态度，而她并不是一个只知道“忍耐”的女性，所以她选择了离婚，由自己扮演了切断关系的角色。然而其切断力却不像西方英雄那样坚毅，她还保留着适当的温和，所以之后会允许她与前夫有所联系。这种在保持一定程度的忍耐之后便将被动转为自主决定的女性形象，代表着一种全新的自我形象。

在那个认为女子遵从男子就是贤良的时代，日本有这样的故事存在，实在是一件很值得研究的事情。事实上即便在今天，出乎人们意料的仍然还有许多这样的故事，有不少潇洒的女性活跃在其中。例如《日本民间故事大全》中124篇的《章鱼富翁》中就描写了一个比《烧炭富翁》女主角更加有胸襟的女性。故事中的女孩，嫁给了贫穷的卖章鱼的长兵卫的儿子。故事里所描写的女子自己愿意嫁给身份低微的男子的情节与《烧炭富翁》一样。每到晚上，卖章鱼的长兵卫家便有一个光头鬼出来作祟。父亲与儿子因此惊恐不已，只有家中的儿媳妇神色镇定，以馒头招待这个光头鬼。光头鬼因此说："你的胸襟真宽大，我输了。"因此主动说出房子地下埋藏着金子的事情。故事以挖出黄金，一家人从此过上了幸福的生活结尾。这个本来以为自己很穷的男人事实上拥有许多黄金，只是他不知道而已，最后还是主动嫁过门的妻子发现了这些财宝。这个情节与《烧炭富翁》一样，对于日本式民间故事来说是至关重要的。对于一个有着"男要胸襟，女要娇柔"传统的国家来说，民间故事中却描写了这种有胸襟的女性，是很值得注意的问题。

《日本民间故事大全》中的《食尸女儿》，是一个描写女子考验男人胸襟的故事。许多向富翁的女儿求婚的男子因为想见到富翁的女儿而潜入富翁家的后院，结果看到的是身穿素白衣衫、蓬头垢面的女子正在吃棺材里拿出来的婴儿尸体。这些男子全都被吓跑了。而有一个男子看了之后，虽然也吓了一跳，但仔细观察发现富翁的女儿吃的是人形饼干，男子说："也给我来条腿吃吃吧。"女子听了十分高兴，说："到目前为止，还没有出现一个有胸襟的男人，你就是可以当我丈夫的人。"两个人因此而结婚。虽然这个故事说"此男人有胸襟"，但是实际上考验他的这位女子，其胸襟应该在男子之上。戴上鬼面具假装吃婴尸是一件很了不起的事情，如果联想第二章所谈的山姥，就会觉得这不仅仅是单纯的有没有胸襟的问题。女子并不像《不吃饭的女人》那样先结婚，之后因为暴露了本来面目而出走。而《食尸女儿》的女主角首先觉悟到自己女性深处所潜藏的本性，然后决定把本性暴露出来，借此选择一个可以接受自己的男性。她也可以算作一个具有强烈意志力的女性。她不是“隐藏本性”，而是在自觉本性之后，采取积极行动的女性。

《烧炭富翁》的女主角的确是一个有“一升盐”的富贵命的女性，同时她也是一个兼具娇柔和胸襟的女性。她放弃了富翁妻子的地位，然而决定与之成婚的男子究竟是怎样的男人？《烧炭富翁》也有传说故事版本，传说中的主人公大多叫孙三郎或者小五郎。柳田国男认为：“不论孙三郎还是小五郎，都代表着下贱的平凡人的俗称。在这个故事十分流行的时代，这个名字多半是自己家里下人的名字。用这样的名字也许是为了做个铺垫，说明这样的人也可以成为富翁。但是考虑到尚大人弥五郎的例子，特别是八幡神的眷属也有类似的名字，就会觉得这个名字非常适合这个角色。”这个名字既可以给人以下贱平凡人的感觉，也可以给人以神仙眷属的感觉。可以说名字具有两面性。柳田国男注意到了烧炭所代表的意义，“从今天的角度看烧炭的职业，它也许是一种低贱的职业，但是在古时候则完全不是这样。这种打造比石头还坚硬的金属之方法，以及能够使其造型自由变化的技能，是一般百姓所无法掌握的。能够拥有这种能力的人，第一种是打铁的人，第二种就是能够将木头烧成炭的人。最初掌握这种方法并且把它传承下来的人，被人们奉为神明。由此可知这种职业在当时的地位”。依照柳田国男的看法，烧炭富翁具有两面性，他一方面是下贱的平民，另一方面却被奉为神明，然而这都不奇怪。

虽然可以说烧炭五郎与神明有潜在的联系，然而，他与故事的女主角结婚时却身无分文，就像故事所描述的，“他一贫如洗”。在类似的故事中，当描写妻子给他金子，让他去买东西时，他居然用金子打野鸭子玩，而没有买任何东西，空手而归。这表明烧炭五郎对金子的价值一无所知。此故事不禁让我们联想到本章一直在探讨的主题：烧炭五郎是否就是空无的代表。如此一来我们的联想就可以进一步延伸：在《黄莺之家》中遇到美女却错失良机的樵夫，从此之后就住在深山里烧炭，过着“空无”的生活。他过着这种空无的生活，以为一生便如此了，没想到女性会闯入到他的世界。这位女性拥有许多经验，她不会隐身而去，也不会只是一味地忍耐，她是一位有意志力的女性，谋求与下意识结合。男子因为担心她会像之前那样违约，所以没有马上答应。男子意识到婚姻的困难性，所以没有简单地回应她，但是经过确认之后，两人终于结婚。这显示了代表空无意识的男性与代表“女性意识”的女性的结合，所以这个婚姻应该是一个神圣的婚姻，用取之不尽的黄金代表着这种神圣的结合。

从第一章的论述中就可以得知，在这里男子所代表的空无、意识与西方的下意识不同。西方文化模式中代表意识的男性闯入了下意识境界，得到那里的女子，与那个女子结婚。将这种文化模式与《烧炭富翁》相比较，可以发现两者之间在可比性上存在着差异。西方民间故事中的结婚，是一种为了补偿唯一父亲神的文化现象。而《烧炭富翁》的结婚，是一种为了补偿日本空无神的文化现象。故事中出现的“具有意志力的女性”，摆脱了日本文化特有的过度伤感性，感觉给人带来了新的活力。

4 整体性

完成了意义深远的结婚之后，主人公得到了大量的黄金，正如前面所指出的那样，这不是因为女性的主动使然，而是男性本来就拥有这些财宝，只是他自己不知道而已。所以女性只是把潜在的宝藏挖掘出来，她本人并没有经常发挥主动性。值得注意的是故事并没有就此结束，而是继续描写前夫的情况。特别是在《日本民间故事大全》的《烧炭富翁》（再婚型）中，在岩手县原野市采集到的故事里，不但描写前夫来寻找前妻，而且最后以用人的身份与前妻一家住在一起。当丈夫第一次来寻找前妻的时候，妻子给了他三升米，当前夫再次造访时，妻子对烧炭富翁说："为了不让他发现，由你开口去说。"妻子让丈夫劝说前夫留下来当用人。故事描述前夫到死也不知道实情，一辈子开开心心地住在烧炭富翁的家里。正如柳田国男所指出的那样，在西方的民间故事中，根本找不到因为同情前夫，而让他住在自己家里的例子。

这种特殊性代表女性意识总是试图用某些方式来修复曾经被切断的关系。也可以说这种特征在于用接受来取代排斥，但并不像诺伊曼所谓的母权意识的彻底的被动。荣格曾经将完整性和整体性做比较，完整性是靠排除缺点和邪恶来实现的。而父权意识就是企图实现这种完整性，因此父权意识会坚决地切断并且摈弃邪恶的东西。而女性意识就是接受一切，以整体性为目的。然而女性意识试图接受一切时，也必须同时接受完整性，所以必须容忍内部的矛盾。这恰恰是整体性的困难之处。《烧炭富翁》中的前夫，遵从父亲的安排，为改变与生俱来的命运而活着；而必须接受命运而活着的女主角，则必须想办法接受与她有着不同命运的前夫，不仅如此，还要与现在的丈夫、前夫（以用人的方式）一起生活，不能不说这是一件很困难的事情。如果视其为不可能，那么不论妻子人有多好，故事中的前夫都非死不可（像附录里的故事一样）。或者以一种中间的形式，就像刚才介绍的那样，让死去的男人以守护神的方式存在。无论如何，日本的民间故事都会试着把这个不幸的男人加入到故事的整体当中。

这个被加入到故事的整体中而受到低调评价的男性，让人联想到日本神话中的蛭子。相对于日本神话中重要的三对角——天照大神、月夜见、素盏鸣尊三贵人，扮演“第四者”身份的蛭子与故事中的前夫有重叠之处。虽然日本神话有很强的包容力，但它还是将第四者蛭子排斥在外，然而日本的民间故事则努力将第四者包括进来。《烧炭富翁》的女主角，其背后隐藏着的命运之神和烧炭五郎，共同构成了类似神话故事中的三对角关系。相对而言，前夫就成为第四者。这里的考察是针对整体的日本神话而进行的。下文围绕这个问题做具体的分析。

诺伊曼在谈到与父权意识相对立的母权意识时指出，从发展的角度看，前者要比后者进步。但是诺伊曼又承认男性的“创造过程”中具有母权意识的成分。这代表着所谓的父权意识与母权意识并不是一成不变、不能相互转化的，它们会因为状况的不同而发生变化。因此获得父权意识的人，并不是从此就一直保持这个状态，有时会改变成其他的意识状态。我们千万不要被所谓不变的某种意识所束缚。根据它的状况随时改变为各种意识，岂不更加合理。“女性意识”就特别包容这种可变性。如果进一步分析，那么所谓的唯一的自我所实现的统合，只能是西方基督教文化所产生的现象。对于日本人来说，自我是多重存在的，只有这样才能够对付多样化的世界。老人意识、少年意识、男性意识、女性意识这些所有的意识构成了整体性。只有在意识到这种说法本身的矛盾性之后，才会产生上述的这种看法。

对于女性意识来说，要统合内部矛盾是一件相当困难的事情。要保持整体性而不使其残破，则是一件更加困难的事情。在内心实现整体性形象的时候，女性意识也因此形成。民间故事《烧炭富翁》就表达出了这种象征意义。如果认为整体性是经常变化的话，那么本书第一章至第九章的阶段性论述，已经被本章所探讨的女性所超越，她们也可以被理解为多重共存的形象。人类不可能在同一时间同时进行记述和思考。本书的结构隐藏着一条联想的线索，从表面上看，它们具有一定的连续性，是发展的。如果把它们视为经常变化的状态，那么就可以将它们之间的重叠视为一个整体。这种带有变化性的女性形象正好符合日本人的心灵。如果用音乐做比喻，第一章至第九章并不是连续的九个乐章，而是希望听者按照交响乐曲的第一章至第九章的方式去理解它。这是既可以同时演奏，也可以同时聆听的音乐。当“有意志力的女性”单枪匹马独自战斗的时候，就如同没有低音部的协作而独自演奏一样，不用笔者多言，它对其他部分的伤害有多大可想而知了。

对于整体性来说存在两难。如果明确地掌握整体性，那么虽然无损于整体性，但是会丧失明确性。当我们试图明确地描述整体性的时候，实际上整体性已经因为这种意识状态而受到扭曲。荣格为了解释整体性而使用了四位一体神的概念，不要因为荣格提到“四”而想象出一个正方形，把它视为四元的存在也许更为接近现状。人类在“意识化”的时候，会用二元的观念理解四元，所以用二元表现四元的方式，可以比较容易理解荣格的四位一体神。如果用二元方式表现具有不同意识的人，例如日本人，是否与实际相吻合呢？谁也不能肯定这种表现方法与真实完全相同。笔者认为日本民间故事有荣格提出的“三对角加第四者”的结构。但是日本民间故事结构中的内容却与荣格所论述的不同。第八章和本章都提到了第四者的结构，虽然它们稍有不同，但是我们完全没有必要追究哪一种才是“正确”的。

最后需要重申的是，这里所说的女性形象代表着不论性别的日本人的自我。当然其中包括各种不同的女性生存方式，而且各自具有其意义。因为日本人受到西方现代自我意识的强烈影响，所以在进行分析时，将着眼点放在文化上。笔者不只是针对自我，而是对人类整体的存在进行了分析，因为笔者认为民间故事与人类的心理深层结构有着极深的关联，所以研究民间故事不能只是谈论现状，还应该探讨未来。这就是笔者的拙见。这里提出的女性形象，不仅适用于日本人，对于其他国家的人也具有某些意义。

后　记

早先我就有一个想法，意图通过日本的民间故事探讨日本人的内心世界。从1962年开始大约有三年时间，我在瑞士的荣格研究所留学，学习使用深层心理学的方法分析民间故事。从那时候起，我就对通过民间故事分析日本人的深层心理产生了极大的兴趣。当时我就把关敬吾编的岩波文库版的《日本民间故事》读了好几遍。正如本书所指出的那样，民间故事能够超越时代与文化的差异，是具有共同性的存在。我感觉到在荣格研究所学习的理论，也同样适合用来分析日本的民间故事，这样的分析是有效的，但是在当时我还没有找到一个合适的切入点进行研究。

回国以后，我保持了一段时间的沉默。到了1977年出版了《民间故事的深层》（福音馆书店）一书，结果引起了意想不到的巨大反响。通过《民间故事的深层》，我介绍了荣格学派的民间故事理论。当时的目的是想让读者了解荣格理论，为了便于日本的读者理解，我使用了在日本几乎家喻户晓的格林童话，通过格林童话讲解荣格理论。正是由于这个原因，我产生了这样的想法，即作为一个日本人，一定要尝试一下，用日本人的理论分析日本民间故事。

《民间故事的深层》出版后不久，岩波书店的大冢信一向我提出要求，写一本分析日本民间故事的书，我高兴地接受了，但是这项工作比我预想的进展要慢。首先是因为我发现照搬从西方学到的分析心理学的概念、方法，很难对日本的民间故事做出满意的研究。既然在日本，就只有用日本的思维方式、理论方法来研究才能行得通。正如本书所指出的那样，西方有些分析方法并不适用于分析日本的民间故事，为此我付出了极大的精力解决这个问题。通过长年积累的临床经验，我对自己认为能够代表日本人心灵的东西进行分析，终于总结出了一些有用的理论。可以说本书的写作，笔者不仅积聚了二十多年的临床经验，而且在本书中出现的过往人物形象与现代人完全实现了对接（虽然没有涉及具体的事例）。

在完成整体构思之后，本书终于从1980年春天开始执笔。当时笔者正担任大学学部长的职务。由于工作很忙，笔者曾经产生过搁笔的想法。但是现在回想起来，恰恰是因为写这本书，才使学部长的工作更加充实。现在我从内心感谢当时不厌其烦地敦促笔者、不断给予有益提示的大冢信一先生。

笔者进行民间故事研究的基本素材，取自关敬吾等人编写的《日本民间故事大全》（角川书店）。为了方便读者阅读，笔者专门编写了附录，收录了本书采用的日本民间故事和外国民间故事。附录中所收录的日本民间故事大部分出自关敬吾先生所编的《日本民间故事》（岩波文库，第三分册）。这些民间故事都是笔者在瑞士留学期间反复阅读和反复思考过的，因此附录将它们全部收入了。另外在将日本民间故事与西方民间故事进行比较时，主要参考的资料是小泽俊夫编写的《世界的民间故事》。在这里首先向以关敬吾、小泽俊夫为首的各位贤达以及本书使用过的各类素材的作者表示深深的感谢。在此需要说明的是，笔者仅仅是一个临床心理医生，而不是民间故事的专门研究家，因此在使用资料的方式、方法上，在其他有关知识的表达方面，肯定存在不少的问题，在此恳请各位贤达提出批评，我将诚恳地接受大家的意见。

本书第三章、第五章的内容是曾经在《日本的民间故事——笑的深层》（梅原猛、河合隼雄、作田启一编《创造的世界》第二十七号）、《浦岛与乙姬》（拙作《母性社会日本之病理》）上发表过。这次稍加修正、增补之后重新发表。

正如前面已经多次指出过的那样，笔者曾经在荣格研究所留学，获得荣格派分析家的资格，但是在对日本人进行分析治疗的时候，不可能完全照搬荣格派的理论与方法。我的理论与方法在有意识和无意识中发生着变化。作为笔者的我感觉自己随时都在面对"日本人的心灵存在方式、日本人的生活方式是什么"的课题，而这恰恰都与用什么观点研究、如何研究、评价日本的民间故事等问题联系在一起。笔者的这本书意图回答这些问题，因此这本书不是一般意义上的用荣格心理学分析日本神话的书，而是从笔者作为心理治疗家的身份，通过大量的实际体验和自我分析之后写出来的。由于我的职业与个人的生活方式有十分密切的关系，所以笔者试图用日本人的观点解释日本人的生活方式。尽管到目前为止，已经有许多关于荣格学派的书问世，但是作为日本第一个荣格派分析家，我深深地感到有一种责任在鞭策着自己，一定要让日本的读者真正了解荣格理论。然而这次暂且放弃这个想法，大胆地陈述自己的观点。尽管还不知道将会得到怎样的评价，但是我确实体验到了一种畅所欲言后的快感。

起初笔者感到要用一条线把日本的民间故事贯穿起来几乎是不可能的事情。在反复阅读民间故事之后，终于在笔者脑海中产生了本书所呈现的"整体形象"。而这个整体形象的贯穿工作则是笔者独立完成的，当然这只是一种方法而已，相信还会有其他不同的观点和不同的方法。至于笔者对民间故事的分析，究竟属于哪个研究领域（是否能够成为真正的学问），或者说使用的是哪一种方法，本书并没有做正面的回答，这个问题还有待于日后有机会时再予以说明。

虽然本书的表达方式是极其日本式的，但是本书的完成的确让笔者有了“终于能够向荣格研究所返恩了”的感觉。借此机会谨向所有一直支持和帮助过笔者的人致以衷心的感谢。

1981 年　师走

河合隼雄

岩波现代文库版后记

最近越来越多的成年人开始关注民间故事。能有越来越多的人了解民间故事所蕴藏着的智慧，使我感到由衷的高兴。

正如本书原版的“后记”所指出的那样，当1965年我从瑞士回国的时候，民间故事只是儿童读物，一般人很少关注它。但是，自从1982年本书出版以后，民间故事有了出乎意料的众多读者，以至于现在本书再版，重新编进岩波现代文库，这使我感到不胜荣幸。

本书原版出版至今已经有二十多年了，从瑞士回国也已经三十多年了。恰恰在这两个时间段的中间点，原版书出版了。今天本书再次以文库版本出版，让人感觉时间流逝和社会变化之巨。

我从瑞士回国的时候，对人的心灵问题感兴趣的人还很少，探讨日本人的心灵被视为不务正业，当时人们所关注的问题都是日本如何成为更加富裕的国家，如何进行社会改革。当时研究的主流则是科学的思考，借助西方现代科学的方法分析社会问题，寻找解决它的方法。由于这些主流研究总是必须建立在普遍的、科学的知识作业的基础上，所以属于个别的、现实性的研究。正是由于这个原因，被主流视为包含非科学要素的本人的理论，很难得到他们的认可。

但是，随着日本的经济状况越来越好，有趣的事情发生了，日本人对人的心理问题越来越关注。这恰恰体现了物质极大地丰富以后，心理问题必然得到重视。这也许是因为经济发展了，随着与国外交往的增加，日本人终于意识到了“日本人”，也正是在那个时候，我的这本书出版了，并且时至今日，仍然保持着很强的生命力。

这次本书编入文库版，正值国际交流进入高潮时期。国际交流能够使不同文化的交流变得容易起来。现在那种“把与国外交往的事情交给精英们处理”的想法已经过时了。会有越来越多的人开始思考“何谓日本人”以及“日本人应该如何与外国人交往”的问题。为了满足人们的这种需要，成为文库版的本书，能够为众多的读者提供阅读方便，使我感到十分的欣慰。

本书已经被翻译成英文出版，诗人克林·肖伊德特意为英译本写了热情洋溢的“解说”。现在英译本也已经再版。在国际交流越来越深入的今天，包括英译本在内的本书，能够为加强不同文化之间的相互理解发挥作用，笔者感到再也没有比这更能够让人感到欣慰的了。

本书文库版的出版编辑工作，承蒙岩波书店编辑部斋藤公孝先生的辛勤工作得以顺利完成，借此机会向他表示深深的谢意。

2003年　师走

河合隼雄

解　说

鹤见俊辅

战败五十年之后，日本终于进入了一个以宏观视角观察全局的时代。在这五十年间新思想的出现，使得我们再也不会倒退到先前时代（战争时期、战争之前、大正、明治时期的日本）。这些新思想涵括在河合隼雄撰写的这一系列著作之中。

这些著作主要是通过倾听的方法，引导人们去理解日本的思想。

开始的时候，河合隼雄的著作主要是介绍欧洲学者的理论，并且将这些理论、方法运用到对日本文化的研究上。值得一提的是，荣格的理论本身就具有暧昧的成分，而且强调允许自由解释，所以它能够成为河合隼雄理论的基础。

开始河合隼雄主要介绍沙盘疗法的事例和治疗方法，后来逐步进入民间故事领域，对日本的民间故事进行观察、分析。他的研究已经超越了精神分析的应用范围，开始探讨应该从何种角度观察日本文化。

河合隼雄的这项研究始于《民间传说与日本人的心灵》这本书的写作。

从明治时代开始，由于日本建立了义务教育制度，使日本人的识字率有了很大的提高，但是日本人的倾听能力却不断降低。

竹内好就曾经指出过，如果自己无法将刚刚写好的文章背出来的话，那还算真正的作者吗？他的这个观点也得到了好友武田泰淳的首肯。但事实上，战后能够发现及指出这个问题的人越来越少了。丸山真男因为注意了这个问题，而刻意朗读他自己所使用的文章（引用资料、文献），但是现在已经很少有学者将这个习惯融入自己做学问的空间。这是因为倾听别人说话的习惯已经日见凋零，所以日本人的倾听能力越来越退化。

在这样一个时代，河合隼雄却竭尽全力恢复日本人的倾听能力，从表面上看，这似乎与日本的潮流背道而驰，但是实际上，它本身正在形成一种引人注目的新的潮流。

让我们来听一听民间故事。

首先是《鬼笑》的故事。在“鬼子小纲”中，当那对夫妇的独生女儿被怪物抓走之后，孩子的父亲却坐视不管，而孩子的母亲却一路找到鬼的家里。女儿见到母亲以后非常高兴，她做饭给母亲吃，并且在鬼回来之前，把母亲藏在石头箱子里。

母女俩等到鬼喝得烂醉之后逃了出来，当鬼正要吸光河里的水，把母女俩抓回去的时候，女尼出现了。女尼帮助她们逃跑。女尼说：“赶快把重要的地方露出来给鬼看。”接着三个人把性器官露出来给鬼看，鬼因此大笑不止，把所有的水都吐回了河里。母女俩因此脱离了危险。

就因为大笑不止，鬼的强势彻底地崩溃了。“这让我们知道了一个道理，所有的力量都是相对的，世界上根本不存在绝对的强势。”

《黄莺之家》的故事采用了各国民间故事通常出现的“禁忌

房子”这样的主题。这个故事的主要特点在于它如何表现了这个主题。

年轻的樵夫在森林里发现了一座豪宅，里面住着一位美丽的女子。女子拜托樵夫帮助她看家，并且嘱咐他：“我不在家的时候，你不要去后面的房子。”但是樵夫却打开了那个房间，并且失手打破了里面放着的三只鸟蛋。

女子回来见状变成了一只黄莺，悲鸣道，“我可怜的女儿啊，吱吱啾啾”，便离去了。

“首先让我们看一看禁忌的房子里有什么。在日本的故事中，禁忌房子里大多有黄莺站在梅枝上报春，或房子里有稻谷茁壮生长等自然美景。但是在西方，禁忌房间里则有死尸、吃死尸的丈夫。再来看一看破坏禁令以后是否遭受处罚的问题。日本的民间故事根本没有处罚，而西方的民间故事中则必须被夺去生命。”

当俄国的民间故事研究专家契斯托夫把日本的民间故事《浦岛太郎》念给他的孙子听的时候，他的孙子十分不解地问：“他什么时候跟这个家伙打仗？”对于契斯托夫的孙子来说，他正期待着“英雄”浦岛与“怪物”龙王大战一场。而他怎么也无法理解，为什么浦岛既没有跟龙王交战，也没有跟龙王的女儿结婚。

根据河合隼雄的解释，所谓的“Nothing has happened”（什么也没有发生——遗留下来的是空无），恰恰是日本民间故事的一个特色。

在《烧炭富翁》的故事中，女主人公最初听从父亲的命令，嫁给了父亲要她嫁的男人，然而她后来离婚了。她主动放弃了富翁太太的地位，自己出去寻找适合自己的丈夫。最后她找到了烧炭的小五郎当丈夫，两人一起努力致富。后来前夫来找她，在她的手下当用人。

"跟自己现在的丈夫、前夫（现在身为用人）生活在一起是一件非常困难的事情。如果故事不这样安排的话，那么不论故事中的妻子多么善良，最后故事都得安排她的前夫死亡（如同附录的故事一样）。就像刚才介绍过的那样，故事情节安排前夫死亡之后，成为前妻的守护神。总之无论如何，日本的民间故事都会把这个落魄的男人安排进去。"

在这部分论述中，河合隼雄力图排除荣格的思想，尝试着将整体性与完整性做一个对比。

"完整性就是摈除缺点和丑恶之后所实现的。相对而言，整体性就是包容缺点和接纳丑恶之后所实现的。所谓的父权意识就是以完整性为奋斗目标，彻底摈除那些被视为缺点和丑恶的东西。而女性意识则包容一切，追求整体性，同时接纳完整性，……所以它必须容忍内部的矛盾。"

在把《烧炭富翁》和日本神话做了比较之后，河合隼雄对民间故事给予了较高的评价。他认为日本神话中的"蛭子"与《烧炭富翁》中的前夫扮演了同样的角色，具有同样的意义。日本神话摈除"蛭子"，而民间故事却想尽办法接纳这个落魄的男人。

"如果能够深入了解整体性的意义，那么整体性就不会受到损害。但是必须面对下面所说的两难，即掌握了整体性，同时也会失去完整性。具有整体性的神不可能明确地掌握人类的意识。"

河合隼雄的这种理论既符合日本传统文化的规范，又显示了足够的科学性。这是河合隼雄从日本的传统出发，根据自己的直观所得出的独创性结论。

可以说在战后，河合隼雄在日本的学术界创造了以研究民间故事为主的学术流派。河合隼雄所研究的故事与战争中用来教育人民的那些神话故事不同，也与诸如神风吹起，神国必胜的故事有所不同，同时也与战败后占领国美国所刻意传播的欧美故事不同。也许当初日本军国主义所鼓吹的世界大同，全世界只有一个真理的思想，至今仍然留存在日本知识分子心中的某个角落。然而，河合隼雄的思想却与他们迥然不同。

河合隼雄研究民间故事的时候会根据自己的需要，对民间故事进行润色，这是否就是编造谎言呢？我认为，河合隼雄是放纵自己"说谎"的冲动，超越了同质性很强的日本社会普遍存在的思想。

河合隼雄具有"说谎"的一面，而他在这本《民间传说与日本人的心灵》中却极力掩盖了这一点。

河合隼雄"说谎"的一面充分体现在河合隼雄、大牟田合著的《说谎俱乐部短信》（讲谈社，1995）当中。书中谈到他带儿子去日本说谎俱乐部本部的时候，见到接待室摆放着的奖杯上刻着国际说谎俱乐部会长莱雅（说谎的意思）先生的格言："Believe it or not, The truth lies here."用日文来解释便是："信不信由你，真相就在这里。"当然也可以翻译成"真相正在说谎"。

在日本国成立六年之后的1867年，日本建立了义务教育制度。小学生从一进小学开始，就受到"不可以说谎"的教育。在此之前说谎还没有被贬得很低，而受教育之后，说谎则被贬入万丈深渊。柳田国男组织过"谎言会"，企图收集各地形形色色被认为是"谎言"的故事，并且试图建立完全不同于欧美的学校教育制度。但是，柳田国男心有余而力不足，在连续十五年的战争期间，日本国民无一例外地接受了当时唯一的教条思想（那是当时的政府决定采用的谎言）。

从战败之初到被美军占领期间，教育的不同还仅仅表现在其教育思想模式的不同。还不能说日本的知识分子已经从唯一的一成不变的思想禁锢中解放出来了。可以说这种思想禁锢从明治初年开始出现到现在一直存在于现实之中。

经过明治、大正、昭和时代的不懈努力，柳田国男终于使这些所谓的虚构的故事让战败后的日本接受，所以河合隼雄也不可能从学术的角度，扼杀这些所谓的虚构的故事中所存在的精神。

河合隼雄在《柳田国男与荣格》（1982）中曾经将柳田国男与荣格进行对比。河合隼雄说：“1941年柳田国男在东京大学讲演的时候，曾经解释过何为民俗学者。柳田国男认为：‘研究……没有文字记录，只不过是多数人的感觉和无意识当中存在的东西’的人，是民俗学者。柳田国男将人们感觉和行为中的‘无意识’作为一个研究课题，但是又没有像荣格那样直接谈论无意识的问题，而这恰恰是一个很值得研究的问题。”

身为分析派心理学家的河合隼雄却探讨了柳田国男还没有探讨过的这个问题。

“对于柳田国男来说，外在的感觉就是内在的事实，两者是不可分割的真实存在。但是如果柳田国男能够这么简单地把真实表达出来的话，那就不需要‘谎言’的存在了。”

这正是接受过数学训练的河合隼雄，与明治时代将感觉藏在内心深处的柳田国男学术风格的不同之所在吧。

附记：当初本文是为了替《河合隼雄著作集第五卷民间传说的世界》（岩波书店，1994）中《民间传说与日本人的心灵》（1982）助言，因此有其特殊的写作意图。

“物语与日本人的心灵”系列
刊行寄语

河合俊雄

岩波现代文库最早发行的河合隼雄著作集为“心理疗法”系列，其中包括《荣格心理学入门》《荣格心理学与佛教》等著作。这些著作是河合隼雄作为心理治疗学者的专业著作，选择它们作为首发无疑是非常恰当的。其后出版的“儿童与梦想”系列，与“儿童”这一河合隼雄的重要工作领域以及荣格心理学的重要概念“梦想”有关。但是，在心理疗法的研究与实践中，河合隼雄所发展出的自己独特思想的根本乃是“物语”。因此，本系列收录了他关于“物语”的重要论著:《民间传说与日本人的心灵》与《神话与日本人的心灵》。

在心理治疗中，治疗师通常会倾听咨询者讲述的故事。而河合隼雄对物语的重视远不止于此，这是因为他在心理治疗中最关注的便是个人内心的realization倾向。之所以特地使用英语realization这个词，是因为它包含了“实现”与“领悟、觉察”这两方面的意思。物语中含有故事的发展脉络，只有物语才能体现“在理解中实现”这一事实，由此可见物语的重要性非同一般。河合隼雄晚年与小川洋子有过一次对谈，其对谈题目为《活着，就是创作自己的物语》，这个题目便生动地揭示了物语的本质。

物语对于河合隼雄的人生具有重要意义。河合隼雄从小在美丽的大自然中长大，但这并不妨碍他沉迷于书的海洋，尤其是物语的世界。有意思的是，他虽然喜欢物语，却不擅长文学。在其少年至青年时代，他一味埋头于西方的物语，而“物语与日本人的心灵”这个系列所探讨的则主要是日本的物语。“二战”结束后，他将梦境分析等方式运用于心理治疗的实践，并对自身做心理分析。这一工作促使他不得不重新审视曾一度十分厌恶的日本物语与神话。后来，在日本从事心理治疗的过程中，他不断地认识到，日本物语作为存在于日本人内心深层的、最古老的文化传统因素，其地位何等重要。于是，多部关于物语的著作应运而生。

本系列中的《民间传说与日本人的心灵》，是河合隼雄在专业领域的里程碑式著作。此前，他的工作重点是致力于将西方的荣格心理学介绍到日本，1982年此书出版，标志着他独具特色的心理学体系问世。该书通过民间故事来分析日本人的心灵，荣获大佛次郎奖，确立了河合隼雄在心理学领域内外不可动摇的学术地位。

与此著作并列的《神话与日本人的心灵》，是以他为取得荣格派心理分析学者资格，于1965年用英语写作的论文为基础，经过近四十年的打磨，又增加了“中空构造论”与“水蛭子论”，于2003年时值75岁时写就。从这个意义上看，这部著作堪称河合隼雄的集大成之作。

随着对物语的关注，河合隼雄认识到中世时期，尤其是中世时期的物语对分析日本人的心灵意义重大，并开始将其纳入研究视野。《物语人生：今者昔、昔者今》这本书就包含了《源氏物语与日本人：紫曼荼罗》以及对《宇津保物语》《落洼物语》等中世物语的研究。

与之相对应,《民间传说与现代》《神话的心理学》两部著作则聚焦于物语的现代性。被列入“心理疗法”系列的著作《生与死的接点》,其第二章论述了“民间传说与现代”的主题,但因篇幅所限,有些内容被割舍。《民间传说与现代》一书即以此内容为中心,主要探讨了“片子”(半人半鬼的小孩)物语,河合隼雄认为“片子”的故事承接了前述被流放的水蛭子神的主题。故事展开的部分可以说是本书的压卷章节。而《神话的心理学》原载于《思考者》(『考える人』)杂志,连载时的题目原名为《诸神处方笺》,如题所示,它试图通过神话的解读,来理解人的心灵。

本系列几乎囊括了河合隼雄关于物语的全部重要著作,未能收入的重要作品还有《易性:男与女》(新潮选书)、《解读日本人的心灵:梦、神话、物语的深层》(岩波现代全书)、《童话故事的智慧》(朝日新闻出版),若有需要,敬请参照阅读。

值此系列出版之际,谨向给予大力配合的出版发行机构小学馆、讲谈社、大和书房等,以及出版事务负责人猪俣久子女士、古屋信吾先生表示衷心感谢!同时,对百忙之中拨冗为各卷撰写解说的每一位作者,以及担任企划、校对的岩波书店中西泽子女士、原主编佐藤司先生表示深深的谢意!

2016 年 4 月吉日

附 录

1 黄莺之家

（岩手县上闭伊郡）

从前有一位年轻的樵夫住在一座山脚下。有一天他到山里去。在荒野森林中发现一幢从来没有见到过的气派豪宅。樵夫因为砍柴的缘故，曾经来过这一带，但是从来不知道有这么一所房子，而且也没有听别人提到过。他觉得很奇怪，所以走近前去观看。他发现偌大的房子还是崭新的，里面连一个人影也没有，而房子后面还有一个充满阳光的大庭院，那里种着各种花卉，还可以听到各种鸟鸣。

当樵夫走到房子大门的时候，一位美女正从里面出来。美女问道："你是来做什么的？"樵夫回答："因为今天的天气很好，所以出来走一走，不知不觉来到这里。"女子仔细地打量了樵夫一会儿，确认他是一个可靠的人以后，说："你来得正是时候，我有件事情想拜托你。"樵夫问："你打算把什么事情拜托给我啊？"女子说："也不是什么事情，因为今天天气好，我想去城里逛一逛，你可以帮我看家吗？”“这很简单。”樵夫爽快地答应了。女子交代说：“我不在家的时候，你不要去后面的房子。”男子表示他都知道了。于是女子便安心地出门了。

这时房子里就剩下樵夫一个人，他心里一直思量着女子不让他看的房子。樵夫违背承诺，打开后面房子的纸门往里面偷看，只见房子里有三个漂亮的女孩子正在打扫房间。当她们发现樵夫正在偷看，便像小鸟惊飞似的躲起来了。樵夫心中更觉诧异，于是又打开第二个房间看。这个房间里有一个青铜制的炉子，上面正烧着茶，茶壶里的水沸腾着，茶已经煮好了。房子里摆放着一个中国式的金屏风，里面一个人也没有。他又打开了第三个房间，一看里面摆满了弓箭和盔甲。第四个房间是一个马厩，里面有一匹健壮的黑马，身上披挂着黄金马鞍和缰绳。马背上的鬃毛犹如傲立于狂风暴雨中之三山五岳，马正踢着铁蹄。第五个房间里都是朱漆的餐具。第六个房间有一个白金桶和一个黄金勺子。从白金桶里滴下来的酒灌满了下面的七个瓶子。樵夫禁不住酒香的诱惑，便用黄金勺子喝起酒来，结果喝得醉醺醺。

第七个房间是一个弥漫着花香的蓝色大房间，里面有一只鸟巢，巢里有三只鸟蛋。樵夫顺手把这些鸟蛋拿起来看，没有想到不小心把一只鸟蛋打破了，结果蛋里的小鸟啾啾地叫着飞走了。后来樵夫又不小心打破了第二只和第三只蛋，蛋里的小鸟也啾啾地叫着飞走了。樵夫见状惊异无比，呆呆地站在那里一动也不动。

这时那个女子回来了，她愤恨地看着樵夫哭起来：“真的不能相信人类啊！你违反了与我的约定，把我的三个女儿杀死了。我可怜的女儿啊，吱吱啾啾。”最后她一边啼叫着，一边变成黄莺飞走了。

樵夫望着黄莺远去，伸手想拿起身边的斧子，此时他才猛然发现，哪里有什么豪宅，他只是站在长满茅草的荒野里而已。

关敬吾编，《一寸法师·猿蟹大战·浦岛太郎——日本民间故事（3）——》（岩波书店，1957年）

2 忠实的约翰

从前有一个年迈的国王得了重病，他心里想："我终于到了要死的时候啦。"他吩咐道："把忠实的约翰叫来。"忠实的约翰是国王最心爱的家臣，他一辈子对国王忠贞不渝，所以获得这个称号。约翰急忙来到国王的枕边，国王对他说："忠肝义胆的约翰啊，我快不行了，不过唯一放心不下的就是我的儿子，他还年轻，不能独当一面。所以我要你答应我，一定要好好辅佐他，代替我担起父亲的职责，不然我死也不能瞑目。"约翰答道："我怎么会不管王子呢，我会用生命誓死效忠王子。"老国王说："那我就可以安心地走了。"这时老国王又想起一件事来，他说："我死了以后，你带他去巡视城堡，把大小房间、地下仓库的财宝都拿给他看。但就是不要让他去长廊尽头的那个房间，那里放着黄金国公主的画像，他如果看到那幅画像，一定会立即爱上那位公主，激动得气血涌动而昏倒。不仅如此，他还将会因为那位公主遭遇许多的危险。为了预防不测，千万小心。"此时约翰再次握住老国王的手答应国王。老国王放心了，他紧闭双唇，倒下头驾崩了。

在老国王被送往墓地的途中，忠实的约翰便把老国王临终前的话告诉了年轻的国王。"我一定会遵守诺言，像效忠老国王那样效忠您，我会用我的生命保护您。"丧礼结束以后，忠实的约翰对年轻的国王说："现在应该巡视您所继承的东西了。让我带您去看看您父亲留下来的城堡吧。"约翰带着年轻的国王上上下下，巡视了整个城堡。参观那些存满财宝的房间，但就是没有打开那个存放着危险画像的房间。那幅画像存放在门一打开就能够看得见的地方，而且栩栩如生，无论谁看了都会以为那是一个真人，而且他们都会感叹世界上怎么会有这样可爱美丽的人。年轻的国王发现有一个房间一直都没有打开，问道：“为什么不打开这个房间呢？”约翰答道：“这是因为里面放着很恐怖的东西。”而国王说：“我要看遍城堡的每一个地方，我要知道这里面究竟存放了什么东西。”他边说边靠近那扇门，强行要把门打开。忠实的约翰企图阻止国王说：“您的父亲临终前与我约好，绝对不可以让您看到里面的东西，如果您不遵守，说不定您我都会遭遇不幸。”国王答道：“不会吧，如果我不进去才会不幸呢！除非我亲眼看见，否则不论白天还是黑夜，我都不能安心，你不打开房间，我就站在这里不动。”

忠实的约翰知道自己再怎么说也没有用，只好担心地叹气，从一串钥匙当中找出那个房间的钥匙。约翰打开门自己先进去，为的是不让国王看清楚房子里的东西。他试图用身体挡住那幅画，但这怎么可能呢？国王踮起脚尖，从约翰的肩膀上探过头终于看到了那幅画。当国王看到那幅用黄金和宝石镶嵌的少女画像后，突然心神俱失地昏倒在地，约翰迅速抱起国王，送到他的床上。约翰担心至极：“完了，完了，果然发生了这种了不得的大事情，往后该如何才好？”他一边想一边用葡萄酒就着药让国王服下去。国王半晌才醒过来，说：“啊！那个画中的美人是谁？”“那是黄金国的公主。”忠实的约翰回答道。国王接着说：“我爱那个人已经无法自拔。就算树上的树叶都变成我的舌头，也无法表述我对她的爱恋。就是冒生命危险，我也要得到这个人。你不是忠肝义胆的约翰吗？你一定得帮助我。”

这位忠实的家臣思考了很久，到底该怎么做。想要得到公主的芳心，并不是那么容易的事情。他终于想出了一个办法。他禀告国王：“那位公主身边用的东西都是黄金做的，包括桌子、椅子、酒杯、碗等等。现在您手上共有五吨黄金，可以拿出其中一吨，吩咐我国的工匠打造出许多精美的器皿，再加上惟妙惟肖的珍奇动物的金像，这些东西一定会讨得公主的欢心。让我们带着这些东西去碰一碰运气吧。”国王听了立刻命令全国的所有工匠日夜制造，终于制作出许多稀世珍品。他们把这些东西都放在一艘船上，忠实的约翰换上了商人的服装，为了隐瞒身份，国王也换上了同样的装束。两人一同出海，经过漫长的旅程，终于来到黄金国公主居住的城市。

忠实的约翰让国王留在船上等他，说：“等一会儿说不定我能把公主带到船上来。请您务必吩咐他们把所有的黄金器皿都搬出来。好好地装饰这艘船。”约翰接着选了一些精美的黄金首饰，登上陆地，向皇宫走去。他来到城里的中心广场，看见喷泉边有一位美丽的女孩，两手正提着黄金水桶打水。女孩正要提水走的时候，突然发现眼前有一位从来没有见过的男人，她开口问忠实的约翰是谁，约翰一边回答“我是商人”，一边打开袋子让她看。女孩子一看马上说：“啊！多么漂亮的金饰啊！”她放下手中的水桶，仔细地观赏。她说：“这些一定得拿给公主看不可。公主最喜欢黄金制品了，说不定会把这些东西全都买下呢！”她拉着约翰的手，领着他进城堡。原来她是公主的侍女。公主一见到这些东西果然很高兴，说：“首饰做得真漂亮，我把它们全都买下了。”而约翰却说：“这可不行，我只是这位商人的代表而已，不能做主。这里呈献给您的东西与船上的宝物相比，实在算不上什么，那里还有许多精品中的精品，都是一些您从来没有见过的宝物。”公主请他把东西拿到皇宫来，约翰又说：“这要花很多时间，因为东西实在太多了，而且展示这些东西需要很大的空间，这间房子根本不够用。”约翰的一番话，越发引起公主的兴趣。最后她终于说：“请你带我上船吧，现在就出发，去看看你主人的宝物。”

忠实的约翰很高兴地把公主带到了船上。国王一看到公主，发现她本人比画像显得更加漂亮。他兴奋得心都快跳出来了。公主登上船，国王便带着她参观。这时约翰悄悄来到舵手身旁，命令他把船驶离岸边。“拉满风帆，让船像飞向天空的小鸟一样快速行驶。”这时候国王把船上的各种黄金制品一一展示给公主看，有酒杯、碗、珍奇异兽的黄金雕像……要看完这些东西需要花费一定的时间，公主因为看得很高兴，根本没有注意到船已经离岸。当公主看完最后一件东西，向商人道谢，准备回宫时才发现，船早已远远地行驶在汪洋大海之中。“糟糕了。”公主大叫起来，“我被骗了！让这些商人得手了。我真恨不得立即死了。”国王握着公主的手说：“我不是商人。我是一个国王。我与你一样，生下来便有了高贵的身份。我是因为爱慕你，才出此下策。当我第一次见到你的画像时，就失神昏倒了。”黄金国的公主听到这些话之后，心才平静下来。结果她为国王所吸引，答应成为他的王妃。

这时又发生了另一件事情。船向大海行驶，忠实的约翰开心地坐在船头，看着空中飞翔的三只小鸟。约翰命令停止奏乐，专注地倾听小鸟对话。约翰听懂了小鸟的言语。其中的一只小鸟说：“啊，那个家伙要把黄金国的公主带到哪里去呀？”第二只小鸟说：“虽然木已成舟，但是他们不会就这么容易得到公主的。”第三只小鸟问：“他们不是已经得到公主了吗？你看公主在船上，不是坐在他的身边吗？”这时第一只小鸟又开口说：“的确没有错，但这并不能代表什么。当那个家伙上岸以后，就会有一匹栗色的马跑到他的跟前，他很想骑这匹马，如果他骑上这匹马，马便会飞起来消失在空中，如此他就再也看不到公主了。”“有可以解救的办法吗？”第二只小鸟问。“当然有，如果有一个男士抢先骑上去，抽出马鞍上挂着的匕首，杀了那匹马，那年轻的国王就得救了。不过谁会知道呢？如果有人知道，要把它告诉国王，那个人就会从脚趾到膝盖都变成坚硬的石头。”这时第二只鸟说：“我还知道更多呢！当马被杀以后，国王也不会那么容易得到公主。当他们俩进入城堡时，国王会看到大盘子里放着一套新郎服，表面上看这套衣服是用金银线织成的，但实际上却是用硫黄和沥青所制。国王穿上这套衣服后，就会被烧成灰烬。”“有什么办法可以解救吗？”第三只小鸟问。第二只小鸟答道：“当然有，如果有一个人戴着手套，把这身衣服扔到火里烧了，那年轻的国王就得救了。但这又有什么用呢？知道这件事情且把它告诉国王的人，他从膝盖到心脏都会变成坚硬的石头。”这时第三只鸟说：“我还知道得更多呢！当新郎的衣服被烧掉之后，国王也不会就那么容易得到公主。婚礼之后大家都要跳舞，这时年轻的王妃会突然倒在地上，犹如死去一样，这时必须有一个人抱住王妃，从她右边的乳房吸出三滴血吐出来，否则王妃就会死去。如果有人知道这件事并且这么做，这个人就会从头到脚都变成坚硬的石头。”鸟儿们说完就飞走了。忠实的约翰一字不落地记住了这些话，他开始想接下来应该做些什么。约翰陷入沉思之中：如果他不把这些话告诉主人，主人便会因此遭到不幸；但如果说出来，就等于舍弃了自己的性命。约翰最终下定决心：“就算拼了我这条性命，也要救主人。”

当国王一行人上岸后事情果然和小鸟说的一样发生了：有一头非常漂亮的栗色骏马跑到他们跟前，国王说：“好，恰巧可以骑它进城。”正当国王要上马时，忠实的约翰抢先一步跨上马，抽出马鞍上的匕首，把马杀死了。由于大家都不知道约翰的心思，其他的家臣们叫嚷起来：“你在干什么？这匹马是国王要骑着进城的！你居然把它杀了。”而国王却说：“闭嘴！随他去。他是忠实不贰的约翰，这根本算不了什么，你们难道不懂吗？”接着他们进城，在城堡的大房间里看到了一个大盘子，上面放着一套新郎服，不管是谁看了，都认为那是一套用金银线织成的衣服。当国王走近要试穿这套衣服时，忠实的约翰双手戴着手套推开国王，顺手把衣服抓起来扔进火里焚烧。这时其他的家臣再次叫喊起来："看啊！这次他居然把国王准备在婚礼上穿的衣服烧掉了。"而国王还是说："这根本算不了什么，你们难道不懂吗？随他去做，他是忠实不贰的约翰。"随即国王在城堡举行婚礼，马上要跳舞的时候，新娘子步入了舞池，忠实的约翰一直注视着新娘子的脸色。果然正像小鸟所说的那样，新娘子突然脸色苍白，倒在了地上。约翰马上快步上前，把新娘子抱到另一个房间，约翰让新娘子躺下，跪着从新娘子右边乳房吸出三滴血并且吐出来。新娘子慢慢缓过神来，渐渐恢复了精神。年轻的国王把这一切都看在眼里，他的确不知道约翰为什么要这样做，国王终于按捺不住生气了。"把这个家伙带到牢房里去！"国王下令第二天早上把约翰送上绞首架，将约翰处死。眼看着约翰就要被送上绞首架处以极刑，约翰终于说："每一个人临终前都有说几句话的权利。我是否也有这个权利呢？"国王回答道："可以，你说吧。"忠实的约翰说："我不应该站在这里的。我对国王一直忠心耿耿……"为了让国王知道事情的真相，约翰接着复述了在海上所听到的小鸟的对话。国王说："啊！忠肝义胆的约翰啊，原谅我吧！赶快把他放下来。"然而，忠实的约翰说完最后一句话，渐渐停止了呼吸，他已经变成了石头。

国王和王妃因此非常悲伤。国王说："啊！我居然做了这样的事情。居然对如此忠义之人做出如此过分的事情！"他让人把石像搬到他卧室的床边，一边看着一边流泪说："啊！你能不能活过来啊，忠肝义胆的约翰？"

时光飞逝，王妃已经为人之母，生下了一对双胞胎，两个都是男孩。他们给这对夫妇带来了莫大的欢乐。有一天王妃去教堂，两个孩子正在父亲身边玩耍。这时国王又面对石像伤感起来。国王哀叹道："啊！你能不能活过来，忠肝义胆的约翰？"这时石像开口说："可以的，我能起死回生，你最心爱的东西可以帮助我复生。"国王喊道："我愿意用我的任何东西帮助你复生！"石像接着说："如果你亲手将这对儿子的头割下来，用他们的血涂在我的身子上，我就可以重新活过来。"国王一听要把最心爱的儿子的头割下来，先是吓了一跳。但是，随后他想到约翰那无人能比的忠心，他是为了自己而死。国王终于拔出剑，亲手把儿子的头割下来。他用这些血涂在石像上，石像渐渐有了生机，转眼间约翰就恢复了原样，站在国王面前。约翰对国王说："我怎么才能报答您对我付出的一片真心呢？"他把小孩子的头接回到身体上，用他们的血涂抹伤口，两个儿子马上又活了过来，就像什么事情也没有发生一样，继续玩耍。国王为此非常高兴。在国王得知王妃要回来的时候，便把约翰和两个儿子藏进了衣橱里。等王妃进来之后，国王问道："你今天在教堂祈祷了吗？""是的，我这段时间一直想着忠实的约翰的事情，他为了我们居然遭到这样的不幸。"国王说："你知道吗？我们可以把他救过来，但必须牺牲我们的两个儿子不可。"王妃一听，脸色变得铁青，心不由紧张起来，然而她却说："想到他的忠肝义胆，我们也只能这么做了。"国王听了后明白王妃与自己的想法一致，快步走向衣橱，打开它让孩子和忠实的约翰出来，国王说："实在太感谢了，解救了约翰，又能让两个孩子回到我的身旁。"国王把刚才发生的事情从头至尾告诉了王妃。两个人从此过着幸福快乐的生活。

矢川澄子译，《格林童话》（河合隼雄著《民间故事的深层》，福音馆书店，1977年）

3 三眼男

很久很久以前，一个贫穷的樵夫有三个女儿。有一天他的一个女儿站在窗前眺望时，看到屋外站着一个男人。这个男人见到她便喜欢上了她。他向邻居的太太打听，知道她还是单身，他立刻拜托这位太太帮他提亲，女儿的父亲就高兴地应允了这桩婚事。

女儿出嫁到夫家后觉得非常幸福。丈夫给妻子一百把钥匙，告诉她可以随意打开这一百个房间，但是只有第一百零一个房间不可以打开。丈夫解释说，因为第一百零一个房间是空的，所以打开也没有什么意思。丈夫最后说："反正这把钥匙对你也没有什么用，就放在我这里保管吧。"年轻的妻子把一百个房间全都打开了，发现里面存满了宝物，一扇扇房门被打开，妻子发出一声声惊呼，她慢慢地把这些房间都看完了，感激丈夫把这么多的房间交给自己保管。只是对那一个不可以打开的房间感到不可思议。妻子发现丈夫藏钥匙的地方，便拿钥匙打开房间，整个房间没有发现其他什么，只有四面墙壁和一个朝向道路的窗口。妻子自言自语道："可以从这个窗口看到外面呢！为什么要对着道路开一扇窗呢？也许他不愿意让我看到外面，才把这个房间锁起来吧。"她一边想着一边走到窗前，这时她看到外面有人在举行葬礼，但是由于没有见到亲戚朋友送葬，这让年轻的妻子想到，如果自己死的时候丈夫不叫自己的亲戚来送葬，那么自己的葬礼也会是如此冷清。妻子因此难过地哭了起来。当葬礼结束后，人们都各自回到自己的家，而她看到自己的丈夫出现在那个墓前。丈夫的头变得很大，头上还长了三只眼睛，两只手臂长得好像能够抱住整个世界，手指上还长了三十公分长的指甲。丈夫把尸体挖出来开始啃食。妻子看到这个情景非常恐惧，稍微定神一看，丈夫确实在啃食死尸，妻子感到一阵眩晕，跌坐在地上。

没过多久丈夫回来了。他像往常一样打开房门。巡视一番之后发现妻子的脚印和打开的窗户，他马上冲到妻子的房间大喊："你这个混蛋！你把那个房间打开，看到我是三眼男了吧，这样你非死不可。我要把你吃了。"妻子这才知道自己闯了大祸。她立即从床上爬了起来想要逃跑。这时三眼男到厨房生火，他抓起一把大铁叉子，对着妻子吼："好了，快过来，烧红的叉子在等着你呢！之前我发过誓，非把你吃了不可，我想你也可以理解吧。"妻子回答道："原谅我吧，丈夫大人，我永远都是你的人，求你让我多活两个小时，我在这段时间要做最后的忏悔，在我忏悔之后你就把我吃了吧。"妻子的要求得到了丈夫的应允。她便拿着钥匙打开那个房间的门，从窗户跳到屋外的道路上。她顺着道路跑，而一路上没有一个人，她跑了一会儿，终于遇上一个骑马的人，她把被三眼男追杀的事情告诉了这个人，并请求他帮忙。这个骑马人说："年轻的太太，让我好好想一想，把你藏在哪里才能得救。"骑马人又说："你就算藏在我这里，也一定会被三眼男发现，到时候连我和我的马都要被他吃掉，你还不如再往前走一些，前面有国王的骆驼使者，如果真的是那个男子，他应该能够救你。"妻子听了马上拼命往前跑，终于找到了骆驼使者。她又像前一次那样，把被三眼男追杀的事情告诉他，请求他帮忙。果然骆驼使者觉得她很可怜，便把骆驼背上的棉花卸下来，让她藏到里面。

这时三眼男的铁叉已经烧得通红，于是大声吼叫："喂！你在哪里，快过来！时候到了。"妻子没有出现，他便开始查找所有的屋子。结果没有找到妻子。

最后他发现那个房间的窗户是打开的，便迅速从窗户跳出去，他往道路上左右张望后，就顺着道路跑了起来。他见到一个骑马的人，就冲着他大声地喊：“喂！骑马的，等一下，小心我把你和你的马都吃了。”凡是在这条路上遇到三眼男的人，不是被吓死就是被吓昏，只有这个骑马人听到三眼男的声音却慢慢地停下。三眼男问他：“你有没有看到一个年轻的女子跑过去？”“先生，真的，什么也没有看到，说不定前面的骆驼使者能够看到。”于是三眼男继续往前跑，问骆驼使者同样的话。“不知道，我什么也没有看到。”骆驼使者这样回答。三眼男听了之后，自言自语地说：“那就回家再找一次。”他回到家后，还是没有找到妻子，他想了一想又自言自语道：“好，让我拿着这个烧红的叉子，再去问那个骆驼使者一次。”他把烧红的叉子背在背上，又从窗户跳出去追赶骆驼使者。骆驼使者和三眼男的妻子见状吓得屏住了呼吸。但是两个人都装作什么事也没有发生的样子。三眼男命令骆驼使者：“不要啰唆，把所有的棉花都给我卸下来！”骆驼使者不得不听从他的命令。三眼男把烧红的叉子依次插入每一捆棉花包里。当然叉子也插进了年轻的妻子藏身的棉包里。三眼男做完以后说：“好了，你可以走了。”当确定三眼男真的走了之后，骆驼使者立即问她是否被叉子伤着。“铁叉插到我的脚，而我赶快用棉花把血擦干净了。”于是骆驼使者说：“你不用担心，国王是个好人，我把你带到他那里去。国王一定会搭救你的。”

国王听到这些事情以后，对年轻的妻子说：“你不要再害怕了，年轻的女孩。你就住在我的宫殿里，三眼男没有办法对你怎么样的。”国王说完之后，就把医生找来，让医生把她的脚包扎好。当她的脚伤好了以后，因为不愿意整天无所事事，所以希望国王给她活干。当国王问她想做什么事情的时候，她回答说：“刺绣。”国王给她白色的天鹅绒、绢布、珍珠和金丝线，她就在绒布上绣出了国王头戴王冠坐在御座上的样子，栩栩如生。当她把刺绣呈献给国王的时候，国王为她有如此精湛的技艺高兴不已。她接着继续展现高超的刺绣技艺，制作出许多美丽的作品。

有一天国王对王后说："那个年轻的女孩不正是一个好儿媳的人选吗？她虽然不是王室出身，但那不是问题，她的手那么巧，脑袋又聪明，长相又那么美，我们的儿子应该也喜欢她吧。"王后也赞同国王的想法。他们把这个年轻的女孩叫来，把他们的想法告诉她。而她听了哭了起来，说："你们为什么会有这种想法？我当然很高兴，但是万一让那个三眼男知道了，他会来把我和你们的儿子吃掉的。而你们如果坚持这样做的话，就请盖一幢七层楼高的房子，在房子下面挖一个深壕沟，在壕沟上盖上稻草，再把所有的楼梯都涂上牛油。结婚仪式不要让外人知道，要在半夜举办，如果能够做到这一切，就应该没有问题的。"国王完全按照她的意思去做，虽然悄悄地举办婚礼，但还是被三眼男知道了，三眼男决定利用这个机会报仇。在举行结婚仪式的那个晚上，当所有的人都入睡了，他偷偷地溜进新房，在已经成为丈夫的王子身边，撒上了从某个墓地里带来的土，王子因此无法醒过来。新娘发现三眼男站在自己的身边，她想要唤醒丈夫却不能。三眼男抓住新娘说："好了，乖乖地站起来，年轻的太太，烧红的铁叉等着你呢。这之前我已经发过誓要把你吃了，所以非这么做不可。你如果不听话，我就在这里把你吃掉。"三眼男说完后，拉着新娘的手走下楼梯。刚走了三级楼梯，新娘对三眼男说："拜托你走在前面好吗？我很害怕。"因为害怕新娘大叫把别人吵醒，所以三眼男只好依了新娘。就在走到最后一级楼梯时，新娘挣脱三眼男的手，用力从后面推三眼男，因为地上涂抹了牛油，三眼男滑倒了，一路摔滚到壕沟里。壕沟里面养的老虎和狮子立刻便把他吃了。新娘在推三眼男之前想："万一他没有掉进壕沟里，那么他会爬起来把我吃了。”推完三眼男她就害怕得昏倒了。第二天早上国王起来一直等着儿子儿媳起床，然而两人就是没有出现，于是国王对王后说：“他们两人在做什么呀？去看看吧。”当国王走进寝室的时候，发现儿子倒在那里，奄奄一息，而新娘子也昏倒在楼梯上。国王马上叫来医生，终于把他们救了过来。这时国王才知道半夜里发生的事情。国王叫人去看看那个三眼男在壕沟里的情形，结果发现他已经被老虎、狮子吃得精光。国王一家欢天喜地，再一次为儿子儿媳举行婚礼，婚礼在欢笑声中持续了四十天四十夜。本人就是参加完这个婚礼之后，才到这里来的。

小泽俊夫编译，《世界的民间故事十三地中海》（世界の民話13地中海，Gyosei，1978）

4 不吃饭的女人

（广岛县安艺郡）

从前某个地方有一名男子，总是单身一人生活，所以朋友们都关心他，劝他娶一个媳妇："是时候了，你也应该娶一个老婆了。"而这个男子却说："如果能找到一位不吃饭的女人的话，就把她介绍给我吧。"

虽然是一个玩笑话，然而有一天傍晚，真的有一名女子来到男子的家里。"我是一个旅行的人，眼看太阳就要落山了，让我借住一宿好吗？"女子表示想在他家住一晚上。男子拒绝说："要住一宿可以，但是我家没有吃的东西哟。"这个女人却请求他说："我什么也不吃。我是不吃饭的女人。只要让我借宿就可以了。"虽然男子感到十分意外，但他还是让这个女人留了下来。

第二天早上女子并没有走。她为这位房东男子做了许多事情，因而男子就让她住了下来。男子最感到满意的，就是她能够做许多事情却不用吃饭。尽管她一直没有吃饭，男子还是劝她要稍微吃一点东西。没想到那个女子却说，她只要闻一闻味道就可以了。她还是什么东西也不吃。

男子认为世界上再也没有比她好的妻子了，于是向朋友们炫耀。谁也没有想到会有这样的事情。这时一个与他交情最深的朋友对他说："喂，你是怎么搞的，还没有发现吗？你的老婆不是人，你要好好认清楚啊。"但是这个男子却说："不会有这种事情。"他根本听不进朋友的话。

这个朋友又对他说："也许只有你一个人不知道吧，村子里的人都在议论，世界上怎么会有不吃饭的人呢。你如果不信我们的话，你可以去偷看啊。为了不让你的老婆发现，你可以爬到天井上看她在干什么。”

有一天，男子说他要去城里，很晚才能回来。接着他就出门了。他走了一段路以后，又返回来，趁妻子不注意爬到了天井上。只见妻子开始煮饭，炉火熊熊，饭煮好了。她用米饭做了一共三十三个饭团子，又从厨房取三尾青鱼来烤。接着她坐下来，拨开头发。男子定睛一看，见妻子把饭团子和鱼都塞到头顶上的一个大嘴巴里吃掉了。

男子见状吓得心惊肉跳，他偷偷地从天井上下来，逃到朋友家去。“不能让她知道你看见了。你要装得不知道的样子回家去。”他的朋友这样说。男子只好装作不知道的样子回家。回家以后发现妻子正躺着，她说自己头疼。问她情况怎样，她只是很小声地说：“没有什么，只是有点不舒服而已。”再问她：“要不要吃药，或者找人来驱邪？”她回答说：“我也不知道怎样才好。”一副想让男子抱她的样子。男子连忙说：“那我去找巫师。”于是他一溜烟地跑到朋友家把朋友请来。当朋友振振有词地说：“是什么在作祟啊？是三升饭在作祟吧？是三尾鱼在作祟吧？”那个女人听了一跃而起，说：“啊，你们看到了啊！”又说：“你们看到了吧！”于是就奔到那个朋友面前，把他塞到嘴里吃掉了。

男子吓得转身就逃，而那个女子吃完以后又追过来一把抓住男子，像抓小猫一样，将他放在头顶上。她则像兔子一样，一蹦一跳地越过荒山野岭。进入森林时，只见树枝挡住了去路，那个男子本来以为自己完蛋了，但是没有想到被树枝勾住了，而那个不吃饭的女鬼却没有发现，她继续蹦跳着往前走了。

男子从树上跳下来，藏在菖蒲和艾草丛中，这时女鬼返身回来寻找男子，她找到男子藏身的地方，说：“无论你躲到哪里，我都能发现，你逃不掉的。”当女鬼纵身跳入男子躲藏的草丛时，她突然说：“啊！好可恨的菖蒲和艾草，虽然对身体没有毒性，而碰到它，会惹得一身臭。如果不是因为这些草，我就把你吃了。”女鬼显出一副很可怜的样子。男子判断这些草应该能够驱鬼，所以就把这些草往鬼的身上扔，结果女鬼真的被这些草毒死了。

关敬吾编，《胖爷爷·坚实山——日本民间故事（1）——》362［こぶとりり爺さん·かちかち山——日本の昔話（1）——》362］（岩波文库，1956年）

5 鬼　笑

（新潟县南蒲原郡）

从前有一个地方，住着一个心地善良的人。他心爱的女儿就要嫁到很远的村子去了。出嫁的当天，女婿家派来了十分气派的迎亲队伍，女儿的母亲和亲戚们簇拥着轿子，叫着：“新娘子！新娘子！”眼看着轿子翻山越岭而去，突然天空飘来一朵乌云笼罩着轿子。就在大家说“怎么回事啊？怎么办？”的时候，黑云把轿子里的女儿吹走了。

母亲听说心爱的女儿被吹走，担心得快要疯了。她说：“无论如何也要把女儿找回来。”于是带上干粮就到深山里找女儿去了。她寻遍荒山郊野都没有找到。眼看天就要黑了，她发现前面有一个小庙堂，母亲走到那里说：“不怕您见笑了，不知道能不能借宿一宿？”庙里走出一个女尼，说：“这里没有换洗的衣服和吃的东西，你就凑合一宿吧。”母亲走进庙堂，因为实在太累，便马上躺下来睡觉。女尼见状便把自己的衣服脱下来给她盖上，这时她对这位母亲说：“你的女儿就在河对面的鬼家里。但是因为有大狗和小狗守着这条河，所以晚上你过不去。这些狗白天的时候要睡觉，你一定要趁这个机会过河。河上有一座桥叫珠算桥，是由许多珠子穿成的。你必须十分小心，千万不要踩着珠子，否则就会丧命。千万小心！”

第二天早上，一阵窸窸窣窣的声音把母亲惊醒。她睁开眼睛一看，方知自己睡在草甸子上，周围哪里有什么小庙堂。清晨的风吹着草，发出窸窸窣窣（悲鸣）的声音。母亲头枕着一个经过风吹日晒而剥落的石塔碎块睡着，口中默念道：“女尼，谢谢你了！”她按照女尼所说的来到河边。这时候那些狗还在睡觉。她小心翼翼地躲开珠子过了桥。刚一过桥，母亲就听到了熟悉的织布声。母亲不假思索地呼喊着自己的女儿，女儿果然走出来，母女俩高兴地拥抱在一起。

女儿用一个很大的锅给母亲做饭吃，她说："如果被鬼看见了就麻烦了。"所以她把母亲藏在石柜子里头。这时鬼回来了，他一面问："怎么有人的臭味？"一面伸着头凑近鼻子使劲地闻。女儿回答说她不知道。她让鬼与她一起去院子里赏花。院子里有一株奇异的植物，它依据屋子里有几个人而开几朵花。鬼一见今天居然开了三朵花便勃然大怒道："你把人藏到哪里了？"正当鬼要到处搜寻时，女儿不知所措，突然她心生一计，说："我有身孕了，所以花才开了三朵啊。"没想到鬼马上转怒为喜，高声叫来家里的侍从："快来人啊，快拿酒来！把大鼓也拿来，表演歌舞。"鬼开心地在屋子里跳来跳去，侍从们也高兴地说："拿酒，拿大鼓，把大狗、小狗都杀了吃吧。"他们欢天喜地地庆祝起来。

最后所有的鬼都喝得烂醉睡着了。女儿的那个鬼丈夫说："喂，我要睡在柜子里，带我去那个柜子。"女儿见鬼说的是木头柜子就放心了。她把鬼放在木头柜子里，盖了七层盖子，又钉了七个钉子。之后，她才把母亲从石头柜子里拉出来，两个人一起逃离鬼的家。由于大狗、小狗都被吃了，所以没有人阻挡她们。当她们逃进仓库，商量着"是坐万里车还是坐千里车"的时候，女尼出现了，说："万里车、千里车都不行，赶快坐船逃走。"于是母女俩坐上小船，打算赶快逃跑。

在木头柜子里面睡觉的鬼因为口渴而大声喊叫："喂！拿水来。"然而喊了许多遍也没有人答应。鬼打破七层盖子出来，发现妻子不见了。他找遍各处都没有踪迹，说："这个该死的居然跑了。”于是他把所有的侍从都叫起来。当他们来到放交通工具的仓库时，发现小船不见了。所有的人都跑到河边找。这时母女俩的小船已经划得很远。鬼对侍从们说：“把河川里的水喝光！”众侍从马上听从命令，低头到河水中，大口大口地喝起水来。河里的水越来越少，眼看母女俩的小船不断后退，虽然还没有退到鬼的地方，但母女俩在船上已经无计可施，准备坐以待毙。这时候女尼出现了，她说：“你们俩不要拖拖拉拉，赶快把重要的地方露出来给鬼看。”于是女尼和母女二人一起把和服的裙子拉起来，露出性器官，鬼看到之后大笑起来，因此把所有的水都吐回了河里。小船得以继续驶向远方。母女俩在千钧一发之时得救了。

因为得到女尼的帮助，母女俩获救，她们想给女尼送大礼以表达感激之情。但女尼说：“我本是荒野当中的一座石塔，你们每年在我的身旁立一座新的石塔就可以了。什么都比不上这个让我高兴。”说完之后女尼便消失了。

母女俩终于平安地回到家里。她们一直没有忘记女尼的恩惠，每年都为她立一座新的石塔。

关敬吾编，《桃太郎・舌切雀・花开爷——日本的民间故事（2）——》[桃太郎・舌きり雀・花さか爺——日本の昔ばなし（2）——]（岩波文库，1956年）

6 天鹅姐姐

（鹿儿岛县大岛郡）

沙须国有一位沙须国王。王后在生下一男一女之后就过世了。她留下的女儿叫阿玉，儿子叫蟹春。

王后去世十年了，国王都没有续弦，含辛茹苦地抚养着两个孩子。直到有一天他跟两个孩子商量："阿玉、蟹春，我打算帮你们找一个母亲。如果你们没有母亲，当别的国王来访的时候会很没有面子。"孩子们说："请您去找一个吧。"于是父亲说："那你们看家三天，我去找一个母亲。"

国王外出三天到了许多地方，虽然见了很多的女性，但没有一个中意的。当国王来到一个叫山田贵野的地方时，看到一个美女在织布。国王说："不好意思，打搅你了。"女子说："您是从哪里来啊？要进来抽根烟吗？""我是沙须国的国王，因为妻子过世，想找一位妻子，您是否愿意当我的妻子呢？""听您这么说我很高兴。我的丈夫原是山田贵野国的国王，在我生了女儿后他就去世了。这个家现在也已经转给别人，我如今以织布为生。如果您能够把我们母女俩带走的话，那我求之不得。"事情就这样定下来了。三个人一起回到家里。

父亲说："阿玉，我把母亲给你们带回来了，快出来打招呼啊！"阿玉听到父亲的声音走出来，说："看您的那头发，跟我生母一样。看您的衣服，跟我的生母一样。请您当我们的母亲吧。"孩子们立即喊对方为母亲，新母亲也着实喜欢这两个孩子。

后来阿玉许配给佐贺国的国王。眼看第二天就要出嫁了，母亲把阿玉叫过来，说："阿玉，你去杉山采一些葛草，我要用它做蒸笼的网垫，要蒸大酱。”阿玉上山采回葛草，这时母亲煮了一锅开水。她将葛草做的网垫递给阿玉，说：“好了，把开水浇到网垫上！”阿玉推却着说：“我不干！万一掉进去，会烫死的。”“就要嫁给那个威武的国王的人，怎么连这么点事都办不了呢。”母亲说完便伸手把阿玉推进了水锅。

阿玉一下子就被烫死了。弟弟蟹春见到这个情形，连大气都不敢喘，他只能偷偷地哭泣。母亲跟父亲说：“你娶的妻子真无用，就在我准备蒸大酱时，你的女儿要将开水浇到网垫上，结果自己掉进了水锅里烫死了。”父亲听了，说：“真糟糕，这是要嫁出去的孩子啊！明天如何跟佐贺国的国王交代啊？”“不用担心，我们还有加奈，让她顶替阿玉嫁过去就可以了。”妻子说。父亲因为十分悲痛就先去休息了。

第二天，佐贺国的国王果然来迎亲。父亲因为生病而没有露面，所以只有母亲和加奈还有蟹春一起去佐贺国。他们在那里受到了盛情招待。在返回沙须国时，母亲对佐贺国国王说：“蟹春是阿玉的贴身用人，白天你就让他打柴，晚上就让他睡在你们床边，给你们捶背。”母亲回到沙须国后又对父亲说：“我让加奈改名为阿玉。她已经嫁给佐贺国的国王了。”当父亲问：“蟹春怎么样了？”母亲回答道：“蟹春担心姐姐在不熟悉的地方会寂寞，所以留在那里陪她，七天之后回来。”

加奈改名为阿玉后，她指使蟹春吃完饭赶快去山里砍柴。蟹春只好答应，但他根本不知道去哪一座山，到哪里去砍柴。无奈的蟹春只好跑到掩埋姐姐尸骨的杉山。当蟹春念叨着“杉山，杉山”时，姐姐坟墓的地方出现了一只天鹅。天鹅折断杉树枝，堆在蟹春的面前。

“我是你的姐姐啊，你怎么啦？”

“他们让我捡柴、烧火。甚至让我给他们洗脚。他们不停地折磨我。”

“太可怜了，你没有衣服穿吗？”

“就只有这一件。”

“你回去后将纺织机旁的那些布头和针线拿来，姐姐给你做衣服。”

蟹春与姐姐分手之后回到家。第二天一大早他来到纺织机旁，果然有一些零碎的布头。他拿了一些就往杉山走。当他喊“杉山”的时候，天鹅又出现了。天鹅问：“找到碎布头了吗？”“找来了。”蟹春答道。天鹅又说：“今天你砍柴回去以后，就说头疼，马上去睡觉。晚饭不要吃，明天早上的稀饭可以多吃一点。晚饭如果是稀饭，也可以多吃一点。如果是干饭的话，就只吃半碗。连续睡三天，第四天早上你就说病好了。吃了早饭，赶快到山里来。”天鹅说完后，便把收集好的杉树枝交给蟹春，让他带走。

蟹春头顶着柴火回去了。他按照天鹅姐姐教给他的方法，谎称自己头疼就去睡了。等到第四天早上，他说：“我已经好了。今天就去山里捡柴。”蟹春赶到山里，当他喊“杉山”的时候，天鹅姐姐把包好的衣服叼出来，交给了蟹春。

“这衣服给你。你回家后千万不要把它放在干净的地方。要藏在灶前最脏的那块榻榻米下面。等到晚上睡觉第一次被冻醒的时候，再把这件衣服拿出来穿。在天亮之前，一定把衣服藏回去。好了，这些柴火给你带回去。”说完天鹅把柴火交给蟹春。“我在这里只能待到今天。明天就是我死后第十七天，我必须去下一世国王那里报到。以后就不要再叫我了。”姐姐说完后就与弟弟道别了。

弟弟哭着回到家，他把衣服藏在灶前最脏的那块榻榻米下面。当晚上第一次被冻醒的时候，就穿上姐姐做的衣服。这天晚上佐贺国国王睡不着觉，他叫用人为火炉添火却没人答应。叫妻子她也不起来，实在没有办法，他只好自己去灶房，只见那里有一个很大的东西在闪闪发光。国王以为是火，就用火钳去夹，没想到夹起一个很大的东西，仔细一看，是一件十分豪华的衣服。国王问蟹春："你这个小孩从哪里弄来这么豪华的衣服？"这时蟹春急忙脱下穿在身上的那件衣服，他拉着国王的手说："请到外面去，我有话对你说。"两个人来到外面之后，蟹春把事情的原委告诉了国王。"你怎么不早一些跟我说呢？明天早上早一点做饭，咱们一起去找你姐姐。"国王说。

"明天就是姐姐死后第十七天，她必须去转世的地方。姐姐叫我以后不要去找她了。"

"如果不能见到她，我将无法安心生活。好了，立即做早饭，带上两个人的饭团就出发。"于是天还没有亮，两个人就出发了。

他们来到杉山，国王说："你姐姐见到我站在这里，也许不会现身，我先藏在树底下，你用树枝盖在我的身上。"等国王藏好之后，蟹春便大喊："杉山！"于是天鹅姐姐现身，说："怎么啦？不是已经说了以后不要再叫我了。我已经走在半路上，又特地返回来的。"这时佐贺国国王走出来说："你真的不能再恢复原形了吗？""如果是昨天还有可能。但今天已经是第十七天了，我接到命令要到转世国的国王那里去，现在为时已晚。我去跟国王商量一下是不是有可能。总之你们现在先回去，在两个门柱上各放一个擂钵，钵里装满水，如果见到一只白天鹅在那里喝水，你们就到花园的假山处找我，应该能够看到我的样子。如果没有白天鹅，那就表示我已经无法恢复成人了。"天鹅姐姐说话的时候，国王试图抓住天鹅。天鹅说："你不能碰我。""就算你骂我，我也要抓住你。因为我太痛苦了。"国王说完之后，伸出手去抓，没想到张开手掌一看，里面有三只苍蝇。

国王回到家里后说：“父亲、母亲，我们之前为结婚而喜悦是完全不值得的。拜托你们，允许我在门柱上放擂钵。”父母回答说：“这里的财产全部属于你，就照你的意思办吧。”于是国王在门柱上摆放了两个大擂钵。终于一只白色的天鹅飞过来，两次飞到擂钵喝水。于是国王马上到花园的假山处，发现那里出现一位足以让太阳失色的美女，她手中拿着一个水钵站在那里。国王让这个美女坐到轿子上，他在前面引路，将她带到二楼。

国王将坏妻子斩首，然后把不知情的后母请来，把她女儿的头颅用包礼品的包袱布包好让她带回去。后母半路因为头疼，坐下来休息，当她打开包袱时，发现是女儿的头颅，结果因受到过度惊吓，气绝身亡。

国王与阿玉正式结婚，得到人们的祝福。两个人带着蟹春去看望沙须国老国王，国王见到他们都平安无事，高兴得病也好了。后来蟹春娶了一个很好的妻子，父亲十分安心。从此姐弟互相扶持，到现在还过着幸福快乐的生活。

关敬吾编，《一寸法师……》（同前，岩波文库）

7 浦岛太郎

（香川县仲多度郡）

从前，在北前大浦这个地方住着一个名字叫浦岛太郎的人。他与七十多岁的老母亲生活在一起。浦岛是个渔夫，至今还是单身一人。有一天，母亲说：“浦岛啊，浦岛！不要顾及我，快去娶一个妻子。”浦岛回答道：“我还没有能力养家糊口，就是娶了妻子也养活不起。母亲您还健在，不如我就这样每天出去打鱼，这么过也挺好。”

时光飞逝，眼看母亲八十岁了，浦岛本人也四十岁了。秋天到了，几乎每天都刮北风，浦岛无法出海捕鱼。然而没有鱼就没有钱，以致连奉养老母亲吃饭都困难。浦岛心想：“如果明天天气好，我就出海。”接着他转身去睡。风停了，天空晴朗，浦岛连忙起身出海打鱼。然而一直到东方泛白的时候，他还没有钓到一条鱼。正当他发愁的时候，突然感觉有大鱼上钩，立即拉起来一看，却是一只乌龟。他试着用双手把乌龟抱上船，乌龟也没有反抗。浦岛说：“原来以为是加吉鱼，结果却是一只乌龟。就是因为你的原因，今天我没有钓到鱼。我把你放了，你去别的地方吧。”说完就把乌龟放回大海中。

浦岛一边继续抽烟一边钓鱼，一直没有鱼上钩。快到中午的时候，发现似乎有大鱼上钩，拉上来一看，又是刚才的那只乌龟：“不是已经跟你说过到别的地方去。钓不着鱼，总是钓到乌龟，运气真不好。”浦岛虽然这么想，但还是把乌龟放了。没有钓着鱼，浦岛不能回去，不得已他又在海上苦苦地待了两个小时。鱼仍然没有上钩，好不容易觉得钓钩发沉，拉上来一看，还是那只乌龟，他还是把乌龟放了。就这样反复几次之后，一天的时间就过去了。眼看太阳就要落山了，浦岛一边想着回去如何向母亲交代，一边准备将小船掉头。这时他发现对面有一艘小船正朝着自己的方向驶来。浦岛把船向右偏一点，那艘船也跟着往右；浦岛把船向左偏一点，那艘船也往左。最后两艘船呈平行。小船的船夫开口说："浦岛先生，你上我们这艘船吧。龙宫的乙姬小姐派我来接你的。"浦岛说："我如果去了龙宫，我的母亲会没有人照顾的，所以我不能去。""我们会派人照顾她的，你上我们的船吧。"听船夫这么一说，浦岛没有多想就上了对方的船。等浦岛上了船，小船便驶向大海前往龙宫。

浦岛发现海里真的有一座豪华的宫殿。乙姬觉得浦岛可能饿了，所以招待他吃饭，还说："你玩两三天再回去吧。"浦岛发现龙宫里有许多像乙姬小姐一样的美丽少女，她们伺候乙姬更衣。浦岛不知不觉在龙宫住了三年，他觉得该回家了。他把自己的想法告诉乙姬，乙姬送给浦岛一个三层的玉箱子，告诉浦岛："必要的时候，才可以打开这个箱子。"浦岛坐上小船，在一座象鼻山旁下了船。

浦岛回到村子后，发现山林的样子都改变了。山上的树有的枯萎了，有的已经消失了。他不由得自言自语："我才离开三年，怎么就变成这个样子。"他一边想着一边往家走去。路上浦岛看到一户编稻草的人家，有一位老翁正在编织东西，他过去打招呼并问道："请问您知道一个叫浦岛太郎的人吗？"那个老翁说："在我爷爷还健在的时候，曾经听说有一个叫浦岛太郎的人去了龙宫，但他一直没有回来。"浦岛接着问他："那个人的母亲怎么样了？"那人回答："听说很久很久以前就死了。"

浦岛往自己的家走去。发现那里除了用作洗脸盆的石头和庭院的踏脚石以外，什么都没有了。浦岛想了一会儿，打开玉箱子，看见箱子第一层里装着一片鹤的羽毛；打开第二层，看见箱子里冒出一股白烟，这股烟把浦岛变成了一个老翁；打开第三层，箱子里放着一面镜子。他拿起这面镜子一照，发现自己变成了老翁，觉得不可思议。这时候那片羽毛沾在他的背上，他拍打着翅膀飞到了母亲的坟头转了几圈，此时乙姬变成了一只乌龟，正在沙滩上等着他呢。

那首赞美鹤龟共舞的伊势音头的曲调，就是由此发展而来的。

关敬吾编，《一寸法师……》（同前，岩波文库）

8 鹤　妻

（鹿儿岛县萨摩郡）

有一名男子叫嘉六，他从事烧炭的工作，与七十岁的老母亲住在山里。冬天到了，嘉六去城里买棉被，路上发现一只鹤被困在猎网中。他正要解救网中的鹤时，捕鹤的男人出现了，说：“你怎么能破坏人家的东西呢？”于是嘉六解释说：“我觉得怪可怜的，所以想搭救它。这样吧，你把鹤卖给我。这是我用来买被子的钱，你拿去吧。”于是那个男人就把鹤卖给了嘉六，嘉六拿到鹤，就把它放了。

“就算今天晚上再冷也应该这么做。”嘉六一边想一边往家走。母亲问他：“你不是去买棉被吗？”嘉六回答说：“母亲，我看到一只鹤被困在猎网中很可怜，就用买棉被的钱把它买下来了，救了那只鹤。”母亲说：“是这样啊，你做得对。”

到了第二天晚上，突然有一个绝世美女来到嘉六的家，她说：“能让我借宿一宿吗？”本来嘉六想以“我家太破”为借口拒绝她，对方又说：“没有关系，请务必收留我。”嘉六只好让她留下来。这时这个女子说：“我有事想跟你商量，可以听我说吗？”

“什么事啊？”

“我想做你的妻子。”

“我这辈子没有见过你这么美丽的女子。我是一个吃了上顿不知有下顿的人，不可能娶你这样的妻子。”

“请不要这么说。娶我为妻吧。”

“这实在太让我为难了。”

……嘉六的母亲听到这些对话后，说：“如果你一定要嫁给我的儿子，那就嫁吧。让我们一起努力说服他吧。”她就这样嫁给了嘉六。

过了不多日，妻子说：“我要进衣橱里面待三天三夜，你千万不要把衣橱打开看。”说完她就真的钻进衣橱里躲了起来。直到第四天她终于出来了。丈夫说：“辛苦了，我真的很为你担心，赶快吃饭吧。”妻子答应道：“好。”便去吃饭，这时她又说：“嘉六，我在衣橱里织了一匹布，你拿出去卖两千两银钱吧。”妻子说完就从衣橱里拿出一匹布。嘉六拿了这匹布到了领主家。领主说：“这么漂亮的布，不要说两千两，就是三千两我也买。你再织一匹吧。”嘉六没料到领主如此喜欢这匹布，他回答说：“是，等我回去与妻子商量之后再答复您。”领主说：“不用问了，你就答应下来吧，我马上付给你钱。”

……嘉六回到家把事情告诉了妻子。妻子说：“那就再织一匹布，只是这次我要进衣橱一个星期。在这段时间里，你千万不要偷看。”于是她又钻进了衣橱。

眼看一个星期就要到了，嘉六非常担心，所以打开衣橱，他看见了一只几乎没有羽毛的鹤，正在叼着自己身上的羽毛织布，眼看布就要织好了。这时鹤对嘉六说：“布已经织好了。但你已经看到我的身体，对我有了成见，所以我必须离开这里。事实上，我就是你救过的那只鹤，你按照约定把这匹布交给领主吧。”说完那只鹤宁静地面向西方，这时大约有一千只鹤飞来，把这只没有羽毛的鹤接走了。

嘉六虽然得到了许多钱，但他十分思念鹤，他找遍了整个日本，最后他来到海边，突然发现一个老翁驾着小船向他驶来。嘉六心想，这附近没有小岛，这艘小船究竟是从哪里来的？正想着，那艘小船已经来到了他的跟前。嘉六问：“老翁，您打哪里来？”老翁答道："我是从一个叫作仙鹤羽衣的小岛来。"

"你能带我去那个岛吗？"

"好。"

……嘉六坐上小船，那艘小船疾驶而去，转眼间到了一片美丽的白色沙滩，船靠岸以后，嘉六来到白色沙滩。这时小船和老翁已不知去向。

嘉六进入海边平地之后，发现前面有一个大水池子。水池子中央有一个沙丘，那里站着一只没有羽毛的鹤。周围还有许多其他的鹤，原来那只没有羽毛的鹤就是鹤王。嘉六在这里受到热情的招待之后，又坐上老翁的船回来了。

关敬吾编，《胖爷爷……》（同前，岩波文库）

9 没有手的姑娘

（岩手县稗贯郡）

从前有一对夫妇，他们的感情笃深，生下一个非常可爱的独生女儿。当女儿四岁的时候，母亲就死了。后来虽然她有了新的母亲，但是这个继母非常不喜欢她。继母屡次想把女儿赶走，但由于女儿很聪明，她总是找不到机会。

转眼间女儿已经长到十五岁。可继母每天都在盘算如何把这个讨厌的女儿赶走。终于有一天，她对丈夫说："孩子的父亲啊，无论如何我都无法与这个伶牙俐齿的孩子住在一起了。你能把她赶出去吗？"丈夫对妻子真可谓言听计从，于是说："好吧，你不要担心，我会有办法的。"丈夫已经暗下决心，一定要把这个无辜的女儿赶走。有一天父亲对女儿说："女儿，我们去庙会玩吧。"父亲为女儿换上她从来没有穿过的漂亮和服，带着女儿出门了。

那一天的天气晴朗，加上父亲从来没有带她出过远门，所以女儿非常高兴地跟着父亲出发了。虽然父亲说去逛庙会，却一直往山里走。女儿忍不住问："父亲，庙会在哪里啊？"父亲答道："翻过一两座山之后才能到。"于是父亲继续在前面带路，两个人越发往大山深处走去。当他们翻过两座山之后，父亲说："女儿，吃午饭吧。"他拿出饭团子两个人一块吃起来。吃完饭后，女儿因为走路太远，又累又困而睡着了。父亲见状认为这是时机了，于是从腰间取下柴刀，砍断了可怜的女儿的左手和右手，一个人独自下山去了。女儿倒在血泊里喊："父亲，等等我！父亲！好疼哟。"她爬起来，艰难地走着想追上父亲，但父亲头也不回快步走了。"啊，太残忍了。自己的父亲怎么能做出这种事情呢？"她这样想着，因为自己已经无家可归，只好在山谷的小溪中清洗自己的伤口，靠吃草木的果实存活下来。

有一天，一个相貌堂堂的年轻人骑着马，带着许多随从打这里经过。他发现了草丛里的女孩，问道："咦，长得是人的样子，你为什么没有手呢？这是什么呀？"这时女孩子对他说："我被自己的父亲丢弃，是没有手的姑娘。"说着说着就忍不住哭了起来。年轻人问明缘由，觉得女孩子很可怜，说："你要是没有地方可去，就到我家住吧。"说完他就把女孩子放在马背上带下山来。年轻人回到家中禀告母亲："母亲，今天打猎没有什么收获。不过从山里捡了一个没有手的姑娘。她很可怜，就让她住下吧。"接着年轻人把女孩子的事情一五一十地全都告诉了母亲。

年轻人的母亲是一个好心肠的人。她为女孩子洗干净脸庞，梳理好头发，于是女孩子恢复了原来漂亮的模样。年轻人的母亲十分高兴，她把女孩子当自己的亲生女儿一样疼爱。过了一段时间，年轻人请求母亲说："母亲，我能娶她做我的新娘吗？""是那个女孩子吧，我也早有这个想法。"母亲表示赞同，两个人很快就举行了婚礼。

没有多久女孩子就怀孕了，她与婆婆的关系很融洽。年轻人要去江户一趟，他与母亲说："母亲，小孩子就拜托您了。"母亲与儿子约好，说不用担心，小孩子一出生，就马上派人捎信给他。于是年轻人开拔走了。

过了不多久，妻子就生下了一个可爱的男孩。婆婆说："女儿呀，我马上把这个消息捎到江户去。"于是婆婆就把生小孩的事写在信上，交给邻居送信的人，吩咐他立刻送到江户。送信人翻山越岭，途中因为口渴来到一户人家讨水喝，万万没有料到这就是没有手的姑娘的娘家。继母问送信的人："你要去哪里啊？"送信人不假思索地说："啊，因为邻居富翁家那个没有手的姑娘生了一个男孩子，所以我要把消息送到江户的少爷那里去。”

继母从送信人的话里知道女儿还活着，于是她说：“天气这么热，到江户还有很长的路程，你先在我这里好好休息一下吧。”说完拿出许多酒菜招待送信人。送信人很快就喝醉了。继母乘机把箱子里的信拿出来看，只见上面写着：“生了一个比玉还珍贵的儿子。”继母看完信说：“真讨厌。”于是将信的内容改写成：“生了一个不知是鬼还是蛇的怪物。”然后再把信放到箱子里。这时送信人醒来，说：“我真是打搅您太久了！”继母装出一副很亲切的样子说：“回来的时候一定要到我这里来哟。我很想听一听江户那边的事情。”

信送到了年轻人手中，看了信他吓了一跳。尽管如此，他还是写道：“像鬼像蛇都没有关系，在我回来之前，请好好抚养他。”他让送信人把信带回去。送信人没有忘记在去江户的路上受到的热情款待，想到能够喝到好酒，所以在归途中他又来到那户人家。继母一见他就说：“啊，这么热的天，你回来啦，快进来吧。”继母招呼送信人坐下，说：“吃吧，喝吧。”于是又将送信人灌醉。当继母确认送信人已经睡着之后，又把信改成：“我根本就不想看到这个小孩的脸，也不想看到那个没有手的姑娘。请把她和孩子一起赶出去。否则我一辈子都不回去，我将永远住在江户。”改写完，继母又把信放回箱子里。

送信人醒过来向继母道谢，然后上路继续翻山越岭，回到富翁的家。年轻人的母亲说：“赶快看看儿子写了什么？”打开信一看，信中的内容让她大吃一惊。母亲问送信人：“这可不得了。你在半路上是否在哪里停留过？”送信人撒谎说：“没有，哪里也没有停留过。我就像马一样，一路去一路回的啊。”

母亲没有把信的事情告诉媳妇，本想等儿子回来以后再说。但是左等右等，儿子似乎没有一点要回来的意思。母亲没有办法，只好把媳妇叫来，将儿子信的内容告诉她。媳妇听了后非常难过，然而她还是对婆婆说："母亲，我无法报答您对我这个不全人的恩惠。虽然离开是很痛苦的，但是如果这是少爷的意思，我也没有什么好说的，我现在就走。"说完她把孩子背在背上，离开了婆家。

没有手的姑娘从家里出来，根本就没有可以去的地方。正当她不知道往哪里走的时候，突然觉得口渴，便来到一条河旁边正要低头喝水，她的腰一弯，背上的孩子眼看就要滑落下来，就在她大叫"啊，谁来帮帮我"的时候，惊恐之中下意识地用双手去托孩子，不可思议的事情发生了。她突然生出双手，双手紧紧地抱住了就要滑落下来的孩子。姑娘高兴地说："啊，太让人高兴了，我的手又回来了。"

这时外出的丈夫归心似箭，想要尽快与妻子、孩子、母亲团聚，他从江户回到家中，然而他却发现妻子和孩子已经走了。听到母亲的讲述以后，丈夫觉得邻居送信人很可疑，当他仔细盘问了送信人之后，知道了他在继母家喝酒的事情。母亲说："真是太可怜了，赶紧去把媳妇找回来。"她发话让儿子马上去找妻子。

丈夫到处寻找自己的妻子，来到河边的一个神社。他看到了一个抱着孩子的女乞丐正在虔诚地向神明祈祷，那个背影酷似他的妻子。但是他又觉得妻子怎么会有两只手呢，年轻人觉得不可思议，正要开口询问时，她恰巧回过头来，年轻人发现眼前的姑娘就是自己的妻子。于是两个人高兴得抱头痛哭。

没想到眼泪滴落的地方竟然开出美丽的花朵，于是三人一起回家，路途上所有的草木都开了花。听说从那以后，继母和父亲因为虐待女儿的事情，受到了村长的处罚。

关敬吾编，《胖爷爷……》（同前，岩波文库）

10 火男的故事

（岩手县江刺郡）

从前有一个地方，住着一个老翁和一个妇人。老翁在山上砍柴的时候发现一个很大的洞穴。老翁认为这个洞穴里住着什么不好的东西，想用柴火堵住它。他顺手拿起一捆柴塞进洞口，本以为能够堵住洞穴的入口，但没有想到那捆柴竟掉进洞里去了。老翁又塞了一捆，结果还是掉了进去。于是他就一捆、一捆地把柴塞进洞口，居然把三天打的柴全都塞了进去。

这时从洞里走出一位美丽的女子。她感谢老翁给她送了如此多的柴火，并邀请他去洞里玩一玩。老翁不好推辞，决定进去看一看，结果发现里面竟然是一座很漂亮的房子。房子旁边整齐地堆放着老翁三天来打的柴火。美女邀请老翁进内，里面的房子很豪华，还有一个相貌堂堂的白发老人。老人向老翁表示感谢，接着热情地款待了老翁。老翁要回去的时候，得到了一个礼物：小童子。那个孩童长了一副难以形容的丑陋的面孔，而且用手不停地抠着肚脐眼。老翁本来要拒绝这个礼物，但是对方坚持要送给他，因此只好把这个孩童带回家中。

这个孩童来到老翁家还是不停地抠他的肚脐眼，有一天老翁用火把去照，发现他的肚脐里有小金粒掉出来。从此以后，每天掉三次金粒。老翁家因此越来越富裕。而老妇人是个贪财的人，为了得到更多的金子，她趁老翁不在家时，用火钳子戳孩童的肚脐。没料到不仅没有戳出金子，孩童反而死了。老翁回来知道此事非常难过，晚上他梦见了孩童。他安慰老翁不要哭，让他制作一个与自己的脸相似的面具，挂在灶台前他每天都能够看到的柱子上，这样就可以使家里兴旺起来。孩童还告诉老翁，他的名字叫火男。

这一带的村子至今仍然保留着这个习俗，即在灶前一个叫作釜男的柱子上，挂上用木头或者泥做的丑脸（火男）面具。

关敬吾编，《胖爷爷……》（同前，岩波文库）

11 烧炭富翁

（鹿儿岛县大岛郡）

从前有两个人：东家富翁和西家富翁。他们俩是钓友，每天晚上都一起去海边钓鱼。不久两人的妻子都怀孕了。某天晚上两人像往常一样去海边，因为潮水还没有退下，所以他们决定在等待的时间里先睡一觉。他们枕着一块木雕，东家富翁很快就入睡了，西家富翁却没有睡着。这时尼拉（龙宫）神出现，对着他们枕着的木雕说："木雕，东家富翁和西家富翁的孩子出生了，你赶快赋予他们命运。"木雕回答道："我现在被当作枕头，让人枕在上面，你代替我去吧。"尼拉去了一会儿又回来了，说："我已经去过了，东家富翁生了一个女儿，她有一升盐的富贵命；西家富翁生了一个儿子，他有一根竹子的命。"木雕说："一升盐的命是不是太高贵了？"尼拉神说："不会，这个女孩子生下来就是这样的命。"说完他就走了。

西家富翁偷听到神明的对话，知道自己的儿子被赋予一根竹子的命，他寻思着该如何帮助自己的儿子转运。于是他把东家富翁叫醒，说："东家的老爷，我刚才做了一个梦，梦见你家和我家的孩子都出生了。我们回去看看吧。"两个人不再去钓鱼，收拾好工具回家去了。回家的路上，西家富翁对东家富翁说："东家的老爷，咱们商量一下，能不能有个约定，如果我们家生了女儿，而你家生了儿子，那么你们家的儿子当我们家的女婿。如果你们家生了女儿，我们家生了儿子，那么我们家的儿子当你们家的女婿。"东家富翁觉得这个建议很好，两个人约好之后，回家一看，东家富翁生了女儿，西家富翁生了儿子。

两个孩子在家中都受到无微不至的照顾，直到他们长大。转眼间已经度过了十八年光景，东家富翁对西家富翁说：“依照孩子们出生那天晚上的约定，你的儿子当给我们做女婿。”于是西家富翁的儿子当了东家富翁的女婿。

两家的孩子结为夫妻住在一起，到了五月就要举行麦收祭奠了。妻子做了麦饭供奉神明和祖先，接着也给丈夫盛上一碗，说：“一捆麦草能够变成一斗麦子，而这是用一斗粗麦子做的麦饭，因为今天是麦收祭奠，所以我们一起吃麦饭。”没有想到丈夫勃然大怒，说：“这要是大米我还可以吃，我不要吃这种没有加工过的东西。大麦根本就不是人吃的东西。”说完就把一桌饭菜踢翻了。妻子见此情景说：“我不能继续在这里住下去了。虽然这个家是我父亲给我的，现在就送给你吧。我就拿着被你踢翻的饭菜和碗盘离开这里。”说着，妻子拣起地上的食物和碗盘，把地上的大麦一颗颗地全都捡起来，之后离家出走了。

这位女子出门的时候遇到了滂沱大雨，在雨中她听到两个米仓神在对话：“这么好的大麦都一脚踢翻，我们要是还继续留在这里，一定也会被那个一根竹子命的男人踢翻。听说在大北的多原，有一个叫烧炭五郎的人，是一个心地善良、模样端正、勤奋工作的人，我们到他那里去吧。”女子听了这些话，心想：“我真的遇到好事情了。这可是我们家的米仓神说的话，说什么我也得去看看烧炭五郎的家。”她不分昼夜地向烧炭五郎的家走去。她看见前面有一道隐约闪烁的灯光，顺着它走去，终于来到了烧炭五郎的家。女子说：“不好意思，打搅您了。”五郎应声走出来，她拜托道：“请允许我今晚借住一宿好吗？”五郎拒绝说：“我的家是一个头进去脚就露出来、脚进去头就露出来的小房子。怎么能够留宿您这样的贵人呢？往前走会有大房子，您去那里借宿吧。”然而她还是请求说：“外面这么黑，我一个女子不便独自行走，在屋檐下也可以，只要能让我歇歇脚就可以了。”五郎不好意思拒绝，说：“如果是这样，就请进吧。”于是就把女子让进了屋里。

进屋后五郎拿出麦茶招待这位女子。她接过茶，拿出自己带来的麦饭，与五郎一块儿吃起来。她说：“怎么样，娶我当妻子吧？”五郎听了十分愕然，说：“像我这样的人，如果娶你这么高贵的人当妻子，会招来罪孽的。”女子说：“不会的。绝对不会有这种事情。这是我自己愿意的。请让我当你的妻子吧。”五郎说：“如果是这样，那就请当我的妻子吧。”五郎答应了这位女子的请求。

第二天早上，妻子对五郎说：“这是我第一次看你烧炭，让我把你今天烧的炭一个不落地看一遍。”于是两人走到窑边，结果发现窑里全是黄金。于是他们把黄金从窑里搬出来，请木匠做了些大箱子，里面装满了黄金，从此两个人成了富翁。

那个只有一根竹子命的男人后来变得很穷，最后只得靠走街串巷，贩卖竹子工艺品为生。有一天，他来到烧炭五郎的家，五郎的妻子认出了前夫，便用两升米换他价值一升米的东西，又用四升米换了他价值两升米的工艺品。前夫心想：“你真是个傻女人。我下次做一个更大的竹笼子来卖给你。”于是他又拿了一个更大的笼子来卖。女子把当初离开家时带走的碗盘拿出来给他，男子见了羞愧万分，于是在一个高大的米仓前咬舌自尽了。女子在米仓旁挖了一个坑，说：“我没有什么可供奉你的。到了五月我会用大麦饭祭祀你，可你不能说想吃别的东西哟。你以后一定要保护好米仓里的粮食。”

从此人们在启用新米仓的时候，都要按照这样的惯例行事，即先让女子背着装有麦子的草麻袋爬到米仓上去。

关敬吾编，《一寸法师……》（同前，岩波文库）